**미안한데,
널 위한 게
아니야**

AINIKU ANTA NO TAMEJANAI by YUZUKI Asako
Copyright © Asako Yuzuki 2024
All rights reserved.
Original Japanese edition published in 2024 by SHINCHOSHA Publishing Co., Ltd.
Korean translation rights arranged with SHINCHOSHA Publishing Co., Ltd.
through BC Agency, Korea
Korean translation copyrights © 2025 Readleadpub. Co., Ltd.

Jacket & interior illustration by ONO-CHAN
Original Japanese edition designed by Shinchosha Book Design Division

미안한데,
널 위한 게 아니야

유즈키 아사코 지음 | 김진환 옮김

알토북스

참고문헌

《최신 해결 라멘의 조리기법 인기가게의 구조, 맛의 구성과 사고법》,
아사히야출판 편집부

《X 젠더가 뭐야? 일본에 있어서 다양한 성의 모습》,
Label X 편저(미도리가제 출판)

첫 기고

라멘 평론가 사절, 《소설 신초》 2023년 3월호

BAKESHOP MIREY'S, 《소설 신초》 2019년 7월호

트리아지 2020, 《소설 신초》 2020년 11월호

파티오 8, 《분게이》 2020년 가을호

상점가 마담 숍은 왜 망하지 않을까,
《소설 신초》 2022년 3월호

스타 탄생

*〈파티오 8〉은 《각성하는 시스터후드》 (가와데쇼보신샤,
2021년 2월 발행)를 바탕으로 했습니다.
단행본화에 즈음하여 가필 수정이 이루어졌습니다.

차례

라멘
평론가 사절

'만인을 위한 담백함'으로 라멘의 역사를 다시 썼다는 평가를 받는 '중화 국수 노조미'는 한때 이에케家系(요코하마에서 유래된 라멘 스타일로 진한 돼지 뼈 육수와 간장으로 맛을 낸 게 특징이다) 라멘의 격전지였던 산겐자야역 남쪽 출구에서 걸어서 15분 거리에 있다. 메뉴는 중화 국수와 만두, 밥류뿐. 하지만 미슐랭 가이드에서 별 두 개를 받은 2년 전부터 손님이 끊이지 않아서 점심시간부터 저녁 9시에 문을 닫을 때까지 가게 앞에 늘 긴 행렬이 이어진다.

50년 전 처음으로 문을 열었을 때부터 사용해 온 입구의 포렴은 색이 바래서 '노조미'라는 글자만 간신히 알아볼 수 있는 정도다. 나무틀에 불투명 유리를 끼워 넣은 문에서 오랜 역사를 엿볼 수 있지만, 가게 안으로 발을 들여놓는 순간 지금이 2023년이라는 걸 곳곳에서 감지할 수 있다. 건축가 카타야마 아사히의 디자인과 몰텍스 시공으로 완성된 일본식의 모던한 내부는, 무광택 진회색으로 통일되어 있었다. 철저한 배리어 프리barrier free(장애인 및 고령자, 임산부 등 사회적 약자들의 사회생활에 지장을 주는 물리적인 장애물이나 심리적인 장벽을 없애자는 운동)를 추구하며 업계 최초로 기저귀 교환대를 설치하고 성 중립 화장실을 도입하기도 했다.

이십 평가량 되는 가게 내부를 살펴보면 가족이 앉을 수 있는 테이블 석이 4개 있고, 유아용 의자와 휠체어 사용자가 이용할 수 있는 낮은 카운터 석도 갖춰져 있다. 그리고 아직도 끝나지 않은 코로나 감염 대책으로 1분마다 한 번씩 환기 장치가 작동한다.

5년 전에 리모델링을 하면서 전용 주차장도 마련해 두어 멀리서 찾아온 손님들도 무척 기뻐한다. 외국인 관광객을 위한 정중한 영어 접객은 뉴욕 타임스의 미식가 평가에서도 큰 호평을 받았다.

인기 비결은 뭐니 뭐니 해도 여러 종류의 토종닭에 가쓰오 등의 해산물을 조합한 화학조미료 없는 맑은 국물에 있다. 국물에 담긴 노란 면발과 건더기로 들어간 소용돌이 맛살, 달걀조림, 챠슈, 발효 죽순. 다소 전형적인 비주얼에 철저히 기본에 충실한 모습이 젊은 여성들에게 오히려 매력적이었는지, 유명 인플루언서의 SNS 게시물을 계기로 새로운 세대의 팬을 끌어모았다.

담백한 국물이 잘 배어든, 구불구불한 수제 달걀 면발은 탱글탱글하고 목 넘김도 부드럽다. 엄선된 소맥분에 통밀이 살짝 섞인 면발에서는 구수한 맛이 느껴지고, 유자 껍질 향이 희미하게 남는 끝맛은 나무랄 데 없다. 아무리 피곤해도 마지막 한 방울까지 들이킬 수 있을 정도로 영양이 듬뿍 들어간 부드러운 맛이라 절대 속이 더 부룩하지 않다.

하지만 국내 라멘 마니아뿐만 아니라 해외 팬들까지 감탄시킨 것은, 얼핏 느껴지는 '무난한 맛' 너머에 있는 천계의 미로를 헤매는 듯한 복잡한 맛과 압도적인 깊은 맛. 바로 처음엔 조화롭게 느껴지던 각각의 재료들이 충돌을 일으키는 방식이다. 담백한 듯하면서도 중독성이 강해서 꼭 한 번 더 먹고 싶어지는 국물 맛의 비법을 두고 인터넷에서는 날마다 논쟁이 벌어지고 있다.

업계에서는 드물게도 2대에 걸친 여성 점주 에모토 노조미 씨는 이렇게 말한다.

"손님들의 취향은 시시각각 바뀌니까요. 선대인 어머니께 물려받은 레시피를 토대로 다른 가게의 음식을 먹어 보기도 하면서 지금도 끊임없이 연구 중입니다. 거의 매일 미묘하게 배합을 바꿔 나가죠. 예를 들어 지금은 가리비를 사용하지만, 예전엔 굴 말린 것을 쓸 때도 있었거든요. 맑은 국물에 중점을 두고 싶어서 닭고기만 집착했던 시기도 있었지만, 몇 년 전부터는 돼지 뼈 육수도 섞어 쓰고 있습니다. 하룻밤 저온 숙성시켜서 기름을 제거하는 것이 포인트죠. 어린이 손님들도 많아서 '부담스럽지 않은 단맛'을 중시합니다. 시모니타산 대파와 프랑스산 서양 대파를 섞어 쓰기도 하고 그중 한 가지만 사용해 보기도 했는데, 그걸 양파로 바꾸고 사과를 넣고서부터 저희의 방향성은 정해졌습니다. 되도록 특산품에 의지하지 않기로 마음먹었죠. '만인을 위한 담백함'이라고 칭해 주시는 건 기쁘지만, 저희가 가장 조심하는 건 단조로워지지 않는 겁니다. 호불호 없는 맛일수록 놀라움과 기교가 더욱 중요한 법이니까요. 챠슈를 근래 유행한 저온 조리법으로 바꾼 시기도 있었습니다."

겸손함을 절대 잃지 않는 노조미지만 그 강점은 어머니 대부터 찾아 준 단골과 마니아층을 붙잡아 두면서도 가족 손님이나 라이트한 팬층까지 포용한다는 점이다. 현재는 웰빙 추세에 부합하기 위해 밀기울을 활용한 저칼로리면 개발에도 의욕을 불태우고 있다. 시대를 꿰뚫어 보는 에모토 씨의 통찰력 덕분에 가능한 일이다.

"한 명이라도 많은 손님께 '아, 맛있게 먹었네. 아, 좋은 시간을 보냈어.'라는 느낌을 선사하는 것이 저희의 바람입니다. 1인 여성 고객도 편하게 들어올 수 있는 청결하고 안전한 가게를 만드는 것을 최우선으로 하고 있습니다. 코로나 팬데믹도 아직 진정되지 않고 고물가가 이어지고 있으니까요. 어린아이와 함께 오신 분들, 장애를 가진 분들, 성 정체성이나 외모 때문에 평소에 불쾌한 일을 겪으신 분들, 고령인 분들까지 즐거운 외식을 즐기셨으면 해요. 저희 가게에선 무엇보다도 다른 손님들을 배려해 주시길 부탁드리고 싶습니다. 면이나 국물을 남기셔도 좋고, 어떤 방식으로 드시든 전혀 신경 쓰지 않습니다. 저희 가게에 방문해 주신 손님들이 전부 건강한 몸으로 마음 편히 외식할 수 있는 분들은 아닐 테니까요. 겨우 짬을 내서 방문하거나 돈을 모아 드시러 오는 분들도 많을 겁니다."

절대 피해 갈 수 없을 '라멘 평론가 방문 사절'에 관한 소문을 언급하자 에모토 씨는 이렇게 받아넘겼다.

"저희는 어지간한 경우가 아니면 방문을 막지 않습니다. 극히 일부, 주변 손님들을 불편하게 하는 분들만 가게에서 나가 달라고 부탁드리죠. 정확히 말씀드리자면 다른 손님을 멋대로 촬영해서 인터넷에 올린다거나, 불필요하게 말을 건다거나, 점원에게 성희롱적인 말을 하거나 영업에 방해가 될 만한 질문을 하는 등의 행위가 확인되면 블랙리스트에 올릴 수밖에 없습니다. 어쩌다 보니 블랙리스트에 포함된 분 중에 저명한 라멘 애호가와 평론가가 많았던 것일 뿐, 누구나 저희 가게에 방문할 수 있고 그 어떤 엄격한 평가든 겸허히 받아들일 것입니다."

애호가들의 매너에 관해 조용히 일침을 가하는 것도 잊지 않는다. 노조미의 변화는 멈추지 않지만, 진정 변화해야 할 것은 우리 애호가들의 자세일지도 모르겠다.

올봄에는 채식주의자를 위해 식물성 재료만 사용한 '네오 중화 국수'가 신메뉴로 추가된다고 하니 계속 변화하는 '중화 국수 노조미'에서 더욱 눈을 뗄 수 없다.

글: 하라다 모에미

한 라멘 정보지의 소개 기사가 뉴스 사이트에 올라온 지 11시간이 지났다. "여기서 까는 사람, 사하시 라유 아냐?"라는 댓글이 끊이지 않자, 가만히 있던 사하시가 또다시 화제의 중심이 되며 자연스레 '노조미'에 대한 기억을 떠올리게 했다.

시모키타자와에 막 문을 연 마카롱 떡 도넛 전문점의 간판 메뉴를 우버 이츠에서 주문해 세 입 먹고 나머지는 전부 쓰레기통에 처박고는, 음식 얼룩이 곳곳에 배어 있는 소파에 벌렁 드러누웠다. 연초에 받은 건강검진 결과 때문에 이제 남들이 보지 않는 곳에서는 취재를 위해 맛봐야 하는 음식을 전부 먹지 않도록 주의하고 있다.

맨션 바로 밑을 세타가야선이 통과하는 소리가 들렸다. 세타가야 벼룩시장이 열리면서 거리는 아침부터 폭발적인 인파로 붐볐고 노점 음식 냄새가 여기까지 풍겨 왔다.

도저히 외출할 기분이 들지 않았다.

사하시는 라멘 쪽 일이 급감한 탓에 B급 맛집 소개나 영화, 스포츠, 심지어 제과류까지 의뢰가 들어오면 닥치는 대로 글을 쓰지만, 라멘 외의 지식이 거의 없다 보니 추가 의뢰로 이어진 적은 없다. 45세가 된 지금, 새로운 직업을 찾기는 힘들었다. 그렇다고 네리마구에 있는 본가에는 돌아가고 싶지 않았다. 어머니가 돌아가신 뒤로 맞벌이하는 여동생 부부가 아버지를 모시면서 잘난 척 생색을 내기 때문이다.

지금까지 여덟 권의 책을 냈다. 한때는 포동포동한 체격에 여자한테 인기 없는 독신 자학 캐릭터가 마스코트 같아서 귀엽다는 반응을 얻어 지상파 방송의 정규 프로그램에 출연도 했고 거리에서 사인해달라는 요청도 많이 받았다. SNS에서 그의 팬이라고 공언하는 젊은 여성과 DM을 주고받다가 사귀기도 했다. 상황이 이상하게 흘러가기 시작한 건, 미디어에 이 노조미라는 가게가 자주 등장하면서다.

2년 전, 미슐랭 가이드에서 별을 받았다는 소식을 듣고 축하할 겸 오랜만에 노조미를 방문했다. 하지만 손목에 돼지 문신이 있고 운동선수처럼 힘이 세 보이는 직원이 "돌아가 주시죠." 하고 무섭게 노려보며 쫓아냈다. 두 번째로 방문했을 때도 다르지 않았다. 이유는 알 수 없었지만, 동종 업계에서 일하는 남자들 모임에서도 그런 식으로 쫓겨난 사람이 제법 많아서 자기만 그런 게 아니라는 생각에 가슴을 쓸어내렸다. 차단당한 동료들과 인터넷에서 노조미에 대한 비판을 쏟아내면서 오히려 똘똘 뭉칠 수 있었다.

처음엔 '노조미 측이 안 좋은 평가를 받을까 봐 겁을 먹고 라멘 평론가의 출입을 일방적으로 거부하고 있다, 남성 차별이다.'라는 식으로 비판하는 목소리가 컸다. 하지만 이내 사하시와 그 동료들이 과거에 블로그, 트위터에서 주고받았던 대화 내용이 공개되면서 그들에게 비난이 쏟리기 시작했다.

당시에는 '라멘 무사'라는 닉네임으로 활동했는데, 어느새 10년도 더 된 일이다. 정보지의 편집자로 일하면서 블로그에선 독설을 쏟아 내는 이중생활을 하고 있었다. 첫 번째 책을 출간하며 그때를 반성하는 마음으로 블로그는 폐쇄했다. 그런데 그걸 미리 스크랩해 둔 녀석들이 의기양양하게 내용을 공개하면서 사하라와 동료들은 입점 거부를 당해도 싸다는 쪽으로 여론이 바뀌어 갔다. 칼럼 연재는 물론이고 TV와 라디오에서 하나둘 하차당했다. 그리고 노조미를 따라 하듯이 지로케二郎系(많은 채소와 두꺼운 차슈 토핑이 특징적인 라멘 스타일), 이에케 유명 라멘집에서도 문전 박대당하기 시작했다. 그런 와중에 노조미의 팬이라고 공언하는 신진 평론가와 유튜버가 그 맛을 요란하게 찬양하자 그들은 점점 더 설 자리를 잃어버렸다. 주변 사람들도 순식간에 떠나갔다.

이윽고 동료들 사이에서 배신자가 나오기 시작했다. 각자 트위터와 블로그에 과거의 '잘못된 행동'을 뉘우치는 사과문을 올린 것이다. 그들에게 항의했더니 사과문을 올리자마자 노조미에서 업무 담당자를 통해 접촉해 왔다고 했다. 그들은 블랙리스트에서 제외된 뒤 노조미를 극찬하는 쪽으로 완전히 돌아섰다. "라유 씨도 고집부리지 말고 그냥 사과하면 될 텐데…." 하고 한심하다는 듯 타이르는 지경에 이르렀다. 어느새 노조미는 절대적인 힘을 가졌다. 소문에 따르면 미국 넷플릭스에서 제작한 밀착 다큐멘터리가 내년에 전 세계에 공개된다고 한다.

세타가야선은 오늘 벼룩시장 때문에 임시로 추가 운행을 한다고 한다. 열차가 멈추고 출발하는 간격이 평소와 미묘하게 달랐다. 새해 첫날 이후로 집에 틀어박혀 지낸 탓에 사하시의 몸은 그런 사소한 변화에 민감해졌다.

SNS 같은 건 관심 없는 척해도 노조미는 사하시 같은 평론가의 동향을 정확히 파악하고 있는 데다 인터넷의 시류를 읽는 능력도 뛰어난 것 같다. 이거야 원, 본업은 뒷전이고 SNS 여론만 신경 쓰다니 그러고도 장인이라고 할 수 있을까? 사하시는 스마트폰으로 기사 마지막에 첨부된 50대 여성의 사진을 바라보았다. 마치 육수를 우려내고 난 닭 뼈처럼 앙상해 보였다.

화장기 없이 건조하고 거무죽죽한 피부와 눈가의 깊은 주름 탓에 나이보다 훨씬 늙어 보였다. 할머니라고 해도 믿을 정도다. 게다가 날카로운 눈매와 굳게 다문 입가에서는 선대 사장이 가졌던 포용력이 조금도 느껴지지 않는다. 옛날엔 그나마 봐 줄 만한 외모였는데….

끈질긴 집념에 등줄기가 오싹해졌다. 이 여자의 라멘을 먹었던 건 지금으로부터 약 15년 전, 그녀의 어머니가 돌아가신 직후였다. 그러고 보면 사하시는 선대 사장 시절부터 노조미를 제법 높이 평가하고 있었다. 당시에는 동종 업계에서 별로 주목하는 사람이 없었으니 자신에게 선견지명이 있다는 걸 새삼 느낀다. '세련된 도시에서 사랑받는, 그리운 엄마의 맛이 담긴 중화 국수'로 블로그에서 몇 번이나 다루었다. "동아리 활동을 마치고 들른 친구

집에서 어머니가 솜씨 좋게 만들어 준 간장 라멘이 떠오르는 애정이 듬뿍 담긴 손맛, 향수에 잠기게 하는 맛에 이 독설가 라멘 무사도 눈물을 글썽였다."라는 장문의 글로 극찬하기도 했다.

나뭇결 인테리어가 눈에 띄는 촌스러운 분위기의 가게를 혼자 돌아다니는 에모토 노조미는 선대 사장의 장점을 전혀 이어받지 못한 듯했다. 접객 태도가 퉁명스러웠고 미소 짓는 모습을 보기도 힘든 데다 인사도 하는 둥 마는 둥 했다. 게다가 손님들의 식욕이 다 사라질 만큼 안색이 안 좋았다. 라멘 그릇을 내미는 손끝은 바짝 말라 있고, 손톱은 말라비틀어진 조개껍질처럼 여기저기가 갈라져서 당장이라도 부서질 것 같았다. 에모토 노조미를 위해 카운터 너머로 그 점을 지적했다. 다만 면도 국물도 개성이 다소 부족하긴 해도 이미 일정 수준은 넘어선 훌륭한 맛이었다. 사하시는 블로그에서 2대 노조미의 단점을 적으며 좋은 평가도 빠트리지 않았다. 그런데 고작 그 정도 일을 아직도 원망하고 있을 줄이야…. 요즘 장인들은 조금만 안 좋은 비평을 해도 견뎌 내질 못하니 참 문제다.

입안에는 아직 마카롱 떡 도넛의 끈적함이 남아 있었다.

비난의 대상이 된 뒤로 계속 속이 안 좋았다. 뭘 먹어도 아무 맛도 느껴지지 않았다. 깔끔한 국물 같은 음식은 먹을 수 있을 것 같은데 직접 만들 생각은 없었다. 역대 여친들 중 아무나 불러내고 싶었지만 이미 모두 그를 차단한 상태였다.

예전부터 사하시는 부엌에 서지 않는다는 신념을 갖고 있었다. 그건 장인에 대한 존중 때문이었다. 동종 업계에선 직접 라멘을 만들어 먹는 사람도 있지만, 그건 문학 평론가가 소설을 쓰거나 영화 평론가가 직접 영화를 찍는 거나 다름없다고 경멸해 왔다. 기사에 첨부된 노조미 간판 메뉴인 중화 국수의 사진을 어느새 넋을 잃고 보고 있었다.

이런 국물이라면 맛있게 먹을 수 있을지도 모르지.

보면 볼수록 아름다운 황금색이었다. 국물이 이 정도로 투명해지려면 닭 뼈가 냄비 안에서 거의 움직이지 않도록 계속 곁에서 살펴야 한다. 맛이 무난하면서도 복잡한 깊이가 있어서 아무리 먹어도 질리지 않는다는 평판을 얻었는데 수많은 재료를 이 정도로 맑고 투명하게 우려내려면 어떤 기술을 써야 하는 걸까? 사하시는 끊임없이 꼬리를 무는 호기심을 다급히 억눌렀다.

노조미의 맛을 모른다는 건 현재 일본에서 라멘 평론가라는 직함을 내걸고 활동하는 데 있어 치명적인 핸디캡이었다. 그러고 보니 최근에 발간된 카에다마 타로의 라멘 가이드 표지는 하필 유명 사진가가 찍은 노조미의 예술품 같은 중화 국수였다. 아마존의 신간 목록에서 섬네일을 발견한 순간, 사하시는 그것이 자신에 대한 비아냥처럼 느껴져서 크게 분노했다.

인터넷 유저들이 사하시를 비난할 때면 반드시 비교 대상으로 언급하며 칭송하는 게 바로 이 카에다마 타로였다. 이 인터넷 기

사의 댓글에서도 그 이름을 여기저기서 확인할 수 있을 정도다. 카에다마替え玉(식당에서 밥이나 면 등을 추가 주문하는 것을 뜻한다) 타로는 이름과는 어울리지 않게 날씬한 체구에 모공 하나 없는 하얀 피부, 잘생긴 얼굴과 조금만 힘을 줘도 뚝 부러질 것만 같은 가늘고 긴 목이 인상적인 인기 유튜버였다. 눈동자 색과 똑같은 갈색 머리, 빳빳한 흰 티셔츠에 명품 브랜드의 빨간 야구 모자가 그의 트레이드 마크라 할 수 있었다. 삼십 대 정도라고 하지만 그보다는 훨씬 젊어 보였다. 라멘을 먹는 얼굴이 여자들에게 '귀엽다.' '맛있게 먹는다.'라는 반응을 얻었고, 그가 소개한 가게는 다음 날 반드시 손님들로 꽉 들어찼다.

하지만 뭘 먹든 양손으로 V자를 그리며 "맛있네요!" 하는 대사와 함께 얼굴을 잔뜩 구긴 채 웃는 게 표현 방식의 전부였다. 그래서 사하시와 동료들은 그를 무시했다. 애초에 그 이름대로 추가 주문하지 않을 때가 꽤 많기도 했고.

맛있는 음식을 먹으면서 "맛있다."라는 말밖에 하지 못한다면 평론가라고 할 수 없다. 그건 사하시가 라멘 무사 시절부터 수도 없이 강조했던 사실이었다. 말로 표현하기 힘든 복잡한 감칠맛이나 일반인이 알아차리기 힘든 장점을 발견해서 글로 적는 것이 평론가의 역할이 아닐까. 근본을 잃고 대중에 휩쓸리기 쉬운 라멘 문화를 지키고, 새로운 팬층까지도 확보해 나가는 것. 그걸 위해서라면 때로는 악역이 되더라도 상관없었다. 그게 사하시의 사명이자 인생의 긍지였으니까.

사하시는 컴퓨터를 켜고 한동안 하염없이 울었다. 눈물이 말라 갈 즈음 티슈로 코를 흥 풀고 나서 노트note(일본의 글 연재 플랫폼)에 새로운 게시물을 올렸다는 사실을 트위터로 홍보했다.

저 사하시 라유는 2003년부터 2013년까지 사용했던 개인 블로그 '신 랄하게 까기 위해 라멘 무사가 간다!'에서 라멘 가게의 점원분들이나 손님들을 동의 없이 촬영하고 업로드했던 사실을 이 자리를 빌려 사 죄드립니다.

계정은 이미 삭제했고 이제는 블로그를 열람할 수 없지만, 대부분의 사진이 아직도 인터넷에 떠돈다는 사실을 지인에게 들었습니다. 저 때 문에 상처받은 많은 분께 정말로, 정말로 죄송한 마음입니다.

그 시절의 저는 제정신이 아니었던 것 같습니다. 근무하던 회사에서의 인간관계도 원활하지 못했고, 연애하다 차이면서 여성에 대한 두려움 이 생길 정도로 심신이 망가져 있었습니다. 그런 저에게 유일한 구원 은 라멘이었습니다.

그 시절에는 제가 사랑하는 라멘 문화가 근본을 잃어 가는 것이 두려 워서 견딜 수 없었습니다. 내성적인 소년이었던 저는 대학 1학년 때 맛있는 츠케멘과 만난 순간 세상이 달라 보였습니다. 더욱 맛있는 면 과 국물을 찾아 세상을 돌아다니다가 같은 뜻을 가진 동료들도 만났 습니다. 한 명이라도 많은 사람에게 라멘의 매력을 알리고 싶었습니다. 일본에만 존재하는, 이 특수하고 소중한 양식미를 지켜 나가고 계승하고 싶었습니다. 그러기 위해서라면 저 자신이 악역이 되어도 상관없었습니다.

그것이 평론가로서 제 신념이었고, 제가 할 수 있는 유일하게 올바른 싸움이었습니다. 그런 마음만으로 악의 없이 저지른 실수였습니다.

정말로, 정말로 죄송합니다.

열 번 넘게 다시 읽어 보고 올렸음에도 이 게시물 역시 엄청난 논란에 휩싸였다. 라멘 애호가 동료들도 전혀 옹호해 주지 않을 정도였다. '그냥 사과하지 말걸.' 하는 생각에 눈앞이 캄캄해졌다.

한 명이라도 아군을 찾아내고 싶어서 '사하시 라유'라는 이름으로 검색을 멈추지 않았다. 어느새 창밖은 어두워지고 벼룩시장의 노점들도 하나둘씩 사라졌다. 결국 사하시는 꼬박 24시간 동안 인터넷을 돌아다니며 자신에 대한 온갖 욕설을 들여다봐야만 했다.

그 남자에게서 처음으로 연락이 온 건 한밤중이었다. 평소 같았으면 무시했을 테지만 지금의 사하시에게는 한 명뿐인 아군이 너무나 소중했다.

카에다마 타로입니다. 처음으로 DM 보내네요. 오래전부터 사하시 라유 씨의 글이 좋아서 라유 씨처럼 논리적인 주장을 펼칠 수 있는 사람이 되는 게 목표였습니다. 멋진 사과문이었어요. 굉장히 용기 있는 발언이었다고 생각합니다. 노조미 측과 친한데, 괜찮으시다면 사장님께 이 사과문에 대해 알려드려도 될까요?

노조미 측에서 사과문을 읽어 보셨대요. 라유 씨의 마음이 잘 전해졌다네요. '언제든 가게에 다시 방문해 주세요. 돌아가신 어머니도 기뻐하실 거예요.'라고 전해 달라셨어요. 잘됐네요. 방문하실 날짜와 시간을 알려 주시면 반드시 자리를 비워 놓겠다고 하셨습니다. 괜찮으시면 저도 같이 방문하고 싶네요. 한 번 직접 인사드리고 싶었으니까요. 언제가 좋으세요?

사하시에게는 5일 만의 외출이었다.

신문 기사에서는 폐점 시간까지 행렬이 끊이지 않는다고 했지만 저녁 8시 반, 산겐자야역에서 제법 걸어서야 도착한 노조미는 뜻밖에도 한산했다. 가게에 들어가자마자 지난번에 본 돼지 문신의 험상궂은 점원이 성큼성큼 다가왔다. 한 대 때리기라도 할 기세였지만 사하시를 그대로 스쳐 지나가더니 '영업 중'이라고 적힌 간판을 뒤집고 주렴을 걷어 냈다. 자신 때문에 손님들 출입을 제한하는 것 같았다.

외관이나 입구의 분위기는 옛날 그대로지만 한 걸음 안으로 들어서자 마치 다른 세상 같은 고요함이 몸을 휘감았다. 건물 전체가 반들반들한 벼루 같은 소재로 되어 있고 조명도 은은했다. 알루미늄 갓이 달린 전등 여러 개가 천장에 매달린 채 손님들 앞에 놓인 라멘과 발밑만을 비추는 구조였다. 요새는 이런 게 유행일 테지만 왠지 모르게 쌀쌀맞은 느낌이었다. 예전의 낡은 나뭇결 인테리어가 마음에 들었던지라 바로 불쾌한 기분이 들었다. 메뉴가 최적화된 탓인지, 예전엔 있던 낡은 식권 발매기까지 사라지고 없었다.

주인인 에모토 노조미는 카운터 안쪽에서 검은 작업복 차림으로 일하다가 나를 힐끔 쳐다보고는 바로 하던 일로 시선을 돌렸다. 벌써 내일 영업을 준비하는지 국물용 닭 뼈 같은 것을 회칼로 썰어 내는 중인 것 같았다. 사하시는 자신에게 와서 악수 정도는 청할 거라 기대했는데 아무런 반응이 없자 그만 맥이 빠져 버렸다. 직접 눈앞에서 사과할 각오까지 하고 왔는데, 그건 바라지도 않는 듯했다.

파마머리의 샐러리맨 하나가 카운터 옆자리에서 조용히 라멘을 먹고 있었다. 그에게서 두 자리 정도 떨어진 모퉁이에 카에다마 타로가 앉아 있었다. 눈이 마주치자 사하시가 고개를 살짝 숙였다. 하지만 그는 힐끔 돌아보더니 말없이 뺨을 괴며 시선을 내리깔았다. 영상에서 본 이미지와 다르게 미소도 붙임성도 없어 보였다. 흰 티셔츠를 입은 남자야 얼마든지 있을 테고, 가게 안이 워낙 어둑어둑해서 사람을 잘못 봤나 보다 싶었다.

점원이 안내하는 대로 테이블에 자리를 잡고 앉았다. 옆 테이블에는 유명 사립 중학교 교복을 입은 가냘픈 소녀와 그 엄마로 보이는 중년 여성이 마주 앉아 역시나 중화 국수를 먹고 있었다. 잘 손질된 갈색 머리에 고급스러운 트위드 재킷을 걸친 엄마는 사하시에게서 등을 돌린 채 앉았다. 옆에는 커다란 명품 가방이 놓여 있었다.

'이거야 원.' 하고 사하시는 속으로만 생각했다. 아무리 시대가 바뀌었다 해도 모녀가 이런 늦은 시간에 외식을, 그것도 라멘을 먹으러 오다니. 생활에 여유가 있다면 하다못해 패밀리 레스토랑 정도는 갈 줄 아는 상식이 필요할 텐데 말이다.

아주 짧은 머리에 코 피어싱을 한 다른 점원이 "어서 오세요." 하고 물을 가져다주었다. 별로 젊어 보이지 않고 화장기도 없지만 하얀 피부에 점이 많은 모습이 사하시의 취향이었다. 목소리도 저음이고 외모가 너무 남자 같아서 머리를 길게 기르고 화장도 하고 치마를 입으면 보기 좋을 것 같은데….

사하시는 에모토의 살벌한 시선을 느끼고 다급히 점원의 몸에서 눈을 뗀 뒤 "중화 국수 하나요." 하고 작은 소리로 말했다. 짧은 머리의 점원은 청바지 속에 감춰 놓은 골반을 좌우로 흔들며 가 버렸다.

잠깐 보기만 했는데 경고라니. 뭐 이렇게 답답한 가게가 다 있나 싶어 맥이 빠졌다. 옛날의 노조미는 이렇지 않았다. 선대 사장인 에모토 노조미(모녀의 이름이 똑같지만 어머니는 望実, 딸은 希布로 다른 한문을 쓴다)는 통통한 체구에 하얀 피부, 잔주름이 푸근한 인상을 풍겼다. 술에 취해 가게에 들어와도 늘 따뜻하게 맞아 주어서 마치 어머니가 기다리는 본가에 온 듯 편안했다. 애초에 이런 식으로 살벌하게 감시당하면서 음식 맛이 제대로 느껴지기나 할까? 매일 새로운 규칙이 멋대로 추가되고, 그걸 따르지 못하는 사람들은 가차 없이 배척당한다. 그런 숨 막히는 요즈음 풍조가 이 성역聖域까지 밀려들었단 말인가. 사하시는 그런 것들로부터 해방된 여유로운 문화 때문에 라멘집을 좋아하게 된 것인데….

짧은 머리의 점원이 카운터 너머에서 사하시의 주문을 전달하자마자, 에모토 노조미가 갑자기 손뼉을 한 번 크게 쳤다.

"사하시 라유 씨가 중화 국수 한 그릇을 주문했습니다."

그 순간 중학생 모녀를 제외하고 가게 안의 모든 사람이 이쪽을 돌아보았다.

"어서 오세요! 중화 국수 노조미에 오신 걸 환영합니다!"

그들이 일제히 소리 높여 외쳤다. '뭐야 이건, 플래시몹 같은 건가?' 하고 사하시는 당황했다. 혹시 자신을 환영하기 위한 깜짝 이벤트인가 싶었지만, 아무도 웃고 있지는 않았다.

"사하시 라유 씨, 제가 중화 국수를 만들기 전에 먼저 주변에 계신 분들을 자세히 봐 주시겠어요?"

에모토 노조미는 조용하지만 무게 있는 말투로 말했다.

모녀를 제외한 가게 안의 사람들이 모두 일손을 멈추고 사하시를 뚫어질 듯 노려보았다. 사하시는 무슨 일이 벌어지는 건지 몰라 어리둥절했다.

"야, 정말 아무것도 기억이 안 난다고? 장난해?!"

목소리가 들린 쪽을 돌아보니 카에다마 타로가 분노에 찬 눈빛으로 엉거주춤하게 일어나서 이쪽을 노려보고 있었다. 중학생 소녀가 갑자기 플리츠 스커트 자락을 의자 옆으로 늘어뜨리더니 사하시를 향해 스마트폰을 들이댔다. 사하시는 바로 얼굴을 가렸다.

"손님 동의 없이 촬영하면 퇴점시키는 거 아니었나…?"

그런 질문에도 에모토와 두 점원은 어깨를 살짝 흔들며 웃을 뿐이었다.

"가게 전체를 촬영한 거지, 아저씨를 찍은 건 아닌데요. 자기가 되게 특별한 사람인 줄 아나 봐요?"

중학생이 건방진 말투로 말했다.

"멋대로 촬영당하는 기분을 이제 조금은 알겠어, 어?"

머리가 짧은 점원이 입가를 일그러뜨리며 낮은 목소리로 다그쳤다.

"정말 아무것도 기억하지 못하나 보군요. 저는 당신 때문에 일까지 관뒀는데."

양복을 입은 샐러리맨 느낌의 남자까지 창백한 얼굴로 떨리는 목소리를 냈다. 반사적으로 입구 쪽을 돌아보았지만 아까 그 험상궂게 생긴 점원이 팔짱을 낀 채 문을 막듯 서 있었다. 식은땀이 등을 타고 흘러내렸다.

"저기, 아저씨. 우리 얼굴을 한 사람 한 사람씩 자세히 봐 주실래요?"

중학생이 가까이 다가와 쪼그려 앉더니 사하시의 얼굴을 물끄러미 올려다보았다. 어두운 잿빛 일색인 가게 내부가 동그랗고 촉촉한 까만 눈동자에 반사되고 있었다. 지금까지 아무 말 없이 등을 보인 채 앉아 있던 소녀의 엄마가 그제야 고개를 돌리더니 눈을 크게 뜨며 싱긋 웃었다.

"모른다고요? 저희 모두 굉장히 '유명'하잖아요?"

가게 안의 일곱 사람이 잡아먹을 듯이 이쪽을 바라봤다. 한 사람 한 사람의 얼굴을 확인하던 사하시는 "아!" 하고 외치며 손에 든 컵을 떨어뜨렸다. 광택이라고는 없는 거친 질감의 돌바닥 위로 물이 떨어지며 물방울이 구슬처럼 튀어 올랐다.

아카야마 미카가 이케부쿠로역 서쪽 출구에서 걸어서 5분 거리에 있는 유명 돈코츠 라멘집에서 일하기 시작한 건 2010년쯤이었다. 고등학교를 막 졸업한 후였으니 아직 X젠더라는 단어를 자신도, 세상도 모르던 시절이다. 그때는 아르바이트 이력서의 성별 칸에 일단 '여자'라고 적긴 했지만 마음속으론 영 석연치가 않았다. 아무 잘못도 없으면서 늘 고용주나 동료들을 속이고 있는 것처럼 느껴졌다.

중학교 1학년 때부터 여자 교복을 입으면 영 불편했다. 굳이 따지자면 남자 교복 쪽이 편해 보였는데, 그걸 실제로 입고 싶지는 않았던 것 같다. 무척 소극적으로, 치마보다는 나을 거라고 생각했을 뿐이다. 학생 시절은 물론이고 지금도 좋아하는 사람이 생겼던 적은 없다. 하지만 그런 만큼 자기가 하고 싶은 일에 집중할 수 있었다. 사람들 앞에 나서는 성격은 아니어도 책임감이 강하고 어떤 행사든 즐겁게 참여하는 미카를 남학생 여학생 할 것 없이 모두 좋아했고, 전반적으로 충실한 학창 시절을 보냈다.

부유하지는 않아도 젊은 부모 밑에서 여동생과 함께 많은 사랑을 받으며 자랐다. 미카라는 이름은 누가 들어도 여자 이름이지만, 거기에 어떤 의미가 담겨 있었는지를 어머니에게서 듣게 된 뒤로는 좋아하게 되었다. 짧은 머리에 단단한 체격, 브래지어로 꽉 억눌러 놓은 작은 가슴 탓에 자주 남자로 오해받곤 했다. 하지만 그걸로 놀리는 건 자신과 이야기해 본 적 없는 인간들뿐이었기에 신경 쓰지 않았다.

키가 크고 팔다리도 길고 체력이 좋은 미카는 여자 축구부 활동에 빠져 있었다. 다만 친구들과 같은 성별이라고는 자신할 수 없었기에 화장실이나 탈의실은 되도록 아무도 없는 틈을 타서 이용했다. 감독님은 추천서를 써 줄 테니 체대에 진학하라고 권했지만, 본격적으로 스포츠 세계에 뛰어들었다간 자신의 성별을 정확히 드러내야 할 거라는 판단이 들어 그만뒀다.

고등학교 졸업 후에는 장래에 할 일을 찾아보자는 생각으로 세

이부 철도 이케부쿠로선을 타고 도쿄로 출근해서 온갖 아르바이트를 다 했다. 어딜 가든 환영받았지만, 몸을 마음껏 움직이고 싶어 하는 성격이다 보니 비활동적인 잡일은 맞지 않았다. 접객업은 웨이트리스니 웨이터니 하는 성별에 따른 역할이 정해지는 경우가 많아 불편했다.

일을 한 번씩 관둘 때마다 자신에게 잘 맞는 장소의 윤곽이 점차 보이기 시작했다. 최대한 정신없이 바쁜 곳, 직원 수가 적은 곳, 유니폼으로 헐렁헐렁한 사무에作務衣(주로 작업복으로 입는 헐렁한 일본 전통 의상)를 입고 힘쓰는 일을 해야 하는 곳, 탈의실이 정해져 있지 않고 화장실은 하나로 통일된 곳. 결론적으로 좁은 평수에 카운터만 있는 인기 라멘집이 최적이었다.

미카는 여동생에게 자신의 생각을 이야기했다. 여동생에게는 예전부터 자신이 느끼는 불편함을 전부 털어놓았다. 미카가 알아듣기 힘든 말을 해도 진지하게 고개를 끄덕이며 들어주었으니까.

무엇보다도 미카는 어린 시절부터 라멘이 너무 좋았다. 흔히 말하는 '맛집'의 차이점을 그때는 잘 몰랐지만, 온 가족이 주말에 외출해서 푸드코트에서 먹던 진한 돼지 뼈 육수 국물과 가늘고 쫄깃한 면발, 거기에 물기가 적은 밥을 말아 먹는 걸 좋아했다.

실제로 전통 돈코츠 간장 라멘의 맛집인 '타루호'에 드나드는 남자 손님들은 미카를 신경도 쓰지 않았다. 대부분이 혼자 들어와서 점원에게는 눈길도 주지 않은 채 식권을 내밀고, 황금색의 깊은 국물에서 쫄깃한 면발을 경쟁하듯 건져 올렸다. 그러고는 그릇을 양손으로 들어 국물을 쭉 들이킨 다음 한마디도 하지 않고 바삐 가게를 나섰다. 손님을 상대하는 건 좋아했지만 일과 전혀 상관없는 대화를 하게 될 때면 뭐라고 답해야 할지 몰라 곤란했기에 그것도 다행이었다.

미카는 손님들에게서 일정한 리듬과 질서가 느껴지는 건 사장의 장엄한 분위기 덕분일 거라고 생각했다. 60대의 남자 사장인 모리 씨는 결코 종업원들을 다그치거나 무언가를 강요하지 않았다. 하지만 딴짓하지 말고 재빠르게 움직이길 요구했다. 그것이 종업원을 통제하기 위함이 아니라, 주문을 받고 3분 이내에 그가 스스로 만족할 만큼 맛있는 라멘을 내놓기 위해서라는 걸 바로 이해했다. 손님이 가장 붐비는 시간대에는 정말 눈코 뜰 새 없이 바빠서 미카보다도 훨씬 나이가 많은 점원이 몇 번이나 주문을 잘못 받았고, 사장님의 분노 어린 시선을 견디다 못해 하나둘 그만두고 말았다.

그래서 일을 시작하고 얼마 되지 않아 미카가 최고참이 되었다. 사장님의 말수가 적은 게 미카는 오히려 편하게 느껴졌다. 타루호에서는 그저 아카야마 미카로 존재할 수 있었다. 그리고 무엇보다 차슈 달걀덮밥과 교자는 말할 것도 없고 라멘이 말도 안 되게 맛있었다. 푸드코트에서 먹던 맛과는 근본부터 달랐다. 단순히 진한 맛에서 끝나는 게 아니라 정성껏 곁들여진 채소와 니보시煮干し(잔

멸치를 쪄서 말린 것)의 향이 상쾌하기까지 했다. 극한으로 쫄깃한 면 발도 전혀 거슬리지 않게 고소하면서 식감이 좋아 아무리 먹어도 질리지 않았다.

어느 날 점심시간에 사장이 짧게 말했다.

"국물 만드는 거, 내일부터 도와주지 않을래?"

미카는 힘주어 고개를 끄덕였다. 그래서 미카답지 않게도 접객 중에 입가에서 미소가 떠나지 않았던 탓에 그 남자의 눈에 띄고 만 것이다. 식권을 받아 든 순간부터 남자의 태도는 어딘가 묘한 구석이 있었다.

"저기, 알바생. 남자야, 여자야?"

카운터 너머로 라멘 그릇을 받자마자 난데없는 질문을 던졌다. 왜 그때 적당히 받아넘기지 못했던 걸까? 미카는 잔뜩 당황해 그 자리에서 굳어 버리고 말았다.

"남자야, 여자야? 응? 어느 쪽이냐니까? 아니지, 어느 쪽이라고 해도 믿겠는데?"

남자는 아무렇지 않게 말하는 듯하면서도 끈질기게 물고 늘어 졌다. 무슨 말이든 해야 했다. 그 순간, 많은 남자가 지켜보는 가 운데서 자신의 애매함을 명확히 설명해야만 했다. 여동생에게도 두서없이 이야기했는데, 어쩌지? 입에서 아무 말도 나오지 않았 다. 단골들마저 자신의 가슴 쪽을 힐끔거리는 게 느껴졌다. 머릿 속이 새하얘졌다. 평소에 식욕을 자극하던 돼지 뼈 육수의 강한 향에 현기증이 날 것 같았다.

"어느 쪽인지 제대로 말하지 않으면 맛에 집중할 수 없을 것 같은데? 다들 그렇지 않아? 나만 궁금한 거야?"

"미안하지만 우리 직원한테 그만 찝쩍거려 주겠나? 음식값은 돌려줄 테니까 그냥 나가 줬으면 하는데."

사장의 단호한 한마디 덕분에 다른 손님들도 평소처럼 무슨 일이 벌어져도 음식에만 집중하는 군대 같은 분위기로 되돌아갔다. 남자는 가게 안에서 차가운 시선을 받으면서도 실실 웃더니 돌연 사라졌다.

그런데 다음 날, 그가 유명 블로거 '라멘 무사'였다는 걸 알게 되었다. 최신 게시물에서는 타루호의 폭력적인 접객 태도에 어이가 없었다느니, 맛이 하드보일드하다고 들었는데 실은 사람이 그랬다느니 하며 사장을 제멋대로 비하하고 있었다. 게다가 미카를 몰래 촬영한 사진까지 첨부하면서, 성별이 모호한 종업원은 정말 비열하고 비겁할 뿐 아니라 손님들을 불안하게 만드는 존재라고 규탄하기까지 했다.

그로부터 얼마 되지 않아 미카는 스스로 일을 그만두었다. 사장은 나름 진지하게 설득했지만, 자신에게 잘 대해 준 그에게 오히려 민폐를 끼쳤다는 생각에 더 이상 일할 마음이 들지 않았다. 그때 이후로 손님들이 얼굴과 몸을 물끄러미 쳐다보는 듯한 기분을 떨칠 수 없었다.

부모님과 여동생도 아마 미카의 사진이 인터넷상에 돌아다닌다는 걸 어렴풋이 알았을 것이다. 그래서인지 다시 아르바이트를 구하려 하지 않는 미카에게 아무 말도 하지 않았다.

모르는 사람이 갑자기 말을 걸고 그때와 똑같은 질문을 꺼낼까 봐 한동안은 외출도 하지 못했다. 두 달 반이 지나고서야 헐렁한 트레이닝복에 모자를 깊이 눌러쓰고서 해가 지고 난 다음에만 조심스레 거리로 나올 수 있었다.

어느 날 밤, 시부야에서 심야 공연을 보느라 막차를 놓치는 바람에 피시방에서 새벽까지 시간을 때워야 했다. 그때 어릴 적 좋아했던, 푸드코트의 하카타博多系(후쿠오카에서 유래한 라멘 스타일로 하얀 국물에 구불거림 없는 일자 면발이 특징이다) 돈코츠 라멘 가맹점 로고가 눈에 들어왔다. 모리 씨의 라멘 같은 개성이나 장점은 없어도 더욱 대중적인, 무난하면서도 걸쭉하며 단맛이 강한 하얀 국물이었다. 가게 안으로 들어가면서, 그런 꼴을 당했는데도 자신이 아직 라멘을 좋아한다는 걸 자각했다. 식권을 구입한 다음 카운터 구석에 최대한 눈에 띄지 않는 자리를 골라 앉았다.

"저기, 실례합니다. 옆에 앉아도 될까요?"

자신과 비슷한 또래인 파카 차림에 야구 모자를 쓰고 머리를 길게 땋은 여자가 물어왔다. 사실 아까 가게에 들어올 때부터 계속 시선이 느껴졌다.

"저는 사와타리 메구미라고 해요."

그녀는 당돌하게 이름을 밝혔다. 여기서 걸어서 몇 분이면 닿을 수 있는 대학의 3학년이라면서, 수상한 사람이 아니라는 걸 증명하기 위해 학생증을 보여주었다. 그러고는 미카가 허락도 하기 전에 옆자리에 앉아 식권을 카운터 쪽으로 내밀었다.

"인터넷에서 그쪽 사진을 봤거든요."

그 말을 듣고 바로 자리에서 일어나려 했지만, 메구미 씨가 마치 닫히기 직전의 지하철 문으로 뛰어들 듯이 막아섰다.

"저기, 오해하지 말아요. 저도 같은 처지거든요. 라멘 무사한테 멋대로 사진을 찍혔어요."

미카는 수려한 얼굴과 선해 보이는 눈매, 커다란 눈동자를 가만히 바라보다가 메구미 씨가 누구인지 기억해 냈다. '일본에서 가장 귀여운 왕가슴 종업원'이라는 문구와 함께 라멘 무사의 블로그에 사진이 올라왔던 사람이었다. 라멘 무사의 블로그 같은 건 절대 들어가지 않지만, 당시 엄청난 화제였기에 무심코 클릭하고 말았다.

정면에서 보고도 얼굴을 바로 알아보지 못했던 건, 당시의 사진이 가슴 아래쪽에서 특정 부위만 강조하듯 찍힌 탓이다. 미카의 것과 동시에 나온 라멘을 앞에 두고 메구미 씨는 나무젓가락을 쪼갰다. 그리고 붉은 생강 절임을 듬뿍 집어넣으며 말을 이었다.

"그거, 꼭 촬영에 동의한 것처럼 올려놔서 관종이라느니 변태녀라느니, 인터넷에서 엄청 욕을 먹었어요. 스토커 같은 인간들이 몇 명이나 가게를 찾아오기도 했지요. 사장한테 말했더니, 가게 홍보도 됐고 너도 외모를 칭찬받았으니까 좋은 거 아니냐면서 웃어넘기더라고요. 그래서 일은 관뒀어요."

메구미 씨는 입술을 오므리고 붉은 생강 절임이 녹아 핑크빛으로 물든 국물에서 면을 건져내 후루룩 빨아들였다.

"그 사진, 허락도 없이 찍은 거예요?"

미카도 나무젓가락을 쪼갰지만 식욕이 확 사라지고 말았다.

"네, 그 자식은 '점원분, 라멘 들고 사진 한 장만 찍을 수 있을까요?'라면서 말을 걸어왔어요. 라멘이 메인인 사진인 줄 알고 나도 모르게 수줍게 웃기까지 했단 말이죠. 좋아했거든요. 제가 일했던, 고탄다에 있는 요코하마 이에케 라멘을요. 그날은 제가 처음으로 라멘에 김을 올려 장식했던 기념비적인 날이기도 했고요."

메구미 씨가 큰 눈망울로 먹으라는 듯이 눈짓했다. 미카는 그제야 면을 조금 먹었다. 그러자 점점 식욕이 돌아왔다.

"여기, 면 좀 추가할게요."

메구미 씨가 꽤나 자연스럽게 카운터를 향해 말했다.

본격적으로 면을 먹기 전에, 미카는 꼭 이 이야기만큼은 털어놓고 싶었다.

"저기, 저는 어릴 때부터 제가 어느 성별인지 잘 모르겠거든요. 그래서 성별과 상관없는 곳에서 일하고 싶다는 생각을 쭉 해 왔는데…. 아직도 그걸 잘 설명하기가 힘드네요."

여동생 외의 사람에게 이런 이야기를 털어놓는 건 처음이었다. 이렇게 꽁꽁 싸매고 있어도 카운터 안쪽의 가게 주인이나 아르바이트생들, 다른 손님들의 시선이 신경 쓰였다. 그때처럼 혀가 굳어 버릴 것만 같았다. 그래도 메구미 씨가 마치 주위로부터 지켜 주듯이 몸을 내밀어 눈앞의 벽이 되어 준 덕분에 간신히 마지막까지 이야기할 수 있었다.

"당연해요. 그렇게 민감한 문제를 갑자기 물어보는데 누가 바로 대답할 수 있겠어요. 그런데도 저처럼 처음 만난 사람한테 이야기해 줘서 정말 고마워요."

메구미 씨도 면 추가에서 끝나는 게 아니라 국물은 남겨 두었다가 밥까지 말아 먹는 타입이었다. 그 덕분인지 미카도 석 달 만에 면을 추가하고 교자와 밥까지 먹었다. 계산을 마치고 헤어질 때가 되자 메구미 씨가 이렇게 말을 꺼냈다.

"저는 인터넷에서 화제가 된 뒤부터 대학에서도 모르는 사람이 말을 걸어올 때가 많아서 계속 안 나갔어요. 친구들이 많이 걱정해 줬지만 결국 사이가 소원해졌고요. 저기, 이제부터 가끔 만나서 같이 라멘집 투어 안 할래요? 제 주변엔 라멘을 좋아하는 여자애가 없어서요. 아, 아카야마 씨를 여자라고 단정 지어 말하는 건 아니에요."

"고마워요. 저라도 괜찮다면 언제든 연락 주세요."

그렇게 연락처를 교환했다. 메구미 씨는 그날 밤 바로 다음에

만날 약속을 잡기 위한 메시지를 보냈다. 다시 만난 날, 메구미 씨는 머리도 쇼트커트에 분위기가 확 달라져 있었다. 신주쿠, 하라주쿠, 시부야에서 만나 둘이서 가 보고 싶은 라멘집을 탐방하고 스타벅스에서 느긋하게 수다를 떨며 관계를 이어 갔다. 고등학교 시절에 친구는 많았지만 대부분 무리 지어 다녔기에 이런 식으로 일 대 일 대화를 할 수 있는 상대는 처음이었다. 무엇보다도 자기만큼이나 잘 먹는 메구미 씨와 함께 다니는 게 즐거웠다. 쇼핑 가자고 불러내지 않는 것도 딱 좋았다. 어릴 때부터 특별히 어떤 옷을 입고 싶다는 생각이 든 적이 없어서 자기 취향이 어떤지도 잘 몰랐기 때문이다.

"트위터에 라멘을 좋아한다고 올려 놓으면 이상한 것들이 꼬인다니까."

메구미 씨가 신주쿠의 해산물을 베이스로 한 소금 라멘집에서 불쑥 말했다. '이제 면 추가할 거지?' 하고 서로 눈빛을 주고받은 직후였다. 대합과 생선을 베이스로 해서 올 때마다 맛이 미묘하게 바뀌는 국물과 헤시코^ㄴㄷ(고등어를 소금과 된장으로 절여 발효시킨 음식)가 들어간 짠맛의 주먹밥이 압도적으로 잘 어울리는, 미카의 추천 가게를 메구미 씨도 좋아해 줘서 기뻤다.

트위터가 폭발적으로 유행하기 시작한 건 동일본 대지진이 일어난 뒤였고, 미카는 2010년 당시에 이름만 얼핏 들어본 적 있는 정도였다. 하지만 메구미 씨는 이미 능숙하게 사용하고 있는 데다

SNS가 무섭지 않다고 했다.

미카는 그날 이후로 인터넷을 멀리하고 있었다. 라멘에 관한 입소문 정보도 볼 수 없어서 잡지와 책, 라멘집에서 엿듣는 애호가들의 대화가 귀중한 소식통이었다.

"남친 때문에 좋아하는 거 아니냐는 댓글이 달려. 여자가 라멘을 좋아한다는 걸 왜 용납하지 못하는 걸까?"

"내 여동생도 비슷한 말을 했어. 라멘 문화라는 게 참 복잡하고 무섭다고."

미카는 라멘집 타루호의 엄숙한 분위기가 좋았고 모리 씨를 비롯해 지금도 나쁜 인상은 갖고 있지 않았다. 하지만 여동생은 그런 분위기가 굉장히 거북했는지, 언니를 만나러 가게 앞까지 와서도 무섭다며 안으로 들어온 적은 없었다.

"맞아, 맞아. 괜히 라멘 이야기를 꺼냈다가 이상한 애호가가 시비를 건다는 인식이 있잖아. 면이나 국물을 남기면 누가 혼낼 것 같아서 못 들어가겠다는 사람도 있고."

"그리고 보니 유명한 라멘집은 남자만 득실거리고, 사장님도 꼭 남자잖아?"

"아, 잠깐. 한 사람 있긴 해. 여자 사장님이 하는 가게. 내가 팔로우한 라멘 애호가가 추천해 준 곳이긴 한데…."

메구미 씨는 그렇게 말하고 스마트폰을 꺼내더니 눈을 반짝이며 들여다보았다. 라멘을 귀엽게 의인화시킨 캐릭터 아이콘이 얼핏 보였다.

"아, 여기서는 이것까지만 먹고 두 그릇째는 거기로 먹으러 가지 않을래?"

카타야마 아사히는 미대 졸업 후에 입사했던 오오이마치센 노선에 있는 건축 사무소를 불과 2년 반 만에 그만둔 이유를 나가노현에 사는 어머니와 외할머니에게 아직 제대로 설명하지 못했다. 어렴풋이는 눈치챘겠지만 두 사람에겐 게이라는 사실을 밝힌 적이 없었다. 아버지가 돌아가신 후 근처 호텔 프런트에서 일하면서 외할머니와 함께 자신을 키워 준 어머니에게 인터넷을 한 번 보라고 했다간, 아들에게 쏟아지는 온갖 비난과 욕설에 깊은 상처를 받을 것이다.

아파트에 틀어박힌 지 2주가 지났다. 사무소 근처라는 이유로 구한 방이라서 예전 직장 동료와 어디서 마주칠지 몰랐다. 이젠 슈퍼나 편의점에 가는 것조차 두려웠다. 켄토에게 "뭐라도 챙겨 먹고 있어요?" 하는 메시지를 받았을 때는 너무 고마운 나머지 먹고 싶은 걸 정신없이 써서 답장을 보냈다. 지금 제대로 눈을 보며 이야기할 수 있는 사람은 이 세상에서 오직 그뿐이었다.

"그 잘 먹는 아르바이트생하고 카타야마 군이 사귀는 사이였구나."

회사 고객인 지유가오카의 바 주인이 악의 없이 그런 말을 꺼냈을 때, 지금 무슨 일이 벌어지고 있는지 전혀 알아챌 수 없었다. 이 세상에 자신이 게이라는 걸 아는 건 단 한 사람 켄토뿐이었다. 순간적으로 그가 자신을 배신한 건가 하는 생각까지 들었다.

바 주인이 알려 준 유명 라멘 블로그에는 몰래 촬영된 아사히와 켄토의 사진이 업로드되어 있었다. 그걸 처음 본 순간, 마치 고층 빌딩의 엘리베이터 안으로 들어가자마자 그대로 허공으로 떨어지는 듯한 충격에 휩싸였다. 그때의 공포를 지금도 가끔 꿈속에서 경험하곤 한다.

켄토가 아르바이트생으로 사무소에 들어온 작년 봄부터 계속 관심이 갔다. 아사히가 다니던 미대 후배였고 공통된 지인도 많았다. 희고 매끄러운 피부에 푸근한 체형이라 모두가 그를 좋아했다. 무엇보다도, 도넛이든 김초밥이든 아무 음식이나 맛있게 먹는 모습에서 눈을 뗄 수 없었다. 여자들뿐인 술자리에도 아무렇지 않게 참여했고, 거기서 자신은 남자를 좋아한다고 당당하게 인정한 탓에 주위 시선이 미묘하게 변화했지만 켄토는 별로 신경 쓰지 않는 눈치였다.

그래도 아무리 막내라지만 정사원이 연하 아르바이트생에게 마음을 고백하는 건 역시 거부감이 있었다. 그래서 그가 졸업 작품을 위해 아르바이트를 관두는 날까지 기다렸다가 용기를 내어 같이 밥을 먹자는 말을 꺼냈다. 켄토는 "어, 진짜 기쁜데요?" 하고 대답하며 눈빛을 반짝였다.

"그럼 제가 가고 싶은 가게에 가도 될까요? 칸파치 쪽에 엄청 맛있기로 유명한 인스파이어 지로케 라멘집이 있어서요. 가게 앞에 줄이 끊이지 않는데, 같이 서서 기다려 줄 사람이 있으면 좋을 것 같다고 생각했거든요."

배기가스가 자욱한 곳에서 30분을 기다리는 동안, 켄토가 살아온 이야기를 주절주절 늘어놓았다. 그 바람에 아사히도 처음으로 누군가에게 자신의 인생 이야기를 하게 되었다. 어린 시절엔 입이 짧았고 채소를 싫어했으며 외할머니를 꽤 고생시켰다는 이야기. 좋아하는 영화감독이 이타미 주조와 스파이크 리라고 말하자 켄토는 "저도요!" 하며 펄쩍 뛰었다. 켄토가 영화 '슈퍼마켓의 여자'에 출연한 츠가와 마사히코를 너무도 잘 흉내 내는 걸 보고 눈물이 날 만큼 실컷 웃었다. 말할 것도 없이 지금까지 살아오면서 가장 즐겁고 편안한 30분이었다.

그래서 아사히답지 않게 들뜨고 말았다. 켄토가 극히 자연스럽게 "저기, 싫으시다면 어쩔 수 없지만, 손 좀 잡아도 될까요?" 하고 속삭였을 때도 두근거리는 마음으로 서로의 손가락을 깍지 꼈다. 디근 자(ㄷ) 모양의 카운터 석에 나란히 앉아 함께 식권을 냈다. 켄토는 "주문하는 게 꽤 복잡하니까 저한테 맡겨주세요." 하고 말했다. 아사히는 그런 그의 세세한 주문 내용에 반하고 말았다. 돼지고기와 마늘, 면, 채소의 양을 아사히에게 하나씩 물어보고 나서 가게 주인에게 전달했다. 처음으로 같이하는 외식인데도 켄토는 아사히의 먹는 양과 취향을 정확히 맞췄다. 그도 자신에게 관심을 갖고 계속 지켜봐 줬다고 생각하니 눈물이 날 것 같았다. 그때 갑자기 켄토의 표정이 점점 험악해졌다.

"야, 너! 누가 찍어도 된다고 했어! 경찰 불러?!"

켄토가 김이 피어오르는 주방 너머에 앉은 뚱뚱한 남자를 향해 소리쳤다. 순간적으로 가게 안이 쥐 죽은 듯 조용해졌다. 그 지저분한 인상의 남자가 이쪽을 향해 계속 스마트폰 카메라를 겨누고 있었던 모양이다. 그는 켄토의 기세에 눌렸는지 재빨리 가게를 빠져나갔다. 곧 두 사람의 라멘이 나왔지만, 켄토는 아사히의 얼굴이 창백해진 걸 알아챘는지 주인에게 사과하고 그릇에는 손도 대지 않은 채 가게를 나왔다.

"나중에 또 먹으러 오죠. 다음엔 아사히 씨가 쉬는 날 만나요. 그러면 마늘을 잔뜩 넣어달라고 할 수 있거든요."

그렇게 켄토가 분위기를 풀어 준 덕분에 그날은 밝은 얼굴로 헤어질 수 있었다. 혹시 겉보기와 다르게 학교 다닐 때는 좀 불량했던 건가? 그렇게 생각하니 안 좋은 일을 겪은 직후인데도 그에 대한 관심이 더욱 부풀어 오르며 아무것도 먹지 않았는데도 몸이 계속 뜨거웠다.

하지만 그렇게 두근거리는 마음으로 지낼 수 있었던 건, 두 사람의 사진이 인터넷에 유포되기 전의 불과 며칠 동안이었다.

'라멘집에 안 어울리게 쓸데없이 긴 시간을 들여 주문하고, 주변에 민폐를 끼칠 만큼 심한 애정 행각을 보인 동성애자 커플'이라는 악의적인 문장을 읽자 아사히는 침대에서 일어날 수 없었다. 직장에도 이제 두 번 다시 출근할 수 없을 거라고 생각했다. 아사히와 켄토의 다정한 분위기가 귀엽다는 옹호의 댓글조차도 마치 진귀한 애완동물을 평가하는 듯한 어감이 느껴져 오히려 상처가 되었다. 목소리가 제대로 나오지 않았고 속이 타들어 가는 듯 아파서 물 말고는 아무것도 목으로 넘어가지 않았다.

메시지를 받은 지 30분 뒤, 며칠 동안 청소도 안 한 방에 켄토가 평소 같은 분위기 그대로 슈퍼마켓 봉지를 들고 나타났다. 원래는 좀 더 잘 정리된 상태로, 외할머니가 보내준 메밀국수라도 삶아서 대접하고 싶었는데. 켄토는 "창문 좀 열게요." "죽은 먹을 수 있죠?" "부엌 좀 빌릴게요." 하고 계속해서 말을 쏟아내며 냄비와 프라이팬, 냉장고 안을 확인하고는 아무렇지 않게 말을 이었다.

"어떡할래요? 고소할까요?"

"그만둘래. 더 이상 내 성향 때문에 주목받고 싶지 않아."

그래요, 하고 켄토가 중얼거리더니 침대 옆까지 다가와서 걸터앉아 이쪽의 얼굴을 들여다보았다.

"미안, 내가 괜히 밥 먹자고 해서…."

아사히가 작은 목소리로 사과하자 그는 태연하게 대답했다.

"아니, 사과는 제가 해야죠. 라멘집에 가자고 한 건 저였잖아요. 전 그런 거 별로 신경 안 쓰거든요. 제 고향, 아, 여기서 전철로 갈 수 있는 가나가와현의 촌구석인데요. 엄청 험한 동네라 어릴 때부터 남자랑 걸어 다니기만 해도 얻어맞다 보니까 그런 건 익숙해요. 떠들어대든 말든 신경도 안 쓰여요."

이쪽의 표정을 다른 의미로 받아들였는지, 켄토는 갑자기 온화한 얼굴로 말했다.

"그래도 다른 사람들이 다 저 같진 않겠죠. 아사히 씨가 상처받았다면, 그건 용서가 안 돼요. 이렇게 가끔 만날 수 있었으면 좋겠어요. 집에서 하는 데이트도 괜찮잖아요."

그는 잠시 망설이더니 아사히에게 스마트폰을 내밀었다.

"위로가 되진 않겠지만, 라멘 무사에게 우리보다도 심한 짓을 당한 사람들이 꽤 많아요. 이 모녀는 정말 심하잖아요? 얘는 아직 아기인데…."

그건 이번 일로 라멘 무사의 블로그를 제대로 들여다보기 전부터 이미 인터넷상에서 유명했던 사진과 코멘트였다. 아사히, 켄토와는 비교도 안 될 만큼 널리 퍼져 있었다. 악질적인 합성 사진도 잔뜩 만들어져 이미 인터넷에선 만인의 장난감이나 다름없었다. 하지만 이 사진을 처음 봤을 때, 아사히도 딱히 불쌍하다는 생각은 하지 못했다. 오히려 왜 이렇게 어린아이를 데리고 굳이 외식하러 나왔나 하며 쓴웃음을 짓고 흥밋거리로 받아들였을 뿐이다. 남자들뿐인 라멘집 카운터 석에 비좁게 앉아 한 손으로 아기를 안고 필사적으로 면을 먹는 엄마의 도촬 사진. 맨얼굴에 머리카락은

헝클어지고 잠옷 같아 보이는 옷 여기저기에는 지저분한 얼룩까지 남아 있었다.

그걸 보면서 왜 웃었던 걸까. 어린 시절, 아사히가 올려다본 어머니의 모습과 이렇게나 닮았는데.

"당장이라도 수유를 시작할까 봐 불안해서 견딜 수가 있어야지… 가슴을 볼 수 있다면 손해는 아니겠지만, 이런 아줌마면 좀 그러니까."

당시엔 짓궂다고만 생각했던 라멘 무사의 코멘트에 지금의 아사히는 토할 것만 같은 혐오감을 느꼈다.

"라멘 무사 때문에 삶이 엉망이 된 건 우리만이 아닌 거구나."

켄토는 뺨이 맞닿을 만큼 가까이 다가와 있었다.

"왠지 갑자기 라멘이 먹고 싶어지네…"

그의 체온과 체취에 마음이 안정된 탓인지, 아사히는 자기도 모르게 그런 말을 중얼거리고 있었다.

이미 2년이 넘은 일이지만, 아키는 그날부터 절대 라멘집에는 가지 않았다. 사진이 인터넷에 유포된 지 반년 뒤에 남편과 이혼했다.

두 사람이 근무하던 곳은 쿄바시의 작은 냉동 식품 제조 회사였고, 보수적인 분위기였음에도 육아 휴직하는 남자 직원은 얼마든지 있었다. 하지만 남편은 "부부가 같이 육아 휴직이라니. 한 명씩

교대로 낸다고 해도 눈치 보이지."라는 핑계를 대며 거부했다. 아키의 출산 휴가가 끝나고 본격적인 맞벌이가 시작되었지만, 남편은 여전히 술자리에 빠지지 않았고 독박 육아는 도무지 끝이 보이지 않았다. 하지만 이혼의 결정타는 남편의 한마디였다.

"도촬한 사람도 문제지만, 너한테도 잘못이 있어. 갓난아기를 데리고 라멘집에 가다니, 나 같아도 욕하겠다."

부서는 달라도 워낙 작은 회사라 이혼한 뒤에도 자주 얼굴을 마주치게 되었다. 아키는 거북함을 견디지 못하고 퇴사했다. 왜 그렇게 제멋대로냐, 손녀인 하루가 불쌍하다고 부모님이 격노한 탓에 애초에 소원하게 지냈던 친정과는 아예 의절했다.

아이를 데리고 라멘 좀 먹으러 갔다가 모든 걸 잃게 되다니, 아키는 자신에게 벌어진 일이 아직도 믿기지 않았다. 지금은 덴엔토시선 노선에 있는 아파트를 빌려 파견직으로 열심히 일하면서 하루를 혼자 키운다. 인터넷에서 가장 유명한 아기였던 하루도 어느새 자기 손으로 숟가락과 포크를 쓸 수 있게 되었다. 얼마 전까지는 거리를 걸어 다닐 때도 사람들이 쳐다보는 것 같아 견딜 수 없었고 실제로 "저거, 라멘 아줌마랑 그 아기 아냐?" 하면서 교복을 입은 녀석들이 스마트폰을 들이댔던 적도 있었다.

최근 들어서야 간신히 업무 상대의 눈을 보며 이야기할 수 있게 되었다.

예전 직장에서 홍보를 담당하던 입사 동기 사키가 없었다면, 아마 지금의 아키도 없을 것이다. 그녀가 "아키가 작성한 신제품 앙케트, 우리 부서에서 다들 좋다고 했거든." 하며 원래 전문가에게 외주를 맡기던 사내 팸플릿용 신제품 소개 기사를 의뢰해 준 것이 시작이었다. 예전 직장에서 돈을 받는 게 부담스럽다고 했더니 "그럼 필명을 쓰면 되지." 하고 제안해 주었다. 이를 계기로 다른 곳에서도 칼럼이나 기사 작성 일이 조금씩 들어왔다. 지금은 어느새 육아 사이트와 맛집 사이트에 고정 연재처가 생겼다. 미미한 원고료라도 월수입 15만 엔으로 꾸려 나가는 두 사람의 생활에는 귀중한 수입원이 되었다.

미슈쿠에 있는 무허가 어린이집에서 하루를 데리고 돌아오는 길에 우연히 눈에 들어온 것이 '중화 국수 노조미'의 낡은 주렴이었다. 이 가게를 알게 된 건 분하게도 라멘 무사의 블로그를 통해서였다. 자기보다 더 욕을 먹는 사람을 찾아 마음의 위로를 얻으려다가 이 가게에 관한 기사를 읽는 바람에 오히려 아픔이 배가되고 말았다.

"아줌마 사장의 손톱이 당장이라도 깨질 것 같아. 식욕이 싹 사라질 정도의 손거스러미와 손톱 갈라짐, 이 정도면 피부나 손톱에서 떨어져 나온 가루가 국물에 들어갔을 것 같은데?"

읽기만 해도 속이 안 좋아지는 말들의 향연이었다. 그 문장은 단순한 비평이라기보다 노조미의 사장을 철저히 이 세상에서 배

척하려는 의지마저 느껴졌다. 남 일 같지 않았다. 왜냐하면 라멘 무사가 여기서 비판하는 대상은 노조미의 라멘 맛이 아니었기 때문이다. 아키 때와 마찬가지로 '어머니답지 않은 모습'을 공격한 것이었다.

자기도 모르게 하루의 손을 잡고 가게 안으로 들어갔다. 세월이 엿보이는 짙은 색의 나뭇결무늬 실내는 구석구석까지 깨끗했고, 가쓰오와 닭 육수의 맑은 향이 풍겼다. 사진을 찍힌 날 마지막으로 먹었던 삿포로 된장 라멘 맛집과는 모든 게 달라서 마음이 놓였다. 라멘 무사의 블로그에 이 가게의 평가가 올라온 것은 꽤 오래전이지만, 아직도 그 영향을 받고 있는지 저녁 시간인데도 가게 안에 다른 손님은 없었다.

"어서 오세요."

여자 사장은 그렇게 말하며 이쪽을 유심히 바라보았다. 그리고 순간적으로 말로 형용하기 힘든 표정을 지었다. 그녀는 이미 모든 걸 이해한 것 같았다. 같은 처지라는 걸. 이 사람도 라멘 무사의 블로그를 전부 읽으면서 자신보다 비참한 사람을 찾다가 오히려 상처를 받았을 거다. 그들은 서로 닮아 있었다. 아키는 어색하게 미소 지으며 식권 발매기에서 중화 국수와 밥 버튼을 눌렀다. 아직 하루에게 라멘을 먹인 적은 없지만 흰 쌀밥만 줘도 얼마든지 잘 먹었다. 유아용 숟가락과 포크는 늘 갖고 다녔다.

"아이가 있는데 괜찮을까요?"

그렇게 묻자 여자 사장은 "당연하죠." 하고 고개를 끄덕이더니 카운터 안쪽에서 식권을 받아들었다.

여자 사장이 아기용 의자를 가져다 줘서 카운터 석에 하루와 나란히 앉았다. 그날 이후로 처음 해 보는 모녀의 외식이었다.

하루는 주방의 거대한 냄비에서 자욱하게 피어오르는 김과 통째로 들어간 닭을 보는 게 재미있는지 콧노래까지 불렀다. 이윽고 나온 맑은 국물의 중화 국수와 밥 옆에는 서비스인지 잘게 썬 차슈와 조림이 담긴 작은 접시가 놓여 있었다. 그걸 내미는 거무스름하고 큰 손은 피부 여기저기가 갈라지고 주름도 깊었다.

"라멘을 만드는 사람들은 대부분 손이 거칠어지는데 말이죠."

이쪽의 마음을 읽기라도 한 듯한 에모토 노조미 씨의 한마디에 아키도 무심결에 대답했다.

"손이 고우면 곱다고, 매니큐어를 바르면 발랐다고 또 트집을 잡을 거면서 말이에요."

라멘에서 피어오르는 따스한 김 너머로 눈이 마주쳤다. 아마 아키보다 나이가 훨씬 많고 자영업을 하면서 숱한 고생을 해 왔을 사람이었다. 하지만 그 눈빛은 아키의 고달픔을 이해하고 있었다. 계속 누군가와 그 이야기를 하고 싶었다. 친구들도, 아키의 유치원 친구 엄마들도, 심지어 사키조차 그 사진에 관한 이야기는 금기시하듯 피했으니까.

하루는 챠슈와 달걀조림을 잔뜩 얹은 밥을 입에 넣자마자 맛있

다며 웃었다. 그 모습을 바라보다가 아키는 울음을 터뜨리고 말
았다. 하루에게 절대 들키지 않도록 소리를 죽인 채 다급히 고개
를 숙였다. 그러자 에모토 씨가 카운터 안쪽에서 걸어 나왔다. 그
리고 잠깐 가게 밖으로 나가더니 주렴을 걷어서 돌아왔다. 오늘은
이제 문 닫는다고 중얼거리더니 아키의 옆옆 자리에 앉아 물수건
을 슬며시 내밀었다.

"천천히 먹다 가세요. 우리 라멘 국물은 아이들도 먹을 수 있거
든요. MSG… 그러니까 화학조미료는 사용하지 않았고, 염분도 최
소화했어요."

2년 만에 먹는 라멘의 맛이 온몸에 서서히 퍼져나가는 듯했다.
그날, 주위 시선을 잔뜩 신경 쓰면서도 정신없이 먹었던 진한 맛
의 라멘도 맛있었지만, 이쪽은 훨씬 건강한 맛이 나서 몸 구석구
석이 되살아나는 듯한 기분이 들었다. 이걸 말로 잘 표현할 수 있
었다면 좋았을 텐데, 하고 생각했다.

"맛있어요…. 이 국물, 아주 맑으면서도 강력하네요."

아키는 구불구불한 면발을 정신없이 건져 먹고 중국식 숟가락
으로 국물 맛을 천천히 음미했다. 에모토 씨가 조용히 말했다.

"아니에요. 엄마가 만드시던 라멘과 비교하면 저는 아직 멀었
어요. 굉장히 많이 연구해서 군더더기 없이 일하던 분이셨거든요.
마지막 한 방울까지 먹을 수 있는 맑은 국물인데도, 깔끔하기만
한 게 아니라 박력이 있는 맛이었어요. 멋지고 존경할 만한 장인

이셨죠."

에모토 씨가 작은 플라스틱 컵을 꺼내 주었고, 아키는 거기에 면과 국물을 조금만 담았다. 하루는 한동안 가만히 바라보기만 했지만, 이윽고 주저 없이 면을 빨아들이기 시작했다.

"그래서 엄마가 남자 손님들한테 '엄마'나 '어머니'라고 불리는 게 저는 너무 싫었어요. 엄마는 우리 엄마지 당신들의 엄마가 아니라고, 어릴 때부터 계속 생각했죠. 장인으로서의 실력을 제대로 평가해 주지 않는 게 분했거든요."

라멘 무사가 아는 여성의 따뜻함은 '엄마'밖에 없는 것이리라. 하지만 지금 아키에게는 에모토 씨의 서툰 따뜻함이 선명히 전해져 왔다.

그날 밤은 몸이 계속 뜨끈뜨끈해서, 불안감 때문에 쉽게 잠들지 못하던 평소와 달리 하루를 재우자마자 푹 잠들었다. 다음 날 문득 생각이 나서, 칼럼을 연재 중인 육아 정보 사이트에 '당신의 마지막 라멘은 언제였나요? 아이와 함께 쉽게 방문할 수 있는 '중화 국수 노조미'라는 기사를 올려 보았다.

세 번째로 가게를 방문했을 때 에모토 씨가 "아키 씨가 쓴 기사 덕분에 아이를 데리고 오는 손님이 많아진 것 같아요." 하고 기쁜 얼굴로 말했다.

"어째서 라멘집은 뭔가 무섭게 느껴지는 걸까 하고 쭉 생각했었거든요."

그날 밤, 카운터 석에 젊은 여자 두 명과 남자 한 명만 남게 되자 아키는 에모토 씨에게 말을 건넸다. 옆에서는 이제 외식에 완전히 적응해 버린 하루가 작은 그릇에 담긴 중화 국수를 플라스틱 포크로 먹고 있었다.

"라멘은 왠지 남자들의 전유물로 여겨지잖아요. 저희는 이질적인 존재라 배척당한 건지도 모르겠어요."

사진이 찍혔던 날의 아키는 한시라도 빨리, 주위에 폐가 가지 않도록 다 먹어야 한다고 겁을 먹고 있었다. 그 탓에 살벌한 기세로 청소기처럼 면을 빨아들였다. 그걸 지금도 인터넷에서는 더욱 조롱하고 있다. 꼭 이렇게 험악한 얼굴로 아기를 짓누르듯 끌어안은 채 라멘을 먹어야 하느냐고. 그런 비판을 너무 많이 봐서인지 아키까지 그런 생각을 갖게 되었다.

그 시절엔 아침부터 밤까지 하루와 늘 단둘이었다. 혼자서 잔뜩 긴장한 채 육아를 하면서 자기가 만든 음식만 먹다 보면 밖에서 먹는 음식이 견딜 수 없이 그리워진다. 다른 사람이 만들어 준, 뜨끈뜨끈하고 먹으면 힘이 나는 고칼로리의 보장된 맛…. 맛있는 라멘을 꼭 먹고 싶어서, 수유하고 남은 시간을 이용해 근처에서 줄을 서서 먹는 라멘집으로 뛰어 들어갔다. 그게 그렇게나 잘못된 일이었을까?

"니보시하고 다시마, 말린 표고버섯, 가쓰오부시, 말린 가리비. 닭고기와 파, 생강, 달걀과 밀가루, 알칼리염 칸스이かん水…."

에모토 씨가 주문처럼 중얼거리자 아키가 고개를 갸웃거렸다.

"저희 중화 국수에 넣는 재료들이에요. 뭐, 알레르기 문제가 있을 수는 있지만 전부 어린아이들도 먹을 수 있는 것들이죠. 라멘이란 건 모든 사람을 위한 음식인데, 어느샌가 어려운 장르가 되어 버렸잖아요."

그녀는 그렇게 말하며 라멘을 먹는 하루를 바라보았다. 목을 꿀렁거리며 맑은 국물을 다 들이켠 하루는 만족스럽게 후유, 하고 숨을 뱉었다.

그때였다. 아까부터 쭉 이쪽을 힐끔거리던 젊은 여자들이 자리에서 일어나 아키에게 다가왔다. 둘 다 보이시한 스타일에 헐렁한 파카를 입고 있는 걸 보면 자매인지도 몰랐다.

"저기, 혹시 아기와 함께 사진을 찍히신 분인가요?"

아키가 반사적으로 하루를 안아 들며 가게를 빠져나가려 하자, 두 여자 중 체격이 좋은 쪽이 다급히 막아섰다.

"죄송해요, 죄송해요. 잠시만요!"

"저희도 같은 처지예요. 라멘 무사한테 사진을 찍혀서 굉장히 유명해졌거든요."

두 사람이 각자 필사적인 얼굴로 말했다. 그러고 보니 둘 다 왠지 모르게 낯익은 느낌이 들었다. 한 명은 사와타리 메구미, 다른 한 명은 아카야마 미카라고 이름을 밝혔다.

"엄마, 동아리 활동, 애정, 노스탤지어, 치유."

조금 떨어진 곳에 앉아 있던, 통통한 몸매에 딱 달라붙는 라멘 캐릭터 티셔츠를 입은 젊은 남자가 갑자기 말을 꺼냈다.

"라멘 무사가 정통파 중화 국수를 칭찬할 때는 이 다섯 개의 단어를 돌려가면서 사용하죠. 맛있다는 말밖에 하지 못하는 평론은 최악이라고 헐뜯는 주제에, 그 인간도 늘 똑같은 말만 반복한다니까요?"

메구미가 그를 잠시 의아하게 바라보다가 퍼뜩 눈을 빛내며 입을 열었다.

"혹시 그 티셔츠, 카에다마 타로 씨인가요? 매번 올려 주시는 라멘 정보, 잘 보고 있어요. 오늘 여기 온 것도 카에다마 씨의 이야기를 들어서였거든요."

인터넷에 라멘에 관한 정보를 올리는 사람…. 아키는 갑자기 무서워져서 하루를 바싹 끌어당기며 얼굴을 숙였다. 메구미 씨는 그런 모습을 바로 알아차린 것 같다.

"아, 안심하세요. 저희는 트위터에서 맞팔인 사이거든요. 카에다마 씨는 라멘에 관해 잘 알지만, 라멘 평론가 아저씨들하고는 전혀 달라요. 자기 지식을 늘어놓거나 남을 가르치려고 들지 않거든요."

"맞아요. 그리고 저 역시 라멘 무사한테 당한 피해자이기도 하거든요. 저희는 다 동지입니다."

아키가 조심스레 얼굴을 들자 카에다마 타로라는 남자는 "이거,

미대 졸업 작품으로 만든 카에다마 타로의 공식 굿즈야! 너한테 줄게." 하고 말하며 자신의 티셔츠에 프린트된 캐릭터와 똑같이 생긴 인형을 가방에서 꺼내 하루에게 건넸다. 하루는 바로 경계심을 풀며 신이 나서 인형을 끌어안았다.

그때 나무 문틀의 미닫이문이 옆으로 열리며 안색이 안 좋아 보이는 야윈 청년이 불쑥 나타났다.

"아, 아사히 씨. 와 주셨군요."

카에다마 타로는 무슨 일인지 뺨을 붉히며 빠르게 말을 꺼냈다.

"저의 전 직장 선배…가 아니라 친구예요."

"아닙니다. 전 이 사람 남친이에요."

아사히 씨라는 남자는 카에다마 타로의 말을 끊듯이 단호히 말했다. 후추라도 코에 들어간 것처럼, 카에다마 타로는 심하게 기침을 했다. 그러고는 울 것 같은 얼굴로 그의 어깨에 팔을 두르며 옆자리로 데려왔다.

"2010년 10월 10일 우리 여섯 명은 여기에 우연히 모였고, 그래서 단골이 됐어."

하라다 토모미, 즉 아키는 모든 것을 이야기하고 난 뒤에 이렇게 말을 맺었다.

그동안 사하시는 몇 번이고 도망치려 했지만, 힘이 센 점원에게 붙잡혀 억지로 의자에 앉았다가 결국 차가운 돌바닥에 주저앉고 말았다.

카운터 안쪽의 에모토 노조미는 일어선 일어선 채로 김이 모락모락 피어오르는 냄비를 내려다보며 이야기를 이어받았다.

"당신에게 복수하기 위한 가장 좋은 방법이 뭘지 의논했어. 그리고 우리가 모든 사람에게 개방된 최고의 가게를 만들어 내고, 애호가들이 절대 무시할 수 없는, 새로운 시대의 성공 모델이 되는 걸 최우선 목표로 삼았지. 우리는 만인을 위한 담백한 중화 국수를 만들어 내기로 했어. 왜냐하면 당신에겐 맑은 국물의 맛을 표현하는 어휘력이 전무하니까. 미카 씨, 메구미 씨와 국물의 퀄리티를 높이기 위해 철저한 연구를 거듭했고, 다 함께 의논한 결과 사하시 라유가 이곳에 오는 그날까지는 담배와 커피도 끊기로 했어. 그렇지?"

에모토 노조미는 면을 풀어 냄비에 넣으며 입구 쪽에 서 있던 그 우람한 체구의 점원을 바라보았다.

"웅! 드디어 오늘 밤부터 캐러멜 라테를 마실 수 있어."

목소리를 듣고서야 사하시는 그 점원이 여자라는 걸 알 수 있었다. 날카로운 눈매와 강하게 단련된 육체에만 눈이 가서 성별까지는 의식하지 못했던 것이다.

그녀는 카운터 앞까지 다가왔다.

"요리는 대부분 노조미 씨가 담당하니까 난 내가 뭘 할 수 있을지 고민했어. 그러다 손님들이 안심하고 식사를 즐길 수 있는 가게를 만들기로 한 거야. 성희롱을 일삼는 놈들은 힘으로 제압하는 게 제일 효율적이라고 생각해서, 시간이 날 때마다 격투기와 근력 운동을 하면서 몸을 단련했어. 그랬더니 이제 아무도 날 '일본에서 제일 귀여운 왕가슴 점원'이라고 부르지 못하던데."

그 틈에도 에모토 노조미가 삶은 면의 물기를 빠르게 제거하고 국물을 붓는 모습이 짧은 머리에 코 피어싱을 한 점원의 어깨 너머로 보였다.

"메구미가 노력하는 걸 보면서 나도 뭐든 하고 싶었어. 난 외국에서 온 손님들을 맞이할 수 있도록 영어를 배웠어. 여기 있는 모두가 조금씩 돈을 내준 덕분에 1년 동안 뉴욕에 유학 가서 그곳의 라멘 붐을 가까이서 지켜볼 수 있었어. 단과 대학에서는 모든 사람이 편하게 생활할 수 있는 도시 설계에 관해 배웠어. 그게 가게 리뉴얼에 큰 도움이 됐지."

사하시는 두 점원에게 똑같은 돼지 모양 문신이 있는 것을 그제야 깨닫고 전율했다. 하라다 토모미가 잔뜩 여유로운 태도로 끼어들었다.

"가게를 유명하게 만들려면 수식어가 가장 중요해. 난 맛집 전문 기자로만 먹고 살 수 있을 만큼 필사적으로 노력했어."

"우리 엄마는 누구랑은 다르게 지식 범위가 넓어서 당연히 인정받을 수밖에 없지."

중학생이 후후 웃으며 그렇게 말하자 토모미가 득의양양하게 말을 받았다.

"내 이름을 내건 기사를 쓸 수 있게 되자 '만인을 위한 담백함'이라는 말을 만들어 냈어. 노조미가 리뉴얼되기 전부터 일부러 퍼뜨려 놓아서 흥행의 기반을 쌓고 기회가 있을 때마다 매체를 통해 지원 사격을 한 거야. 앞으로도 잘 부탁해, 선배. 동종 업계 사람이잖아."

토모미는 고급스러운 가죽 케이스에서 '기자 하라다 토모미'라고 적힌 명함을 우아하게 꺼내더니 바닥에 주저앉은 사하시에게 억지로 쥐여 주었다.

카에다마 타로는 긴 봉에 달린 소형 카메라를 높이 들고 사하시의 겁먹은 얼굴을 멋대로 촬영했다.

"난 업계에서 당신의 설 자리를 빼앗기 위해 라멘 전문 유튜버가 되기로 했어. 당신이 무시하는 '맛있다'를 연발하는 전술로 어린아이와 여성 팬을 끌어모은 거야. 하얀 티셔츠를 입는 건 사람들에게 잘 보이기 위해서가 아냐. 라멘이 가장 맛있어 보이는 반사판이 되어 주기 때문이지. 국물이 튀지 않게 면을 빨아들이기 위해 특훈을 거듭했어. 흰 티셔츠가 완벽하게 어울릴 수 있도록, 메구미 씨와 함께 헬스장을 다니면서 20킬로를 감량했어. 다이어트는 물론 힘들었지만, 아사히가 많이 도와주었으니까…."

카에다마 타로 옆에서 친밀하게 몸을 맞댄 양복 차림의 남자는 자세히 보니 최근 라이프 스타일 잡지에 자주 등장하는 젊은 건축가 카타야마 아사히였다.

"난 노조미를 편안한 공간으로 만들기 위해 건축가로서의 경험을 쌓았어. 전 세계의 레스토랑을 돌아다니면서 연구를 거듭했지. 뉴욕에서는 미카 씨와 합류해서 현지의 라멘집을 탐방했어. 요리는 에모토 씨 혼자서 거의 도맡으니까 에모토 씨의 체격에서 역산한 주방의 동선, 그리고 얼핏 시크하고 도시적이지만 1인 여자 고객뿐만 아니라 모든 성 정체성, 장애가 있는 사람들도 편하게 이용할 수 있는 독자적인 디자인을 고안해 냈어. 발밑과 음식은 잘 보이지만 다른 손님의 얼굴은 잘 보이지 않는, 은은한 조명이 되도록 신경을 쓴 거야."

"아저씨, 이게 다 노조미를 엄마, 동아리 활동, 애정, 노스탤지어, 치유라는 키워드로는 표현할 수 없도록 하기 위해서였어."

중학생인 하루가 팔짱을 끼며 사하시를 내려다보았다. 사하시는 견디지 못하고 외쳤다.

"너희는 그렇게 할 일이 없냐!! 왜 자기 인생을 걸고 그렇게까지 하는 거야? 그럴 시간에 다른 건설적인 일을 하라고!!"

아카야마 미카가 이쪽 테이블에 중화 국수를 툭 내려놓았다. 아까부터 계속 식욕을 자극하던, 닭고기와 해산물 외에는 잡내가 느껴지지 않는 향이 한층 강해졌다. 도망치고 싶은 마음과 꼭 먹고 싶은 마음이 서로 충돌하며 사하시의 눈에 눈물이 맺혔다. 결국 사와타리 메구미의 손에 붙들려 억지로 의자에 앉아 마지못해 첫

가락을 들었다.

온갖 매체에서 다뤄진 노조미의 중화 국수는 황금색 국물 안에 구불구불한 면발이 담겼고 파, 발효 죽순, 챠슈, 소용돌이 맛살, 달 걀조림이 절묘하게 배치되었다. 지극히 전형적인 모양새였다. 하 지만 그 맑은 국물의 아름다움에 사하시는 심상치 않은 박력을 느 꼈다. 떨리는 손으로 구불구불한 면을 입에 넣자 기분 좋은 물결 이 혀와 목구멍을 휩쓸 듯 부드럽게 미끄러져 들어왔고 면발의 탄 력과 구수함, 좋은 식감에 눈이 동그랗게 커졌다.

그리고 그 위로 휩쓸려오는 상쾌한 국물의 향. 국물을 마신 뒤 에 밀려오는, 첫맛과는 전혀 다른 공격적인 풍미는 대체 어떻게 설명해야 할까?

"왜 그렇게까지 하냐고? 당신 때문에 멋대로 규정당한 나 자신 을 되찾기 위해서예요. 우리 손으로 직접."

어느새 맞은편 자리에 앉은 하루는 정신없이 면발을 빨아들이 는, 자기 아빠보다 나이가 많을지도 모르는 사하시를 가만히 지켜 보고 있었다. 얼핏 무난해 보이는 맛 너머에 압도적으로 강한 힘 이 숨겨져 있다. 이 맛의 정체는…. 사하시는 지금까지의 라멘 인 생을 되돌아봤다. 모든 경험, 언어, 지식을 총동원해서 얇은 고기 에서 풍부한 육즙과 입 안에서 녹아내리는 듯한 식감이 느껴지는 챠슈를 음미했다.

"난 멍청한 부모 손에 큰 불쌍한 아기가 아냐. 그리고 엄마는 멍청한 부모가 아냐. 메구미 씨의 몸은 메구미 씨의 것이고, 사장님은 누구의 엄마도 아냐. 카에다마 씨와 아사히 씨가 어디서 어떻게 사이좋게 지내든, 미카 씨의 성별이 어떻든, 당신 따위가 하찮은 별명을 지어서 함부로 부를 권리는 없거든?!"

분노를 불태우며 이쪽을 노려보는 하루 앞에서 벌벌 떨던 사하시는, 이제 면을 다 먹어 치우고 남은 국물을 마주하고 있었다. 한 번 더 국물을 천천히 음미한 다음, 에모토 노조미를 향해 물었다.

"한 가지만 대답해 줘, 부탁이야. 이 맛의 비결은 마지막으로 추가해 넣은 가쓰오… 아마 잘게 썰어서 넣었겠지. 맞아?"

에모토 노조미는 잠시 이쪽을 바라본 다음 천천히 수건으로 손을 닦으며 카운터 밖으로 나왔다. 그러고 보니 생각보다 몸집이 작고 어깨도 좁았다. 무엇보다 마흔다섯 살인 자신과 비슷한 또래라는 것에 사하시는 퍼뜩 놀랐다.

"정답이야. 해산물 국물에 마지막으로 대량으로 추가해 넣은 게 부드러운 가쓰오부시야. 가정에서 흔히 먹는 그거. 하루가 초등학교에 막 들어갔을 때, 우리 집에 놀러 와서 먹었던 네코맘마 ^{ねこまんま}(밥 위에 된장국, 가쓰오부시, 반찬 등을 간단하게 올려 먹는 음식)가 힌트가 됐어. 그게 조화로운 담백함에 중독성을 부여해 준 거야. 원재료인 가다랑어만으로는 이런 맛이 나지 않으니까."

"그래서 마지막에 기름지면서도 특징적인 맛이 강하게 느껴진 건가…."

사하시는 한숨과 함께 중얼거리면서 남은 국물을 바라보았다.

"부드러움만으로는 만인을 위한 맛이 될 수 없어. 강한 의지가 어딘가에 보일 듯 말 듯 숨어 있지 않으면, 무엇이든 단조로워지게 마련이니까."

카에다마 타로의 말투가 문득 친절해졌다. 하라다 토모미까지 눈을 가늘게 뜨며 타이르듯 말했다.

"사실은 아무리 노력해도 완벽히 만인을 위할 수는 없어요. 그래도 내가 할 수 있는 범위 내에서 놓치고 있는 부분을 조금이라도 줄이려는 마음이 무슨 일에서든 필요해요. '만인을 위한'이라는 말을 내가 좋아하는 건, 그걸 잊으면 안 된다는 마음이 담겨 있기 때문이에요. 당신도 마찬가지겠죠. 분명 엄마나 어린 시절의 추억에 상당한 애착이 있으니까 그런 언어를 선택하는 거잖아요?"

카운터 석에 앉은 에모토 노조미가 담배에 불을 붙였다. 여기 금연 아니냐고 말하려다 그만두었다. 노조미는 12년 3개월 만에 담배를 정말 맛있게 피웠다. 토해 낸 연기가 위쪽으로 천천히 피어오르며 카타야마 아사히가 고안한, 천장에 스마트하게 숨겨진 환기구로 빨려 들어갔다.

엄마, 동아리 활동, 애정, 노스탤지어, 치유.

어린 시절에는 친구도 없었다. 동아리에 가입했던 적은 한 번도 없다. 어린 시절, 어머니는 해달라는 건 뭐든 들어주었고, 성인이 된 뒤로도 전업 작가로 먹고 살 수 있게 될 때까지 한 달도 빠지지 않고 생활비를 보내 주었다. 사하시가 출연한 TV 프로그램은 무조건 녹화해서 이웃에 자랑하고 다녔다. 그런데도 어머니가 돌아가셨을 때, 사하시는 별로 슬프다고 느끼지 않았다. 어머니의 얼굴도 이제 희미하게 떠오를 뿐이다. 이러고 있는 지금도 기억은 점점 희미해져 간다. 어머니가 처음 쓰러지셨을 때, 계속 해외에서 일하던 여동생은 남편과 급하게 귀국해서 병원에서 지내며 간병을 했다. 그리고….

"아빠하고 오빠는 엄마를 가정부 정도로만 생각한 거잖아. 그러니까 계속 몸 상태가 안 좋았는데도 전혀 몰랐지."

…라고 비난했다.

평소에 사용하던 언어를 전부 금지당한 지금, 사하시는 '맛있다'고 말하고 싶은 것을 필사적으로 참았다.

"마지막에 첨가한 가쓰오부시를 알아채다니, 당신에게도 나름 재능은 있나 보네. 그러고 보니 엄마는 당신을 싫어하진 않았어."

생각지도 못한, 그리워하는 말투로 에모토 노조미가 말했다. 국물을 마시면서 속은 따뜻했지만, 일곱 사람이 더 이상 이쪽을 바라보지 않게 된 지금, 사하시의 등줄기는 한층 오싹해졌다. 이제 그들은 직성이 풀린 건지, 사하시에게는 완전히 흥미를 잃은 것처럼 화기애애하게 떠들며 중화 국수의 추가 면발이나 교자 등을 주문하고 있었다.

에모토 노조미는 담배꽁초를 빈 병에 쑤셔 넣고는 주방으로 돌아갔다.

　온몸이 '맛있다'라는 느낌으로 가득했다. 대학생 시절, 처음 이케부쿠로에서 츠케멘을 먹었을 때처럼, 온몸의 세포라는 세포는 전부 행복으로 꽉 차 있었다. 사하시는 국물을 정신없이 마시면서도 그릇을 내려놓는 게 두려워졌다. 이 가게에서 한 걸음 걸어 나온 순간부터 진짜 지옥이 펼쳐질지도 모르니까.

　국물은 얼핏 맑은 것처럼 보였지만, 얼굴을 가까이 대고 보니 동그란 기름기가 무수히 많이 반사되고 있었다. 그 동그라미 하나하나에, 어린 시절에 자주 엄마와 판박이라는 말을 들었던 자신의 우는 얼굴이 비치고 있었다.

BAKESHOP
MIREY'S

*

　'쿠로베 닭꼬치집'은 히데미가 일하는 유학원이 있는 큰길 뒷골
목 입구에 있었다.

　동북 지역 산간에 있는 이 도시는 신칸센역이 생기면서 미술관
과 기념관, 전통 공예품 체험 박물관 등의 건설 붐이 일었다. 외국
인 관광객이 많아질수록 영어 회화 교실의 수요도 늘었고 자영업
자의 자식들은 단기 유학을 떠나고 싶어 했다. 그래서 히데미는
도쿄의 본사에서 1년간 이곳 지점으로 부임해 왔다.

　유럽 거리를 모방해서 만든 빨간 벽돌 건물 옆 큰길에는 브랜드
숍이나 특산품 가게, 지역 유제품을 사용한 카페가 빽빽하게 들
어서 있었다. 관광객들에 섞여 비싼 점심을 먹는 게 꺼려졌을 때
였다. 어둠에 잠겨 칙칙한 골목길에서 맛있는 국물 향이 풍겨 오
는 것을 느꼈다. 밤에 몇 번인가 동료들과 술을 마시러 갔던 쿠로

베 안으로 들어가자 주방에서 주인인 오쿠타케 씨가 매끈매끈한 뒤통수를 빛내며 밀가루 반죽을 하고 있었다. 시험 삼아 점심에만 수타 우동을 팔고 있다고 했다. 달콤한 국물로 맛을 낸 굵은 우동은 한때 이 주변의 명물이었다고 한다.

직장에서 걸어서 30초 거리, 350엔으로 간편히 먹을 수 있다는 게 좋아서 히데미는 금세 단골이 되었다. 외동딸이라 유학 시절을 빼고는 계속 부모님 집에서 살았기에 서른여섯 살에 갑작스레 시작한 자취 생활은 신선하게 느껴졌다. 요리도 그렇게 싫진 않았다. 하지만 매일 도시락을 싸 갈 만한 기력은 없었고 편의점 도시락으로는 뭔가 부족했다.

가게 아르바이트생인 미레이와 조금씩 대화를 나누게 된 건 2019년 9월, 미국과 유럽의 신학기가 시작되면서 유학 상담을 오던 젊은이들이 싹 자취를 감춘 여유로운 시기부터였다.

"이 주변이 다 산이라 항상 바람이 불잖아요. 저 어릴 때부터 쭉 그랬거든요."

"아 아, 그랬나? 그러고 보니…."

의식하지 않았지만 봄과 여름이 지나자 날씨에 상관없이 피부에 닿는 공기가 제법 쌀쌀해져서 위에 걸쳐 입을 옷을 늘 챙겨와야 했다.

"그래서 큰길까지 국물 향이 퍼졌던 게 아닐까요?"

"맞아, 맞아. 그래서 이 가게를 발견했거든."

히데미는 우동 국물을 마시며 고개를 끄덕였다. 이 거리에서는 불꽃 축제가 끝나면 따뜻한 국물이 먹고 싶어지는 계절이 금세 찾아온다. 미레이는 우윳빛 피부에 붉은 갈색 머리카락을 대충 핀으로 정리하고, 눈 밑을 토끼 눈처럼 빨갛게 칠한 졸려 보이는 인상의 여자아이였다. 스물다섯 살이라는 말을 듣기 전까지는 긴 원피스에 뒤꿈치를 구겨 신은 스니커즈를 질질 끌고 다니는 모습에 당연히 학생인 줄로만 알았다. 오쿠타케 씨에게 워낙 허물없이 대하는 걸 보고 친딸인 줄로 착각했지만, 같은 골목에 있는 유흥주점 주인의 외동딸이라고 했다.

카운터 석과 좌식 테이블 두 개가 전부인 이 가게의 오후는 저녁 시간 때의 떠들썩함을 전혀 찾아볼 수 없을 정도로 한산했다. 손님이라고는 거의 히데미뿐이라 오쿠타케 씨도 차츰 의욕을 잃었는지, 저녁 영업 준비가 끝나자마자 가게를 미레이에게 맡기고 장을 보러 가거나 파친코 가게에 놀러 갈 때가 많았다. 히데미 입장에선 쿠로베가 낮 영업을 아예 그만두는 건 곤란하고, 그렇다고 너무 붐비면 불편할 것 같았기에 슬슬 직장 동료를 꼬드겨서 같이 올 생각이었다. 솔직히 말해 특별히 맛있다고 할 정도는 아니지만, 히데미는 큰길과는 완전히 다른 세계처럼 고요한 이 공간에서 뜨끈한 국물을 마시는 게 좋았다.

창밖에서는 야키니쿠 가게의 지저분한 외벽에 붙은 실외기가 돌아가고 있었다. 오쿠타케 씨는 불과 몇 년 전까지만 해도 도시

전체가 이 뒷골목 같은 모습이었다고 말했다. 호황기에 올라타지 못한 계층과 사업이 어느 정도 궤도에 오른 자영업자 사이의 격차가 점점 벌어지면서 최근에는 지역 주민 간의 갈등이 심해지고 있다는 이야기를 들은 적이 있다.

"큰길에 있는 그 카페, 가 봤어요? 가이드북에는 엄청 좋은 말만 써 놨는데, 스콘이 푸석푸석하기만 하고 전혀 맛이 없더라고요. 밀크티도 뭔가 깊은 맛이 없는 느낌이고."

히데미가 영국에서 대학을 나왔다는 걸 안 뒤로 미레이는 그녀를 잘 따랐고, 자기 취미인 카페의 애프터눈 티 순방에 관해서도 이야기했다. "그 카페에는 아직 가 본 적이 없어, 언제 가도 관광객들이 줄을 길게 서 있고, 조금 비싸잖아." 하고 히데미는 대답했다. 스콘 같은 구운 과자는 유학 시절부터 좋아했지만, 그녀만큼 열정적으로 사랑했던 건 아니었다.

미레이는 어린 시절에 아버지와 함께 텔레비전에서 본 '나니아 연대기'에 푹 빠진 뒤로 '피터 래빗'과 '패딩턴'에 차례차례 빠져들었다고 한다. 중학생 때는 NHK에서 재방송한 베네딕트 컴버배치 주연의 '셜록 홈스'에 열광했고, 지금은 다운튼 애비의 열성 팬이었다. 고용인과 상류 계급이 철저히 구분된 묘사가 오히려 흥미로웠고, 특히 홍차와 케이크가 등장하는 장면을 좋아한다고 했다.

그래서 미레이와는 영국 문화에 관해 이야기할 때가 많았다. 11시에 차를 마시며 비스킷을 먹는 일레븐시즈라는 관습이라던가, 분류에 따라 세율이 바뀌는 문제로 맥비티 사[註]의 모 상품을 비스킷으로 규정할지, 아니면 케이크로 규정할지에 관한 재판이 열린 이야기 등을 하자 귀까지 빨개지며 좋아했다. 그때마다 미레이는 일손을 완전히 놓아 버렸다. 처음엔 조리대에서 상반신만 쪽 내밀고 있지만, 점점 자기 얘기도 들려주고 싶은 표정을 짓다가 주방에서 빠져나오는 식이다.

어린 시절, 호적에 넣어 주지도 않은 채 아버지가 사라져 버려서 경제적으로는 상당히 힘들었다고 한다. 최근까지 어머니가 운영하는 가게 일을 도왔지만 애초에 사이가 나쁜 편이라 단골이던 오쿠타케 씨에게 부탁해 여기서 일하기 시작했다. 고등학교 졸업 후에 소꿉친구인 여자애들끼리 잡화점 겸 카페를 여는 꿈을 갖고 현 내에서는 유명한 제과점에서 일했지만, 인간관계에서 오는 스트레스로 건강이 나빠져서 그만두고 말았다. 저금해 둔 창업 자금의 일부는 어머니에게 빌려줬다가 아직 돌려받지 못했다. 결혼과 취직, 상경 등을 계기로 친구들이 하나둘 떠난 뒤 결국 혼자만 이곳에 남겨졌다는 걸 미레이는 며칠에 걸쳐서 이야기했다.

히데미는 미레이의 부드러운 입술이 움직이는 걸 바라보고 있자니 당장이라도 군침이 흘러나올 만큼 탐스럽게 느껴졌다. 앞으로 아이를 가질 일은 없겠지만 왠지 딸을 낳으면 이런 느낌이 아닐까 하고 상상했다. 심야 디지털 위성 방송의 BBC 요리 프로그램을 좋아한다고 하기에 "그거, 엄청 장수 프로그램이야. 유학할 때도 기숙사에서 봤고 지금도 가끔 보거든." 하고 맞장구를 쳤더니 우동을 만들 때와는 전혀 다른 사람이 된 것처럼 눈을 반짝반짝 빛냈다.

"전 그 프로그램 정말 좋아해요. 영국의 제과제빵을 좋아하는 일반인이 오븐을 활용한 과자로 대결하는 거요. 그걸 보다가 결정했거든요. 혼자서, 여기의 점심시간을 이용해 베이킹 숍을 열어 보자고요."

회사에 유학 상담을 하러 오는 젊은이 대부분은 언젠가 가업을 잇기로 되어 있어서 외국인 관광객을 끌어모으면서 나름의 개성을 추구하려고 다양한 계획을 세우고 있었다. 히데미는 그들에게서 공통으로 보이는 기백과 애교를 그동안 미레이에게서는 전혀 보지 못했기에 깜짝 놀라고 말았다. 친구들과 함께하는 동아리 느낌으로 가게를 열고 싶어 하는 건 줄로만 알았기 때문이다. 미레이는 주름진 앞치마 차림으로 카운터 석 옆자리에 털썩 앉았다. 히데미는 다 먹은 빈 그릇을 내려놓았다.

"우동용 밀가루는 잔뜩 있잖아요. 유제품은 지역에서 나는 맛있는 걸 구해 오면 되고. 나머지는 오븐만 괜찮은 걸 구하면, 당장이라도 여기서 가게를 열 수 있을 거야. 식품 위생 책임자 자격은 오쿠 짱이 갖고 있으니까 나도 장사를 할 수 있어. 그리고 거창하게 홍보 같은 걸 하지 않아도 과자 굽는 냄새가 바람을 타고 큰길에서 손님들을 데려와 주지 않을까? 우동보다는 분명히 잘 팔릴 것 같은데."

작은 새가 노래하듯이 점점 편한 말투가 되어 갔다.

"바로 근처에 어머니 가게가 있잖아? 거기서 열면 안 되는 거야?"

"공공연히 말할 수는 없는 이야기인데, 엄마는 식품 위생 책임자 자격을 갖고 있지 않거든. 가게가 엄청 더럽기도 하고. 그리고 나한테 들어오는 돈을 늘 멋대로 써 버리니까 믿을 수가 있어야지. 그래서 오쿠 짱 가게로 도망쳐 온 거거든."

미레이는 창밖으로 보이는 더러운 외벽의 오른쪽을 가리키면서 "저어기 앞에, 가장 안쪽에 있어, 우리 가게." 하고 말을 이었다.

"본고장 영국의 구운 과자를 즐길 수 있는 베이킹 숍을 하려고. 요새 유행이잖아. 구운 과자를 파는 작은 가게."

"베이킹 숍은 미국에서 생겨난 단어인데⋯."라는 말은 굳이 꺼내지 않고, 히데미는 무심코 이렇게 말해 버렸다.

"영국에 관심이 있다면 영국으로 유학 가 보는 건 어때? 돈이 없으면 워킹 홀리데이도 괜찮고. 그쪽에 음식점 일자리는 얼마든지 있어. 원한다면 케이크 가게에서 숙식하면서 일할 수도 있고."

미레이는 기뻐하는 건지 슬퍼하는 건지 모를 묘한 표정을 지으며 입가를 일그러뜨렸다. 나중에 생각해 보면 히데미 앞에서 몇 번이나 그런 표정을 짓곤 했다.

"히데미 씨, 솔직히 말해 줘."

미레이는 뺨을 괴더니 슬쩍 눈을 치켜뜨듯이 이쪽을 바라보았다. 그러자 나른하게 축 처진 것처럼 보이는 눈의 흰자가 빨갛게 충혈되었고 나이에 비해 피부가 두껍다는 걸 알 수 있었다.

"영국 유학 시절에 먹은 본고장의 과자하고, 일본에서 먹는 스콘이나 쇼트 브레드 중에서 어느 게 더 맛있어?"

"글쎄…."

히데미는 자기도 모르게 쓴웃음이 나왔다. 영국 소설에서나 보던 푸딩과 빅토리아 스펀지케이크, 민스 파이를 대학 근처에서 초로의 여성이 경영하는 베이커리에서 실제로 봤을 때는 진심으로 감동했다. 본고장의 그것은 전부 크기도 크고 달콤하면서 속이 꽉 찬 느낌이었고 버터 향이 강렬했다. 유학 중에 7킬로그램 가까이 살이 쪘던 건 과자와 빵을 너무 많이 먹은 탓이었다.

"기억에 강렬히 남은 건 당연히 본고장에서 먹은 빵이지만…. 그래, 역시 매일 먹을 수도 있고 우리 입맛이나 체질에 딱 맞는 건 일본에서 만드는, 작으면서 입에서 살살 녹는 빵일지도 몰라."

"그렇지?"

미레이는 득의양양하게 고개를 끄덕였다.

"결국 일본 사람한테는 일본 사람이 만든 음식이 가장 맛있을 수밖에 없다니까. 해외에서 제과 기술을 배워 와도 결국은 이쪽 입맛에 맞춰 변형을 줄 수밖에 없으니까 처음부터 일본에서 굽기 시작하는 게 낫지. 돈 많은 애들이야 전문 학교에 다니면서 역사와 기초를 배우고 유학도 갈 수 있을지 모르지만, 난 내가 가진 것들만으로 꿈을 이뤄 나갈 길을 찾고 싶어. 우리 집은 가난해서 평범한 사람들을 따라 하는 걸로는 아무것도 안 돼. 내 나름의 최단 루트를 찾아야만 하지."

"흐음 생각이 깊구나."

평소보다 훨씬 논리정연하게 말하는 미레이 앞에서 히데미의 목소리는 자연스레 작아져만 갔다.

도쿄의 사립대 영문학과를 졸업한 뒤에 대학원에 진학할 생각도 했지만, 가장 좋아하는 제인 오스틴의 소설을 한 번 더 읽다가 어린 시절의 꿈이었던 영국 소설 번역가가 되기로 마음먹고 영국의 호수 지방에 있는 대학으로 유학하러 갔다. 졸업 후에는 귀국해서 소규모로 번역 일을 하면서 프로 번역가의 조수로 일했다. 수입은 거의 없다시피 했지만, 부모님 집에서 함께 살았기에 먹고 사는 데 어려움은 없었다. 그렇지만 프리랜서는 밤샘이 기본이라 어머니가 뒷바라지를 다 해 주시는 데도 서른두 살에 건강이 망가지고 말았다. 자신에게 문학적인 재능이 없다는 걸 깨닫고 단념한 해이기도 했다. 한동안은 아무것도 하지 않고 잠만 자면서 살았지만, 점차 기력이 회복되자 부모님과 친구들을 꾀어서 한 번씩 유럽 여행을 갔다.

반년 정도 무직 상태로 지내다가 역시 자신의 어학 능력을 활용하고 싶은 마음을 자각하고 자택에서 무리 없이 통근이 가능한 지금의 회사에 인생 첫 취직을 했다. 에이전트로 일하기 시작하고 나서 금세 깨달은 사실인데, 직장 생활은 융통성이 부족한 자신에게 잘 맞았다. 다양한 나이대의 고객들에게서 이야기를 듣고, 세계 각국의 대학을 조사해서 현지와 연락을 취해 최적의 유학 계획을 짜는 일도 즐거웠다. 부모님은 그런 히데미를 보며 안심하는 것 같았다. 결혼을 재촉한 적은 한 번도 없다.

부모님의 절대적인 이해와 지원을 받으면서도 목표를 달성하지 못했다. 지금까지는 그걸 특별히 부끄럽게 여긴 적이 없었지만, 미레이와 이야기하다 보면 자신이 얼마나 느긋하게 살아왔는지를 깨달으며 씁쓸한 기분이 들었다. 처음에는 일단 영국에 가지 않으면 아무것도 시작할 수 없을 거라고 당연한 듯이 믿고 있었다. 유학 비용을 부모님이 거의 부담해 준 것에도 의문을 가진 적이 없다. 열심히 공부하다 보면 길은 자연스레 열릴 거라고 낙관적으로 생각했다. 물론 유학 중에는 영어를 배우는 것만으로도 벅찼고 향수병도 걸렸다. 번역가 조수로 일할 때는 나름 뼈를 깎는 노력을 했지만, 동종 업계 사람에게 강한 비판을 받아 좌절했던 적도 있었다. 하지만 미레이와 비교하면 말도 안 될 만큼 좋은 환경이었는데 그걸 전혀 자각하지 못했다. 돈이 없는 상황이 실제로 어떤 느낌인지 잘 몰랐다는 사실도 처음으로 깨닫고 상당한 자괴감이 들었다.

"과자 굽는 걸 좋아하는구나."

그렇게 중얼거리자….

"아니, 솔직히 말하면 지금까지 한 번도 구워 본 적은 없어. 제과점에서 아르바이트할 때도 손님만 상대했고. 먹는 건 엄청 좋아해. 요리책도 잔뜩 사 모았지만 읽기만 했어."

미레이는 밝게 웃었다.

"그런데 중학생 시절에 이 근처에서는 제일 부자인 친구 집에 놀러 가면 그 친구 어머니가 자주 케이크를 구워 주셨거든. 그때 맡았던 향긋한 냄새를 잊을 수가 없어. 다 구워질 때까지 기다리는 시간이 좋았어. 싫은 생각을 전부 잊게 하는 마법 같은 시간이 잖아. 기다릴 수밖에 없는 시간이라는 게 왠지 좋더라고. 오븐을 사면 여기서 실컷 연습할 거야. 연습하면서 실력을 쌓고 싶어. 연습 과정을 전부 인스타에 올리면서 실력이 늘어 가는 걸 많은 사람에게 응원받고 싶어."

"그렇구나."

너무 낙관적이라는 판단이 들기도 전에, 유학 시절에 갔던 그 베이커리의 향이 주변에 은은히 풍기는 듯했다. 20대의 히데미도 미레이와 마찬가지로 진짜 영국이라기보다는 일본어로 언급되는 영국 문화나 스토리 속의 티타임을 동경했다. 번역가 조수로 일할 때 히데미가 오스틴 외의 작가는 읽지 않았다고 하자 스승님이 어이없어하던 것을 떠올리자, 우동으로 몸이 따뜻해졌는데도 카디건을 입어야 했다.

"대체 뭐예요, 그 알바생?"

안자이 씨는 미레이와 거의 비슷한 나이대인 탓인지 예상보다 훨씬 민감한 반응을 보였다. 계속 파리만 날린다면 낮 영업이 중단될 게 뻔했기에 입사 3년 차인 그녀를 데리고 쿠로베에 식사하러 갔더니, 계산을 마치고 사무실로 돌아와 양치질을 하는 내내 험담을 해댔다.

"손님을 어떻게 상대해야 하는 줄도 모르고, 둔하고, 그릇을 들고 오면서 국물에 손가락을 넣지 않나, 계속 자기 이야기만 해대지 않나. 아니, 손님이라고는 고작 두 사람인데 주문을 착각하는 게 말이 돼요? 그리고 왠지 엄청나게 자신한테 관대한 느낌 아니냐고요."

미레이는 미레이 나름대로 또래인 안자이 씨를 상대하면서 긴장이 됐는지 태도가 영 어색했다. 그래서 히데미에게만 말을 걸었던 것이 오히려 불쾌하게 느껴진 모양이었다.

"그래도 뭐, 들어보니까 꽤 고생하면서 큰 사람이더라고. 모든 사람이 노력한 만큼 보상받을 수 있는 것도 아니고, 온실 속에서 느긋하게 살 수 있는 것도 아니니까."

관대하다는 걸 따지기 시작하면, 세상에 자신에게 관대하지 않은 인간은 없다. 그걸 억제하거나 더 노력하게 만드는 건 결국 환경의 힘이다. 대학에 진학하지 않았다면, 유학을 가지 못했다면, 본가가 도쿄에 없었다면, 건강이 안 좋아졌을 때 가족들의 비호

속에 편하게 쉴 수 없었다면 자신은 과연 어떻게 되었을까. 미레이와 전혀 다를 바 없는 아니, 그보다 훨씬 태만하게 살았을 거라는 생각이 들었다. 적어도 지금 가진 것들만으로 베이킹 숍을 열겠다는 아이디어 같은 건 절대 떠올리지 못했을 것이다.

하지만 히데미의 말이 아무래도 안자이 씨의 신경만 더 건드린 것 같다. 그녀는 칫솔을 빠르게 움직여댔다.

"네에? 저도 가족하고 사이 안 좋거든요? 본가라고 부를 수 있는 곳이 있긴 하지만 파산 직전이라 기댈 구석이 전혀 없어요. 대학도 열심히 노력해서 추천 입학을 따냈는데, 부모님이 혼자 나가 사는 걸 허락하지 않아서 2시간 넘게 다른 현까지 통학하느라 피곤해서 죽는 줄 알았고요."

단단해 보이는 턱에 치약 거품이 흘러내렸다. 안자이 씨의 본가는 4대째 이어 온 낙농업가로 버스를 잘못 갈아타면 1시간 반이 넘게 걸리는 목초 지대에 있었다. 야근하는 날이면, 가업을 갓 이어받은 그녀의 오빠가 진흙투성이 승합차를 타고 데리러 오곤 했다. 회사에서 마련해 준 히데미의 맨션과 가는 방향이 같았기에 몇 번 얻어 탄 적도 있었다. 체격이 좋은 오빠와 안자이 씨 사이에는 확실히 대화가 거의 없었다. 최근에 팬이 됐다는 남자 아이돌의 CD를 히데미에게 양해도 구하지 않고 카 스테레오에 집어넣고 가볍게 리듬을 타는 안자이 씨를 보며, 그녀의 오빠는 다 들으라는 듯 한숨을 쉬었다.

"어릴 때부터 그런 애들이 제일 싫었어요. 입으로만 떠들어대고 아무것도 하지 않으면서 상황만 불평하는 애들. 그렇게 자기 집안이나 고향이 싫으면 자립할 수 있게 노력하면 되잖아요. 애초에 그 애, 그렇게까지 가난하긴 해요? 저보다는 훨씬 잘 사는 것 같던데."

확실히 미레이를 자세히 보면 몸에 걸친 것만 봐도 큰길을 걸어다니는 여자 관광객들과 크게 다를 것도 없었다. 적어도 구직 활동을 할 때와 똑같은 면접용 정장만 입고 다니는 안자이 씨보다는 훨씬 돈을 쓴 게 보였다. 오늘은 둥근 옷깃 블라우스에 리버티 프린트 앞치마, 귀에는 버찌 모양의 귀걸이를 하고 있었다. 다만 왠지 몸단장이 꼼꼼하지 못한 탓인지 유행에 민감한 이십 대로는 보이지 않았다.

우동이 주문하고 한참이 지나서야 나왔다는 점도 성격 급한 안자이 씨에겐 견디기 힘들었던 모양이다. 미레이는 아르바이트 출근 시간 직전까지 계속 자택인 유흥주점 2층에서 자다가 지각하고 말았다며 미안한 기색도 없이 웃으며 말했다. 미레이가 유흥주점에서 일하지 않게 되면서 지금 어머니와는 냉전 상태에 있다고 했다. 가뜩이나 새벽까지 이어지는 1층의 소음 탓에 고등학생 시절에는 공부를 제대로 할 수 없었는데, 최근에는 어머니가 심술을 부리려고 노래방 기기의 음량을 더 크게 틀어놓은 탓에 좀처럼 잠들지 못한다는 것이었다.

"히데미 씨는 사람이 너무 좋아서 탈이에요. 그런 과장된 얘기는 반쯤 걸러서 들어야죠. 친구들이 떠났다는 것도 본인한테 문제가 있어서 그런 거 아니겠어요?"

안자이 씨는 실제로 노력가에 실력도 좋았다. 누구보다 일찍 출근했고 또래 젊은이들의 유학 상담을 해 줄 때도 결코 친근하게 대하려 하지 않고 열 살은 연상인 듯한 태도를 보였다. 미레이는 그런 안자이 씨를 투명 인간 취급하면서 오븐 살 돈이 좀처럼 모이지 않는다고 투덜댔다.

"이 오븐을 사고 싶어요. 프로들은 다들 이걸 추천하니까 이게 아니면 싫어요."

그렇게 말하며 카운터 위로 꺼낸 가전제품 팸플릿에는 업무용처럼 보이는 새까만 상자 같은 모양에 버튼조차 어디 있는지 알 수 없는 물건이 실려 있었다. 히데미로서는 다른 것과 비교해서 어디가 좋은지 잘 알 수 없었지만, 가격은 6만 5천 엔이었다. '뭐야, 겨우 6만 엔이네?' 하는 말을 히데미는 목구멍으로 도로 삼켰다. 반면 안자이 씨는….

"여기 시급 얼마예요?"

마치 유학 상담할 때처럼 날카롭게 끼어들었지만 미레이는 무시했다.

"좀처럼 저금하기가 힘들어요. 하지만 인기 있는 카페에는 꼭 가야만 하고요."

가게를 쉬는 날에는 다른 현까지 나가서 인스타에서 화제가 된 호텔의 케이크 뷔페나 제과점의 구운 과자를 맛본다고 한다. 때로는 외박하고 오는 날도 있었다. 그러다 보면 고작 하루 만에 아르바이트비를 전부 탕진해 버린다는 것이었다. 이쪽 표정을 보자마자 미레이는 다급한 말투로 둘러댔다.

"아, 하지만 저는 제대로 된 학교에 다니는 게 아니니까 제 혀에만 의지할 수밖에 없거든요. 그래서 조금이라도 맛있고 유행하는 걸 먹고, 그걸 제 것으로 만들고 싶어요. 그렇게라도 하지 않으면 정말 앞으로 나아갈 수 없게 되니까요."

히데미는 음식값을 낼 때 안자이 씨 것도 같이 계산했다. 매일같이 직접 도시락을 싸 와서 절약에 힘쓰는 그를 데리고 점심을 먹으러 온 건 자신이었으니까. 언젠가 뉴욕의 대학에 다니기 위해 옷도 사지 않고 술자리에도 거의 가지 않으면서 조금씩 돈을 모으고 있었기 때문이다. 지방의 일자리는 대부분 판매직이다 보니, 졸업 후 2차 모집 때 간신히 이곳에 합격했다고 했다. 히데미도 안자이 씨의 유학 비용이 모이면 꼭 자신이 계획을 짜 줘야겠다고 생각했다.

"그 애, 제과점을 못 여는 건 당연하고 애초에 오븐도 못 살 거예요. 내기해도 좋아요. 6만 엔도 못 모을 게 분명하다니까요."

안자이 씨는 장담하듯 말하더니 소리 없이 입을 깊게 헹구고 나서 잘 다림질된 손수건으로 입가를 닦으며 화장실을 나갔다. 치실을 사용하면서 문득 안자이 씨의 도시락을 떠올렸다. 색 배치도 먹음직스럽고 늘 맛있어 보였다. 전날 저녁에 먹고 남은 반찬을 담아 왔을 뿐이라고 하긴 했다. 안자이 씨가 생각하는 본가란 가족 간의 사이가 나쁘고 1엔도 도움을 못 받더라도 일단 안심하고 잘 수 있으면서 냉장고를 열면 당장 입에 넣을 것이 있는, 깨끗이 청소된 공간을 가리키는 것 같다.

히데미가 좋아하는 영국 소설이나 영화의 등장인물들은 전부 사는 세상이 명확히 고정되어 있었고, 아무리 노력하고 재산을 모아도 계급 이동은 기본적으로 허용되지 않았다. 제인 오스틴의 '엠마'도 마찬가지였고 서민의 지위가 갑자기 올라가는 경우는 원래 고귀한 혈통이었다는 사실이 판명되었을 때뿐이다. 히데미는 그런 사실을 특별히 불공평하다고 생각하지 않으면서 지금까지 재미있게 읽어 왔다.

퇴근하고 나왔을 때, 문득 생각이 나서 골목길을 걸어가 보았다. 낮과는 전혀 다르게 모든 가게에 불빛이 켜져 있고 고기 굽는 소리나 매콤달콤한 국수장국 냄새가 풍겨와서 소박하게나마 활기가 있었다. 가장 안쪽에 있는 작은 가게 앞에 '유흥주점 미후유'라고 적힌 보라색 입간판이 세워져 있다. 아치형 문을 열기 위해 지저분한 문손잡이를 잡은 순간, 취한 남자의 목소리가 노래방 마이크를 통해 귀를 찌르듯 들려와서 그 천박한 말투에 멈춰서고 말았다. "에이, 참." 하고 마담으로 보이는 여자의 끈적한 목소리가 이어졌다. 등에 착 달라붙어서 그대로 며칠 동안은 떨어지지 않을 듯한, 그런 목소리였다. 가게를 떠나기 전에 2층을 바라보자 얇은 커튼 너머로 다운튼 애비의 저택이 배경으로 나온 포스터가 이쪽을 내려다보고 있었다.

미레이는 엄숙하게 노트를 펼치더니 베이킹 숍의 로고 디자인 시안을 보여 주었다.

"우선은 스콘하고 쇼트 브레드를 굽기로 했어요. 기본적으로 두 메뉴를 기둥 삼아 해 나갈 생각이니까, 로고에서도 구운 과자를 전면에 내세워 봤는데요."

한 입 베어 문 비스킷 일러스트에 'MIREY'S'라는 글자를 겹친 모양새였다. 같은 페이지 안에는 그리다 만 비슷한 로고가 여러 개 보였는데, 중간에 이건 아니라고 생각했는지 전부 굵은 선이 그어져 있었다. 안자이 씨의 사나운 눈빛이 신경 쓰여서 결국 다시 혼자 쿠로베에 오게 된 뒤로 미레이도 안심이 된 건지, 히데미에게만은 베이크 숍에 대한 꿈을 장황하게 늘어놓았다. 최근에는 가게를 이런 식으로 꾸미고 싶다는 구체적인 일러스트와 벤치마킹하고 싶은 가게가 실린 신문 기사를 스크랩해서 보여 주었다. 여전히 오븐 살 돈은 없고 과자를 굽지도 못하는 것 같지만, 최근 들어 더욱 기운이 넘쳐 보였다.

"그 사람, 기분 나빠서 같이 있기 좀 그래요."

그렇게 말하며 얼굴을 찡그렸을 때, 히데미는 순간적으로 그게 누구를 가리키는 건지 알지 못했다. 오쿠타케 씨를 두고 한 말이라는 걸 알고 무의식중에 "어어?" 하고 웃어 버린 게 마음에 들지 않았나 보다. 미레이는 어떻게 그렇게 무심할 수 있느냐는 표정을 지으며 과장된 몸짓으로 어깨를 축 늘어뜨렸다. 두 사람이 같이 있는 걸 본 건 겨우 몇 번뿐이지만 오쿠타케 씨의 태도는 지극히 깔끔했다. 미레이를 힐끔힐끔 쳐다본다거나 친한 척 수작을 부리는 등의 행동은 절대로 하지 않았다. 오히려 일찌감치 미레이에게 가게를 맡겨 놓고 밖으로 나가고 싶어 하는 게 눈에 보일 정도였다. 붙임성이 좋으면서도 필요 이상으로 캐묻거나 하진 않는 초로의 남자라 히데미도 이 가게의 단골이 되었다고 말할 수 있었다.

"그 사람, 우리 엄마를 옛날부터 계속 노리고 있거든요. 진짜 기분 나빠요."

기억이 틀리지 않았다면 오쿠타케 씨는 미혼이었을 것이다. 히데미는 입을 열려다가 얼마 전 직장에서 문제가 된 성희롱 사건을 떠올렸다. 연결해 준 홈스테이 가족에게서 성적인 농담을 들은 여자 유학생의 요청을 현지 직원이 대수롭지 않게 넘기고 본사에 보고하지 않은 탓에, 그 유학생이 마음의 상처를 받은 채 귀국하게 되었던 것이다. 일단은 미레이의 이야기를 부정하기보다는 이야기를 끝까지 들어보는 게 중요했다.

"음… 그러면 왜 여기서 일하는 거야?"

"견제하려고요."

미레이는 진지하게 대답하고는 주방으로 돌아가서 국물이 든 냄비를 저었다.

"내가 여기서 일하면 그 자식이 엄마한테 수작을 부리진 않는지 온종일 감시할 수 있잖아요. 그리고 그 자식, 엄마 앞에선 좋은 사람인 척하느라 내가 이 가게를 어떻게 써먹든 뭐라고 못 할걸요? 내 아빠라도 된 것처럼 굴고 싶은 거죠. 엄마한테 집적거리는 것도 막을 수 있고, 자금 없이도 베이킹 숍을 열 수 있는 일석이조의 아이디어 아니겠어요?"

미레이는 그렇게 말하며 냄비 국물에 반사된 자신을 향해 몇 번이고 고개를 끄덕거렸다. 히데미는 흐음, 하고 중얼거리면서도 머릿속은 어질어질했다. 미레이가 물장사하는 엄마 밑에서 자라난 반발로 결벽 성향이 있다는 건 어렴풋이 느끼고 있었다. 미레이의 어머니는 자기를 좋아해 주는 남자에게 이상하게 약해서 너무 착하게만 굴다가 늘 이용당했다. 단골들한테도 모질지 못해서, 술값을 제대로 받지 않다 보니 매상에 별 도움이 안 된다는 이야기도 들었다. 접대부를 고용하지 않는 것도, 자기보다 젊은 여자를 옆에 두기 싫어서였다. 무뚝뚝한 친딸에게 가게 일을 돕게 한 건 이 정도로 다 큰 애가 있는 것치고는 젊어 보인다는 걸 어필할 수도 있고, 무엇보다 공짜로 부려 먹을 수 있어서였다. 그런 의도가 뻔히 보이는 어머니가 부끄럽기도 하고 가엾기도 해서 결국 자기가

질 수밖에 없다고 싸늘하게 웃으며 말했다.

그래도 미레이의 머릿속에 어머니나 이 도시에서 벗어난다는 발상은 애초부터 없는 것 같다. 그게 강해서인지, 약해서인지, 아니면 정 때문인지 히데미는 알 수 없었다. 알고 있는 건 미레이가 지금 계속 제자리걸음만 하고 있고, 그게 도무지 끝날 것 같지 않다는 것뿐이다.

오늘 아침 드디어 겨울 코트를 꺼냈다. 바람이 한층 차가워져서 들이마시면 코뼈가 시려올 정도였다. 이 도시에서는 가을부터 겨울까지의 시간은 순식간에 흘러가 버린다. 히데미가 떠날 날은 눈 깜짝할 사이에 다가올 것이다. 이 지역에서 올해 첫 가랑눈이 내렸다는 뉴스를 본 뒤로 초조함은 한층 더해 갔다.

한시라도 빨리 그녀가 앞으로 나아가길 원했다. 오븐을 사서 무언가를 만들어 보는 것으로 충분하다. 타 버려도 좋고 덜 익어도 좋다. 거기까지만 가면 그녀 나름대로 자신의 역량을 알게 될 테니까. 가게를 여는 걸 포기할지도 모르고, 적어도 당장 해야 할 일들이 뭔지 판단할 수는 있을 것이다. 히데미는 그녀가 첫 비스킷을 굽는 순간까지는, 자신이 물밑에서 그녀를 끌어 올려줘도 괜찮지 않을까, 하는 생각이 들기 시작했다.

자기도 모르게 계속 미레이만 생각하고 있다. 업무 중에 누가 부탁한 것도 아닌데 영국행 워킹 홀리데이를 가장 저렴하게 갈 수 있는 계획을 짜고 있었다. 제과 회사에 취직한 대학 시절 친구에게 메일을 보내 산하에 있는 케이크 숍 가맹점에서 생초보를 프로로 육성해 주는 근무 형태가 없는지 물어본 결과, 이웃한 현에 있는 공장에서 근무하며 사택을 제공받는 방식을 추천해 주었다. 그걸 미레이에게 권해 봤지만, 늘 대충 흘려듣고는 말머리를 돌릴 뿐이었다. 끝까지 이 쿠로베에서 베이킹 숍을 여는 것에 집착하는 것 같았다. 오쿠타케 씨를 아빠처럼 따라서 그런 건가 싶어 넌지시 물어봤지만, 예전과 같은 대답만 돌아왔기에 히데미는 당황스러웠다.

스스로도 미레이를 지나치게 신경 쓰는 게 아닌가 하는 객관적인 자각은 있었다. 점심시간이 되자마자 바쁘게 쿠로베로 향하는 자신을 안자이 씨가 어떤 눈빛으로 바라보는지만 봐도 알 수 있는 일이다. 하지만 아무리 오지랖을 떨어도 가볍게 흘려듣는 미레이와의 관계에 묘한 편안함을 느끼는 것도 사실이었다. 미레이라면 히데미가 아무리 집착해도 성가시게 여기지 않고 제대로 바라봐 줄 것 같았다. 유학 시절에 영국인 애인에게 너무 빠져 지내며 이것저것 너무 참견했더니 서서히 차갑게 멀어졌던 경험이 히데미의 원래 성격을 계속 억눌러 왔던 건지도 모른다.

"하지만 차라리 이 가게를 벗어나는 편이 좋지 않을까?"

국물 향이 나는 수증기 안쪽에서 미레이가 고개를 끄덕였다.

"으음, 그렇긴 해요. 저도 알고는 있어요. 다만 제가 나고 자란 이 거리에서 케이크를 굽고 싶거든요."

미레이가 갑자기 의젓한 목소리로 말하며 우동 그릇을 카운터석에 내려놓았다.

"구운 과자의 달콤한 냄새가 이 골목길 전체에 퍼져나가면, 무언가가 바뀔 것 같은 기분이 들어요. 남자 없이도 행복해질 수 있다는 걸, 제힘으로 엄마에게 알려주고 싶은 건지도 모르겠어요."

또 한 번, 그 달콤한 향이 환상처럼 주위를 휘감았다. 뜨거운 우동을 후후 불면서 히데미는 맞은편에 있는 야키니쿠 가게를 바라보았다.

송년회 장소로 쿠로베를 이용했다. 총무를 맡은 탓에 평소와 달리 술을 꽤 마시고 말았다. 그때쯤엔 이미 점심 우동 영업은 주 2회로 줄어든 상태였다. 미레이와 만날 수 있을지 기대했지만, 역시 밤 근무에는 들어오지 않는 것 같았다. 오쿠타케 씨는 혼자 재빠르게 움직이면서 닭꼬치부터 야키소바까지 주문하면 금세 가져다주었다. 사람이 담백하면서도 붙임성이 좋아서, 미레이가 말하는 음흉한 욕망 같은 건 느껴지지 않았다.

술자리 분위기는 좋았다. 하지만 전날에 눈이 30센티미터나 쌓여 그대로 얼어붙은 탓에 도시 중심부의 교통망이 마비되기 시작해서 되도록 일찍 해산하기로 했다.

돌아가는 길에는 안자이 씨의 오빠 차를 타고 갔다. 그의 커다란 손을 잡고 뒷좌석에 올라탔다. 차가운 창유리에 코를 대자 벽돌 길 한가운데에서 제설 파이프가 물을 뿜어대며 좌우로 눈을 밀어내는 게 보였다. 창밖을 흘러가는 큰길 풍경 속 가게들은 대부분 문이 닫혀 있었다. 빨간 벽돌을 뒤덮은 눈의 반짝임 탓인지 마치 영국의 교외 풍경처럼 느껴지기도 했다.

가장 인기가 있다는 그 카페는 발코니가 크리스마스 전구 장식으로 반짝거리고 있었다. 짧은 순간 스쳐 지나갔는데도 가게 안이 구석구석 잘 보였다. 형광등이 비추는 주방의 풍경이 선명히 눈에 들어왔다. 하얀 작업복 차림으로 똑같이 동그란 모자를 뒤집어쓴 여자 몇 명이 대걸레로 바닥을 청소하고 있다. 가장 안쪽에 군림하는 것은 새까맣고 거대한 빌트인 오븐이었다. 마치 여자 종업원들을 주관하며 지켜보는 신적인 존재처럼 보였다. 모든 게 별빛처럼 흘러 지나갔고, 오븐의 잔상만이 뇌리에 남았다.

얼음 같은 창유리가 뜨거워진 뺨에 닿는 게 시원했다. 히데미는 혼자였다. 부모님은 먼저 세상을 떠날 것이다. 다른 사람에게 무언가를 남길 만한 삶, 자신보다 약한 존재를 돕는 삶은 살지 않았다. 그런 생각을 지워내려는 듯이, 히데미는 술기운에 몸을 맡기고 길게 늘어지는 목소리로 말했다.

"에라 모르겠다아. 사지 뭐어. 사지 뭐어~~~!"

일부러 혀가 꼬부라진 소리로 중얼거렸지만, 두 남매에게는 들리지 않은 것 같다. 맨션에 도착하자 안자이 씨의 어깨를 빌려 얼어붙은 길 위를 부츠의 뒷굽으로 천천히 밟아 나갔다. 얼어붙은 흙과 물 냄새가 달달하게 느껴졌다. 히데미가 건물 입구까지의 짧은 언덕을 자꾸만 미끄러지며 나아가는 모습을 두 남매가 차에서 지켜보고 있었다. 밤하늘은 남색이라 눈이 희푸르게 보였다. 방에 들어와 물을 한 컵 마신 뒤의 일은 별로 기억나지 않는다.

눈을 뜨고 나서야 스마트폰을 움켜쥔 채 잠들었다는 사실을 깨달았다. 매일 아침의 습관대로, 가만히 누워서 받은 메일을 쭉 확인했다. 잠들기 직전에 회원 가입한 모 가전 양판점 사이트에서 그 오븐을 신용카드로 일괄 결제해 쿠로베 주소로 오늘 12시에서 14시 사이를 지정해 배송시켰다는 사실이 천천히 떠올랐다. 커튼을 있는 힘껏 열어젖히자 새하얀 세상이 펼쳐졌다. 몇 년 만에 등줄기가 짜릿해지면서 힘껏 환호하고 싶은 성취감이 느껴졌다.

점심이 되자 회사에서 장화를 신고 쿠로베로 향했다. 군데군데 눈 덩어리가 들러붙고, 입구에는 비닐 끈으로 둘둘 묶인 종이 박스가 쌓여 있었다. 주방에서 미레이가 당황한 얼굴을 내밀었다. 오른손에 커터칼을 들고 있는 걸 보면 방금 도착한 모양이다.

"저기, 이 오븐은 내가 주는 선물이야. 네가 계속 갖고 싶어 했던 거잖아."

히데미가 목도리를 풀며 들뜬 목소리로 말하자 미레이는 "역시⋯." 하고 중얼거리며 왼손으로 입을 감쌌다.

"꿈을 꼭 이뤄 줬으면 해서. 부담스러워할 필요는 전혀 없어. 내가 주고 싶어서 주는 거니까."

"정말로 고마워요. 뭐라고 해야 좋을지 모르겠어요."

미레이는 말문이 막힌 듯했다. 눈화장 때문이 아니라 자연스레 눈 주위가 빨개진 것을 보고, 다행이라는 생각과 함께 내심 가슴을 쓸어내렸다.

"이 오븐, 정말로 갖고 싶었거든요. 덕분에 가게를 열 수 있게 됐어요."

그렇게 말하더니 커터 칼을 든 채로 이쪽으로 달려와서 와락 끌어안았다. 팔에 닿은 딱딱한 느낌은, 설마 칼날인 걸까…? 뜨거운 체온과 강렬한 헤어스프레이 냄새에 머리 안쪽이 알싸해졌다. 발밑의 매트가 히데미가 묻혀 온 눈에 더러워진 것이 보였다.

미레이의 모습을 볼 수 없게 된 건, 생각해 보면 이날부터였다. 일주일에 고작 두 번뿐인 아르바이트조차 무단 결근했다고 한다. 시커먼 오븐은 쿠로베의 카운터 안쪽에 자리 잡은 채 반들반들한 문을 반짝거리고 있었다.

히데미가 입을 열기도 전에 미레이는 이미 화난 얼굴이었다.

연말 종업일 점심시간에 쿠로베를 찾았더니 오븐 앞의 둥근 의자에 웬일로 미레이가 앉아 먼지 한 톨 없는 문에 자신의 얼굴을 비춰보고 있었다. 히데미가 말을 걸자 "올해는 이제 영업을 끝내려고 생각 중이었어요." 하고 천천히 돌아보더니 냄비에 담긴 우동 국물을 데우기 시작했다.

생각지도 못한 재회에 최대한 긴장하지 말아야 한다고 생각하면서, 히데미는 카운터 석에 앉아 세심하게 주의를 기울이며 지금부터 이야기할 내용을 정리했다. 오븐 문에 히데미의 불안한 얼굴의 위쪽 절반과 미레이의 둥글게 움츠린 뒷모습, 그리고 조리대 위에 준비된 꼬치 고기가 반사되고 있었다.

그로부터 2주가 지났다. 오쿠타케 씨가 처치 곤란한 오븐 때문에 곤란해하고 있는 게 누가 봐도 명백했다. 거대한 그것은 주방을 점령하고 있었고, 이 가게에서 내놓는 요리는 기본적으로 오븐이 필요치 않은 것들뿐이다. 히데미는 당연히 미레이가 오쿠타케 씨에게 베이킹 숍을 열 계획을 허락받았을 거라고만 생각했는데, 오쿠타케 씨에게 막상 물어보니 씁쓸한 표정으로 이렇게 대답하는 것이었다.

"그런 이야기는 처음 듣는데. 그 애는 늘 허무맹랑한 소리만 하면서 놀고먹기만 하니까 엄마 속이 얼마나 썩는지 몰라. 철이 좀 들어야 할 텐데 말이야, 식구라고는 모녀 단둘인데. 애초에 여기서 멋대로 케이크 가게를 열면 나도 곤란해져. 달콤한 냄새가 배면 밤 영업에 지장이 생기니까."

오쿠타케 씨는 멋대로 일을 벌인 히데미까지 성가시게 느끼기 시작한 눈치였다. 가시가 잔뜩 돋친 태도에 점점 가게에 오기가 거북해졌다.

그뿐만이 아니었다. 쿠로베의 단골인 남자 동료들을 통해 안 좋은 소문이 퍼졌다. 오쿠타케 씨가 밤에 닭꼬치를 먹으러 온 그들에게 "당신들 회사의 주임이 억지로 떠맡긴 오븐 때문에 곤란해 죽겠다."라고 투덜댄 이야기가 왜곡되었다. 히데미가 오쿠타케 씨를 좋아해서 일방적으로 고가의 선물을 보낸 게 아니냐는 억측이 퍼지고 있다는 안자이 씨의 말에 그 자리에서 졸도할 뻔했다.

안자이 씨는 모든 것을 숨김없이 알려 준 다음 "못난 남자들의 질투 같은 거예요. 그렇게 수군대는 사람들이 보여서, 전부 헛소문이라고 말해 줬어요. 주임님은 오쿠타케 씨가 아니라 베이킹 숍을 열고 싶어 하는 아르바이트 여자애를 위해 오븐을 사 준 거라고, 제대로 알려 줬죠." 하고 득의양양하게 웃어 보였다. 그러자 유학 경험이 있는 한 남자 동료가 입가를 일그러뜨리며 "히데미가 해외에서 오래 생활하다 보니 노블레스 오블리주를 실천하려고 했나 보네. 귀족들이 평민한테 선심 쓰는 것 같고, 딱 히데미스럽 잖아."라고 말했다고 한다.

자신은 열심히 일했다고 생각했지만, 1년만 일하다 떠날 히데미가 기존에 존재하던 그곳만의 방식을 자기도 모르는 사이 바꿔버린 것을 안 좋은 시선으로 보는 직원들도 있었던 것 같다. 도쿄에서 고생 한 번 안 해 본 철없는 히데미가 잘난 척 설치고 다닌다는 말도 나왔다고 한다. 들은 내용을 그대로 전하는 안자이 씨는 히데미가 얼마나 큰 충격을 받고 있는지 전혀 눈치채지 못했다.

"그런데 대체 노블레스 오블리주가 뭐예요?"

안자이 씨가 정말 궁금하다는 듯이 묻자, 프랑스어로 귀족이 의무를 수행한다는 의미라고 힘없는 목소리로 설명했다. 사회의 상류 계층에 속한 인간은 하류 계층 사람들을 위해 져야만 하는 책임이 있다는 서양의 가치관으로, 적어도 유학 갔던 대학에서는 그게 일반적인 인식이었다. 분명 어떤 영국 소설을 읽어 봐도 부르주아가 고용인이나 노동자 계급 사람에게 적선을 베푸는 묘사는 무척이나 많다. 나는 그런 '적선'의 뜻으로 오븐을 준 게 아니고 순수한 우정이었다고 반박하고 싶었지만, 미레이와 개인적으로 아주 가까운 사이가 되고 싶냐고 묻는다면 또 그렇지는 않은 것 같아서 입을 다물고 말았다. 애초에 히데미는 영국에서 접한 그 개념이 일본 사회에서도 통념화되면 좋겠다고 우호적으로 생각했었으니까. 안자이 씨는 "정말 헛돈 쓰셨네요. 거봐요, 제가 말한 대로 됐잖아요."라고 말하며 동정하는 듯한 태도를 보였다.

퉁명스럽게 입을 다물어 버린 미레이와 육중하게 반짝이는 오븐을 번갈아 바라보면서, 히데미는 자신이 무엇을 잘못했던 건지 반성해 보려고 했다. 하지만 진심 어린 반성이라기보다, 이번 경험을 통해 지불한 6만 5천 엔어치의 수업료를 통해 어떻게든 교훈을 얻으려는 구두쇠 심보였다는 걸 깨닫고 자신이 점점 혐오스러워졌다.

자기가 좋아서 낸 돈이다. 그걸 어떻게 사용하든 미레이를 미워하면 안 된다는 걸 알지만, 설마 오븐을 건드리지도 않을 줄은 전혀 예상하지 못했다. 자신이 뭔가 중요한 사실을 놓친 게 아닐까 하는 생각까지 들었다.

"혹시 무슨 일이라도 있었던 거야? 어머니하고 또 싸웠어? 무슨 말이든 좋으니까 해 봐."

자기도 모르게 비난하는 말투가 되어 버리자 미레이의 심기가 더욱 불편해져 갔다. 난방이 잘 안 되는 건지, 아니면 이 도시의 겨울에 히데미가 아직 적응하지 못한 탓인지 몰라도 가게 안은 물속처럼 추웠다. 우동은 아직도 나올 기미가 보이지 않았다.

"포기한 게 아니라, 좀 더 시기를 지켜보려고요."

우동을 내올 생각 자체가 사라졌는지, 미레이는 그저 둥근 의자에 앉아 다리를 흔들 뿐이었다. 냄비 안에서는 국물이 부글부글 끓고 있었다.

"실은 신칸센역 구내에 새로 생긴 버터 샌드 가게요. 제가 그린 로고하고 똑같이 생겼거든요. 누가 일부러 베낀 건가? 왠지 다 바보같이 느껴지더라고요."

농담이 아니라는 듯이 미레이의 눈썹이 아래로 축 내려가 있었다. 히레이는 다 이해한다는 태도를 보이고 싶었지만, 자기도 모르게 날이 선 목소리가 흘러나왔다.

"로고 같은 건 나중에 얼마든지 정해도 되잖아? 그보다 비스킷을 구워 보는 게 훨씬 중요해. 이제 오븐도 생겼으니까 일단은 뭐라도 만들어 보자, 응? 팔기 위한 거라 생각하지 말고 그냥 편안하게 취미의 연장선 같은 느낌으로."

"으음…."

미레이는 그렇게 신음하다가 입을 다물어 버리고는 손톱을 매만졌다.

"이젠 베이킹 숍 같은 건 유행이 지난 것 같기도 하거든요. 아, 치즈 핫도그 아세요? 한국에서 넘어온 튀김인데 안에서 치즈가 걸쭉하게 흘러나와요. 인스타에서 보고 일부러 신칸센을 타고 먹으러 갔는데 너무 맛있어서 감동했어요. 그리고 타피오카 밀크티 같은 게 잘 먹힐 수도 있고요."

그녀는 실실 웃고 있었다. 히데미는 딸이 있다면 틀림없이 이런 느낌일 거라고 자신을 타이르면서 분노를 억누르려 했다. 히데미의 부모님도 온갖 지원을 받은 딸이 아무리 시간이 지나도 자리를 못 잡는 데서 느끼는 초조함을 매일 맛보았을 것이다. 아니… 자신은 지금까지 마음대로 살아왔던 건 아니다.

카운터 안쪽의 오븐을 바라보니 크기도 그렇고 주변 풍경을 흡수하는 듯한 칠흑의 질감도 그렇고, 새삼 쿠로베 안에서는 이질적이라는 느낌이 들었다. 이 가게뿐만 아니라 이 골목길 어디에도 어울리지 않았다.

결국 미레이와는 많은 이야기를 나누지 못했다. 당연히 우동도 먹지 못한 채로 가게를 나왔다. 회사로 돌아오니 가습기와 에어컨으로 잘 관리된 공기에 마음이 편안해졌다. 탕비실에 비치된 컵라멘에 물을 붓고서 채 익지도 않은 딱딱한 면을 입안에 넣어 바삭바삭 깨 먹었다. 히데미의 뒷담화를 했다는 남자 동료가 그런 모습을 힐끔 바라보고는 말도 걸지 않고 나가 버렸다.

그해 정월에는 본가에 가지 않고, 이것도 마지막이라는 생각으로 눈에 뒤덮인 조용한 거리에서 장화를 신고 정처 없이 걸어 다녔다. 딱 한 번, 대형 슈퍼마켓의 일용 잡화점에서 미레이와 그 어머니로 보이는 여성을 멀찍이 목격했다. 두 사람은 나란히 상품 진열대를 구경하고 다녔는데, 특별히 사이가 나빠 보이지 않았다. 미레이의 어머니는 생각했던 것보다 요염하거나 화려한 느낌이 없었다. 지극히 평범해 보이는 중년 여성이었다. 두 사람은 진지한 얼굴로 몇 번이나 의논하더니 무척이나 커다란 인형 하나와 털이 달린 슬리퍼를 샀다.

큰길에 있는 그 카페가 문을 닫는다는 소식을 들은 건 2월에 접어든 뒤였다. 잠깐 유행하는 것처럼 보였을 뿐이고, 개점한 뒤 3년 만에 매출이 절반 가까이 떨어지고 크리스마스 영업 경쟁에서도 참패하면서 철수를 결정했다고 한다. 밸런타인데이를 맞아 대규모 폐점 정리를 한다고 한다.

"이 도시의 호황도 일시적인 거였네요."

안자이 씨는 맞은편 책상에서 한숨을 쉬며 중얼거렸다. 최근 들어 유학 희망자도 격감하고 있었다. 그 바람에 히데미의 임기가 단축되어 3월 중순에 돌아오라는 도쿄 본사의 통보를 받은 참이었다. 캄캄한 밤하늘에는 굵은 눈송이가 비스듬하게 떨어져 내렸다. 거기에 겹치듯이 창유리에 안자이 씨의 꼿꼿한 뒷모습과 히데미의 갸름한 얼굴이 반사되었다. 저녁 7시가 넘어 사무실에 다른 직원은 없었다. 그 광경 위로, 오븐에 비쳤던 미레이의 나른한 얼굴이 겹쳤다.

오븐을 사 주는 것 정도로는 아무것도 해결되지 않는다. 자신은 단지 시간을 들여서 중대한 문제와 마주할 용기가 없었던 것이다. 비효율적으로 끈기 있게 남을 신경 쓰는 게 싫었을 뿐이다. 미레이와 자신 사이에 분명하게 놓인 불평등에 강한 죄책감을 느꼈고, 그걸 없애고 싶었다. 손쉽게 돈으로 해결해서 편해지고 싶었다. 겨우 6만 5천 엔 정도로 해결될 문제가 아니었는데 말이다.

"우리 본가도 슬슬 위험한가 봐요. 아무래도 유학 같은 건 말도 못 꺼낼 분위기예요."

안자이 씨는 평소 같지 않게 기운 없는 목소리로 말을 이었다.

"대규모 재개발이 진행되고 있어서, 이 주위로 굉장히 커다란 복합형 시설이 만들어진대요. 그 골목길도 모조리 철거된다는 것 같아요. 바로 얼마 전에 결정됐다고 들었어요."

히데미는 잠시 창밖을 바라보았다. 언젠가 안자이 씨가 가고 싶어 하는 뉴욕으로 한겨울에 여행을 갔을 때, 딱 지금처럼 옆으로 쏟아지는 눈이 내렸다. 미레이와는 그 이후로 전혀 이야기를 나누지 못했다. 오븐이 어떻게 됐는지는 동료에게 전해 들었다. 오쿠타케 씨가 오븐을 점점 막 다루다가 결국 조미료 선반으로 쓰고 있다고 했다. 전부 자기 책임이라는 걸 알면서도 참을 수가 없었다. 그 오븐이 자기 때문에 능욕당하는 듯한 기분이었다. 목구멍 안쪽이 꽉 죄어드는 듯했지만, 히데미는 억지로 힘을 주며 그걸 풀어냈다.

"안자이 씨. 케이크 구워 본 적 있어?"

"없는데요. 케이크는커녕 요리 자체를 잘 못 하니까요. 전자레인지로 만드는 '건더기 없는 달걀찜' 정도가 다예요."

그런 대답에도 히데미는 억지로 밀어붙일 기세로 몸을 쭉 내밀었다.

"저기, 부탁이 있어. 내 송별회 대신이라고 생각하고 도와주면 안 될까? 그 가게의 오븐을 한 번이라도 좋으니까 사용해 보고 싶어. 우리는 성실하니까 레시피대로 재료를 정확히 측량해서 따라 하면 뭐든 만들 수 있지 않을까? 본가에서 우유나 직접 만든 버터도 가져와 주지 않을래? 아, 우동집이 문을 여는 오후에 반차를 쓰는 거야. 오쿠타케 씨에게는 제대로 설명해서 3시간 동안 가게를 빌릴 거고. 베이킹 숍, 우리끼리 열어 보자."

안자이 씨는 질렸다는 표정을 짓더니 아이를 타이르는 듯한 말투로 이야기했다.

"히데미 씨도 충분히 노력했잖아요. 물론 그 애보다는 좋은 환경에서 자랐다고 할 수도 있겠지만, 그걸 괜히 미안해하면서 혼자

앞서 나갈 필요는 없어요. 그 애를 혼자 힘으로는 아무것도 못 하는 불쌍한 인간으로 취급하는 것도 일종의 차별이잖아요."

그녀의 주장도 옳다고 생각하면서, 히데미는 다시 목소리를 쥐어 짜냈다.

"미레이가 이러지도 저러지도 못하는 상황에 빠진 건 물론 우리 탓이 아냐. 우리가 어떻게 할 수 있는 문제도 아니고. 하지만 그 오븐을 아무도 사용하지 않는다면 너무 아깝잖아. 아무래도 난 천성적으로 거지 근성이 있나 봐. 내가 생각해도 한심하지만…."

미레이의 아이디어와 비싸면서 기능적인 오븐까지, 그 모든 게 히데미는 아깝게 느껴졌다. 그게 진심이었다. 자신은 할 만큼 했으니 나머지는 미레이가 노력해야 한다고 생각하며 느긋하게 지켜보는 건 도저히 불가능했다. 어째서 첫걸음을 떼지 못하는 걸까? 그리고 아무리 해도 사라지지 않는 이 초조함을 누구와도 공유할 수 없다는 게 너무나도 억울했다. 그렇다면 스스로 움직일 수밖에 없다. 애초에 멀찍이 서서 다른 사람을 바꾸려고 한 게 잘못이었다. 인간관계란 유학 중개업과는 다르다. 고작 6만 5천 엔으로는 노블레스 오블리주라고 부르기도 민망하다.

안자이 씨는 잠시 입을 다물고 스마트폰을 내려다보았다. 그러고는 자리에서 일어나더니 "초심자에게 구운 과자는 난이도가 너무 높아요. 재료를 썰고 커스터드를 부어서 굽기만 하면 되는 이런 건 어때요? 달걀찜 비슷한 거니까 어떻게든 할 수 있을 것 같은데요." 하고 책상 반대편에서 스마트폰을 내밀어 보여 주었다.

미레이는 최근에 계속 잠만 잤다. 얼마든지 잘 수 있었다. 어머니는 그런 미레이를 식충이라느니, 너 때문에 자기 인생이 엉망이 됐다느니 하며 온갖 악의를 담아 비난했다. 하지만 그 정도로는 방해가 되지 않을 만큼 졸렸다. 눈을 감으면 금세 암흑 속으로 빨려 들어갔다.

눈을 감으면 다운튼 애비의 포스터에 찍힌 저택이 떠올랐다. 고용인과 귀족으로 명확히 구분된 세계. 그걸 인정하지 않는 일본보다는 훨씬 양심적이고 정직하다는 생각이 들었다.

미레이는 상당히 이른 시기부터 많은 것들이 아무래도 상관없이 느껴졌다. 유흥주점의 소음 탓에 시험공부를 포기하고 그냥 자 버렸던 그날 밤부터였을까? 아니, 그보다 훨씬 전인지도 모른다. 급식비를 낼 돈이 없다던 어머니가 지금은 돌아가신 외할머니에게 미레이를 맡겨 둔 채 유부남과 마카오 여행을 떠났을 때였을까? 미레이에게는 슈퍼에서 할인하는 반찬만 먹이면서 애인조차 아닌, 어쩌다 한 번씩 가게에 들르는 샐러리맨을 위해 요리책을 옆에 두고 찜 요리에 도전하던 어머니의 필사적인 뒷모습을 보았을 때였을까? 어쩌면 마스카라가 번진 눈으로 "미레이 넌 열심히 노력해서 엄마 같은 인생은 살지 마." 하고 안아주며 한 이불을 덮고 잤던 그날 밤이었을까?

이런 상황을 바꾸는 게 지금도 늦지는 않았지만, 남들보다 몇 배는 노력해야 한다는 게 단 하나의 진실이었다. 하지만 힘을 쥐어 짜내려고 할 때마다 '왜 나만'이라는 생각이 고개를 들며 미레이의 발목을 강하게 잡아챘다. 왜 나만 아래층에서 울리는 남자들의 노랫소리에 귀를 막으며 영단어를 외워야 하는 걸까? 왜 나만 엄마를 기쁘게 해 주려고 음흉한 단골손님의 팔을 어깨에 두른 채 옛날 유행가를 불러야 하는 걸까? 그런 생각을 하다 보면 무슨 일을 할 때나 사람이 멍해진다. 아르바이트하는 가게 사장에게 혼나면서 미소를 띠며 손님을 상대하는 게 이렇게 고통스러운 이유를, 정말 자신의 나태함에서만 찾아야 하는 걸까?

　베이크 숍을 시작하고 싶은 마음에 거짓은 없었다. 진심으로 오븐을 갖고 싶었고, 가게를 열고 싶은 마음도 있었다. 하지만 막상 레시피를 들여다보거나 눈동냥으로 배운 원가 계산을 해 보는 사이, 점점 마음이 식어 버렸다. 분명히 알게 된 점이 있다면 자신의 진심은 과자를 굽고 싶었던 게 아니라, 그냥 아무것도 하고 싶지 않았다는 사실이다. 어린 시절 같은 반 친구 집에서 그녀의 어머니가 구워 주는 케이크를 그저 기다릴 때처럼, 아무 초조함이나 불안 없이 따뜻하게 안심할 수 있는 시간을 보내고 싶었다. 영국 드라마나 영화를 보면 그런 식으로 아무것도 하지 않아도 되는 시간이 당연한 듯 묘사되는 경우가 많다. 배를 채우기 위해서나 뭔가 중요한 의논을 하기 위한 게 아닌데도, 그냥 차를 마시고 과자를 먹는다. 미레이는 그렇게 시간을 쓰는 것을 동경했다.

히데미 씨와 보낸 시간이야말로 딱 그랬다고 할 수 있었다. 히데미 씨는 아는 것도 많고 품위 있으면서, 누구보다 열심히 일하는 데도 몇 명의 백수 단골들보다 훨씬 느긋해 보였다. 옷이나 신발이 화려한 것도 아니고 몇 가지를 돌려 입는 것 같은데도 전부 보기 좋고 잘 관리된 느낌이었다. 게다가 깜짝 놀랄 만큼 구두쇠였다.

매달 월급을 받을 텐데도 우동을 먹으러 오는 걸 제외하면 돈을 거의 쓰지 않았다. 쇼핑에도 외식에도 관심이 없다. 자연스레 케이크 뷔페에 같이 가자는 말을 꺼내도 줄을 서는 게 싫다면서 넌지시 거절했다. 휴일에 뭘 하냐고 물으니 홍차를 타 마시거나 도서관에서 책을 읽는다는 대답이 돌아와 미레이는 충격을 받았다. 드는 돈이라고 해 봐야 홍차값뿐이다. 그런데 그 말이 어째서 이리도 우아하게 들리는 걸까. 미레이에게 홍차란 전문점에서 마시는 음료였다. 시험 삼아 머그잔에 립톤 티백을 넣어 비교적 열심히 차를 타 봤지만, 조금도 맛있지 않았다. 좋은 주전자나 찻잔이 있어야 하나 싶어서, 그릇 가게를 돌아다니기로 했다. 즐거웠다. 거기서 산 귀여운 찻잔은 결국 한 번도 사용하지 않고 가끔 꺼내서 바라보기만 했다. 누군가와 친해져도 어느새 소원해지거나 상대방이 먼저 피하게 되는 경우가 많았지만 히데미 씨는 마지막까지 그러지 않았다.

처음에는 다들 미레이의 처지를 동정하고 가게를 여는 꿈을 응원해 준다. 하지만 이내 미레이가 시간 약속을 잘 지키지 않는 점이나 많은 물건을 사들이는 것을 비판하기 시작한다. 지금까지 자신이 미레이에게 감정을 소비한 걸 후회한다는 듯이, 남자든 여자든 냉담해지며 등을 돌렸다. 고등학교 동창도, 가게를 열기 위해 모였던 소꿉친구들도, 아르바이트 동료들도 다들 똑같았다.

미레이에게 정말로 즐겁게 느껴지는 일은 전부 소비 활동이었다. 그건 앞으로도 쭉 그럴 것이다.

무언가 생산적인 일을 한다고 해서 그 결과가 바로 나타나는 것은 아니다. 반면에 물건이나 음식을 사면 마음과 몸의 영양으로 순식간에 변환되는 게 느껴져서 미래로 나아가는 길을 밝게 비춰 주는 것 같았다. 예쁜 것이나 맛있는 것들은 언제나 미레이의 피로를 말끔히 씻어 주었다. 새 원피스를 입고 예쁜 카페에 가서 깨끗한 접시에 담긴, 제철 과일이 투명한 젤리에 뒤덮인 아삭아삭한 타르트를 먹으며 뜨거운 홍차를 마셨다. 그러다 보면 엄마의 몸을 더듬는 손님의 모습도, 아르바이트하는 곳에서 아무도 자신에게 더 이상 말을 걸지 않게 된 것도 아무 상관없는 일처럼 느껴졌다. 언젠가 가게를 열기 위해서라는 구실로 과자와 빵을 먹으러 다니거나 귀여운 잡화를 보러 돌아다니는 것도 당당할 수 있는 도피 기간이 필요했을 뿐이다.

그게 어머니의 성향과 정확히 똑같다는 사실을 깨달은 건, 어머니가 카페의 개점 자금을 멋대로 갖다 써서 목주름을 펴는 수술을 받았다는 사실을 결국 자백했기 때문이었다. 어머니는 화난 얼굴로 이건 꼭 필요한 수술이었고 장기적인 시각으로 봐야 한다고 주장했다. 자신의 젊음과 아름다움을 유지하는 것이, 최대한 현재를 즐겁게 보내는 것이 곧 집안 살림을 유지하는 일이며 돈 낭비가 아닌 미래를 위한 투자라고 몇 번이고 거듭 말했다. 화는 났지만 맞는 말이라는 생각도 들었다.

그리고 깨달았다. 두근거림을 돈으로 살 필요가 없는 사람이야말로 가장 복 받은 인생이라는 걸. 구두쇠가 될 수 있다는 건 특권이었다.

그런데도 박복한 사람들은 복 받은 사람들보다 훨씬 강한 절제를 강요당한다. 마이너스 지점에서 힘들게 시작해 열심히 노력하고 낭비하지 않으면서 감동적인 성장을 보여 줄 것을 요구받는다. 세계가 평등하다는 증거를 보고 싶은 것이리라. 그렇게 멋대로 감동적인 스토리를 기대하는 걸 보면 난감한 기분이 들었다. 사람들이 떠나갈 때마다 자기혐오와 동시에 화도 났다. 왜 다들 나한테 과도한 기대를 하는 걸까? 내가 사람들의 불편함을 해소해 주기 위한 장치라도 된다는 듯이.

애초에 불리함을 안고 시작한 사람한테 어떻게 평균 이상으로 노력할 기력이 생긴단 말인가. 미레이는 초인이 아니다. 아무것도 하고 싶지 않다는 원래의 소망을 억누른 채 무언가에 떠밀리듯 케이크를 먹으러 다니다 보니 몸은 무거워졌고, 사소한 것들이 점점 귀찮아졌다. 낭비하지 않는 것, 방을 청소하는 것, 아르바이트 시간을 지키는 것, 옷을 다림질하는 것. 그런 사소한 일들이 정말 아무래도 상관없이 느껴졌다.

히데미 씨는 다른 누구와도 달랐다. 누구보다도 친하게 지내 주었고, 미레이에게서 등을 돌리지도 않았다. 가장 갖고 싶어 하던 물건을 선물해 주기까지 했다. 하지만 그 결과, 미레이는 이번에야말로 정말 아무것도 하기 싫어진 건지도 모른다.

누운 몸을 반대쪽으로 뒤집다가 이불 밖으로 튀어나온 무릎이 바닥에 툭 부딪혔다. 누워 있을 뿐인데도 살면서 지금만큼 중력을 실감한 적이 없다. 둘러보면 방 안에 쓰레기처럼 쌓인 싸구려 잡화와 요리책이 얇게 쌓인 먼지와 함께 미레이의 몸 위로 쏟아질 것만 같았다. 어제부터 아무것도 먹지 않았다. 애초에 이 집에는 당장 먹을 수 있는 게 없다. 요리는 거의 하지 않는데도 늘 기름때와 곰팡이로 뒤덮인 부엌에서 뭘 만들고 싶은 생각은 절대 들지 않았다.

오븐을 받으면서 꿈을 꿀 시간조차 빼앗기고 말았다. 미레이는 똑바로 마주 보아야만 했다. 자신은 과자를 만들 능력도 없고 만들 생각도 없으며 아무리 노력해도 가게를 열 수 없고, 이 장소에서 절대로 벗어날 수 없다는 사실을. 설명서조차 펼쳐보지 않았고, 오븐의 문을 여는 것조차 두려웠다. 애초에 그 오븐 옆에도 가고 싶지 않았다. 시커멓고 커다란 오븐의 위압적인 모습이 매초 끊임없이 미레이를 비난하는 듯했다.

히데미 씨가 기대감 가득한 눈으로 바라보는 것도 점점 싫어졌다. 자기가 멋대로 그려 낸 스토리에 자신을 끼워 맞추려는 것에도 화가 나기 시작했다. 상대방의 기분을 신경 써 주는 척하면서 자기가 원하는 대로 끌고 가려 하는 위선적인 태도를 보고 있으면, 그러면 안 된다는 걸 알면서도 미레이는 점점 불손해졌다. '고작 6만 엔으로 내 인생을 산 것처럼 굴지 마.'라는 생각도 든다. 상대방의 초조함이 느껴질수록 온실 속의 화초처럼 자란 히데미 씨를 골탕 먹이고 곤란해하는 얼굴을 보고 싶다는 기묘한 생각에 가슴이 뛰었다. 무단으로 아르바이트를 쉬기 시작했을 때는 오쿠 짱이 몇 번 전화를 걸어 왔지만, 이불을 뒤집어쓴 채 무시하기로 했다. 어머니가 소리를 질러댔다. 이윽고 정말 아무에게서도 연락이 오지 않게 되었다.

히데미 씨와 친구가 되고 싶었던 건 아닌 것 같다. 아마 그 사람의 딸이 되고 싶었을 것이다. 히데미 씨의 딸로 자라면서 그녀가 타 준 맛있는 홍차를 마시고 싶었다. 그 사람의 보호를 받으면서 푹신푹신한 이불을 덮고 실컷 잠들고 싶었다.

큰길 카페가 문을 닫고 이 골목길조차 사라진다는 이야기를 들었을 때, 마지막 남은 기력을 지탱하던 기둥이 무너져 내렸다. 어머니는 미레이 이상으로 현실을 직시하기 싫었는지, 이 가게를 넘기면 얼마나 받을 수 있는지, 이사는 어디로 갈 것인지 등의 문제를 물어봐도 잘 모르겠다는 듯 대답하지 않았다. 최근에는 어머니 역시 가게 소파에 계속 누워만 있었다. 거대한 포크레인이 와서 이 가게뿐만 아니라 미레이와 어머니까지도 어딘가로 데려다주지 않을까 하는 몽상을 했다.

오쿠 짱은 다른 사람들에게는 친절했지만, 예전부터 미레이와 어머니에게만은 강압적으로 굴었다. "아빠나 마찬가지니까 어려운 일이 있으면 뭐든 말해.", "너희들을 보고 있으면 불안해서 놔둘 수가 없어." 하고 말하며 눈을 가늘게 뜨는 버릇이 있었다. 갑자기 머리를 쓰다듬었던 적도 있다. 보호자인 척하는 주제에 어머니를 호시탐탐 노리는 눈빛이 형용할 수 없을 만큼 혐오스러웠다. 그런데 오븐이 가게에 배달된 뒤로는 서서히 미레이 모녀에 대한 관심도 사라진 듯했다.

한편 어머니는 오쿠 짱이 자신을 피하는 건가 하고 불안해하고 있었다. 특별히 좋아하는 것도 아니었으면서 한심하게 먼저 연락하려고 하고, 할 말이라도 있는 듯이 쿠로베 주변을 서성거렸다. 한편으로는 괜한 짓을 했다면서 히데미 씨를 원망하는 말을 해서 미레이의 기분을 처참하게 만들었다.

히데미 씨의 갑작스러운 선물은 오쿠 짱뿐만 아니라 이 골목길 전체에 파문을 불러일으켰다. 다들 히데미 씨를 이 도시를 잘난 척 깔보는 재수 없는 여자라고 생각했다. 직장에서도 평판이 안 좋다고 했다. 많은 말들이 들려왔지만, 결국 그녀가 미레이를 위해 자신의 재력과 여유를 과시한 게 원인이었다.

미레이는 어머니와 유흥주점 손님들이 오븐 이야기를 하며 불쾌해하는 모습을 훔쳐보는 게 견딜 수 없이 재미있었다. 이 점에 관해서만은 통쾌하기 그지없었다. 히데미 씨가 무의식중에 이 도시 사람들의 자존심을 꺾어 버린 천진난만함에 오랜 체증이 쑥 내려가는 기분이었다. 한편으로 이 골목길에 이런 기적은 이제 두 번 다시 없을 거라고도 조용히 생각했다. 부유한 여성이 아무 대가도 바라지 않고 빈곤한 여성에게 고가의 물건을 선물한 사례 말이다. 미레이와 골목길의 주민들이 힘을 모아 그 사실을 무의미한 것으로 만들어 버렸지만.

그 사람은 왜 그렇게까지 해서 자신이 비스킷을 굽게 하고 싶은 걸까? 과자를 굽는 걸로 상황이 바뀌지 않는다는 건 그 사람이라면 잘 알 텐데. 하지만 이젠 됐다. 이 거리도 사라질 테고, 히데미 씨도 조만간 이 도시에서 사라질 테니.

눈꺼풀에 무언가 따뜻한 것이 확 와닿았다.

달콤한 냄새가 어딘가에서 흘러 들어오자 미레이는 자기도 모르게 몸을 일으켰다. 커튼을 걷고 창문을 활짝 열어 피부로 바람을 느꼈다. 오쿠 짱의 가게에서 풍겨 오는 냄새였다. 스웨터 위에 코트를 걸치고 오랜만에 아래층으로 내려갔다. 어머니가 가게의 가죽 소파에 누워 입을 벌린 채 자고 있었다. 가느다란 목이 주름이 사라진 탓에 오히려 연약하게 보여서 숨을 쉬며 위아래로 움직일 때마다 뚝 부러질 것만 같았다.

문을 열자 달걀과 버터의 달콤하고 고소한 향이 찬바람과 함께 뺨에 닿았다. 미레이는 작은 함성을 지르며 골목길 입구 쪽으로 걸어가기 시작했다. 그동안 계속, 자신이 나고 자란 이 땅을 이런 냄새로 가득 채우고 싶었다. 거리가 가까워질수록 지금 굽고 있는 게 브래드 앤 버터 푸딩이라는 걸 알 수 있었다. 수많은 제과점을 찾아다니고 요리책을 꼼꼼히 읽어 둔 덕분이었다. 레시피와 동영상으로만 봤던 과자지만 다이애나 왕세자비가 사랑한, 빵과 건포도에 커스터드를 부어서 구워 아삭아삭하면서 촉촉하고 따뜻한 간식. 아마레토의 달달한 향에서는 희미한 봄기운이 풍겼다.

과자 굽는 냄새에 이끌려 빨간 벽돌의 큰길이 보이기 시작했다. 미레이의 걸음은 점점 빨라졌다.

트리아지
2020

 종가시나무 울타리 위로 여자 머리가 쑥 올라온 건 무더위가 기 승을 부리는 오후였다.

 마스마 리코는 거실의 유리문 창틀에 걸터앉아 마당에 꺼내 놓 은 비닐 수영장에 발을 담근 채 주스를 마셨다. 입술 주변에는 잔 수염이 자라났고 땀에 젖은 면 원피스는 몸에 달라붙어 최근 커지 기 시작한 유두가 튀어나왔을지도 모르지만, 워낙 갑작스러운 일 이라 정리할 새도 없었다. 그러고 보니 요코친이 이맘때쯤 자신의 어머니가 방문할 거라는 DM을 보냈던 것도 같은데 완전히 깜빡 하고 있었다. 마스마 리코는 최근 들어 늘 졸립고 멍한 상태였다.

 "풋카레몬 씨?"

 맨션을 둘러싼 금목서 나무에서 들려오는 매미 울음소리를 뚫 고 선명한 여자 목소리가 들려왔다. 마스마 리코는 손님 앞에서 무례하다는 건 알지만 일어서기가 너무 귀찮아서 앉은 자세 그대로 건조한 입술을 억지로 열었다.

"네, 맞아요. 폿카레몬… 마스마 리코입니다. 저기, 요코친 씨의 어머님… 맞으시죠?"

며칠 만에 듣는 자신의 목소리는 여기저기 경련이 일어난 느낌이었다. 챙이 넓은 모자에 옅은 보라색 선글라스와 마스크 탓에 얼굴은 보이지 않았다. 하지만 요코친과 마스마 리코 둘 다 마흔 살이니까 6, 70대 정도이지 않을까?

"네, 요코야마 노리코라고 합니다. 딸아이가 늘 신세를 지고 있네요."

그렇게 말하며 가볍게 고개를 숙였다. 요코친의 본명이 요코야마 어쩌구, 그래… 마나미 씨였지. 어머니가 요코친과 자신의 관계를 어디까지 알고 있는지 몰랐기에 마스마 리코는 애매하게 웃어 보였다.

정원의 낮은 곳에서 올려다봐서인지 요코친 어머니의 키가 커 보였다. 하지만 목 아랫부분이 울타리에 숨겨져 있을 뿐이고 요코친 어머니가 서 있는 위치는 여기서 봤을 때 왼쪽, 그러니까 언덕 위쪽일 테니 실제로 발이 닿은 장소는 마스마 리코의 눈높이보다 약 50센티미터 넘게 높을 것이다.

마스마 리코가 죽을 때까지 살 집으로 구입한 이 오래된 맨션은 급경사진 언덕 중간에 지어져서 1층 정원은 경사를 따라 이어지는 울타리로 가려져 있다. 위치에 따라서는 이런 식으로 지나가는 사람들과 시선이 마주칠 수 있기 때문에 울타리를 높게 고쳐 줬으면 한다고 계약 단계에서 건축주에게 말해 두었다. 그때는 봄에는 공사를 하겠다고 했는데, 코로나 긴급 사태 탓에 흐지부지되고 말았다. 공사를 진행하려면 정원사를 여럿 불러야 하는데 이런 상황이면 감염자 수가 감소한 뒤에나 가능할 것 같다.

"여자 혼자 살 거면 단층집은 어때?" 하는 이야기도 들었지만, 전원 지역에서 성장한 마스마 리코는 작지만 푸르른 잔디 정원이 마음에 들었다. 게다가 곧 혼자가 아니게 된다.

"몇 개월이에요?"

요코친 어머니의 선글라스에 햇빛이 반사되자 마스마 리코가 손을 눈 위로 올렸다. 그녀의 시선이 비닐 수영장의 수면에 닿을 락 말락 하는 크게 튀어나온 배를 향하고 있을 것이다.

"7개월이요. 예정일인 가을에는 좀 더… 이런 상황이 진정되면 좋을 텐데요."

울타리를 사이에 두고 누군가와 대화하는 건, 이번이 처음이었다. 올해 1월에 임신 사실을 알자마자 바로 출산할 병원을 정하고, 그곳을 기준으로 살 집을 찾았다. 3월 말에 원격 근무로 전환된 뒤로는 계속 여기서 혼자 일하고 있었다. 임산부에게 바이러스가 전염되면 안 된다는 이유로 찾아오는 사람도 없었다. 큐슈에 사는 부모님은 딸의 몸 상태나 혼자서만 감당해야 하는 출산을 걱정하면서도 워낙 나이가 많아 딸을 보러 다른 현까지 넘어오기는 어려웠다.

요코친 어머니가 유니콘 모양의 무지개색 비닐 수영장을 가만히 바라보는 것 같았기에 마스마 리코가 먼저 말을 꺼냈다.

"마음이 급해서…. 집에만 있다 보니까 자꾸만 인터넷 쇼핑을 하게 되더라고요…."

성별을 알게 된 뒤로 공주스러운 여아용 장난감을 보면 바로 장바구니에 집어넣었다. 뱃속의 아기가 자신의 성별을 마음에 들어할지 아닐지, 애초에 취향이 어떨지도 알 수 없다. 안 좋은 행동이라는 것도 알고 있다. 하지만 자신 역시 어린 시절 이런 종류의 물건이 갖고 싶어도 부모님이 사 주지 않았기에 이것저것 다 사고 싶어서 견딜 수 없었다. 조금이라도 불안을 줄이려고 자비로 PCR 검사를 두 번이나 받았다. 그렇게나 완벽한 출산 계획을 세웠는데 지갑 사정은 유례가 없을 만큼 어려운 상태였다.

"어쩌겠어요. 가뜩이나 이렇게 이상한 상황인데. 입덧이 심하다면서요? 저도 마나미를 낳을 때 똑같았어요. 방금 지은 밥 냄새도 못 맡겠더라니까."

요코친 어머니의 위로하는 말투가 가슴을 찌르며 비닐 수영장물이 젤리처럼 옆으로 출렁였다.

"제 말이요. 제대로 영양소를 섭취해야 한다는 건 아는데, 자꾸 이런 것만…."

빨개진 눈을 감추려고 팩에 든 수박 주스를 얼굴까지 들어 올려 보였다. 그건 마스마 리코가 일하는 회사가 디자인한 제품으로 당장이라도 과즙이 뚝뚝 떨어질 듯한 수박 단면이 그려진 패키지가 시선을 끌어당겼다. 작년에 직장에서 동료들과 시음했을 때는 "맛이 조금 밍밍하지 않아?" 하고 평가했었다. 하지만 입덧이 다시 시작된 뒤로 문득 생각나서 사 먹어 보니 아련한 달콤함과 수박 향이 온몸에 기분 좋게 퍼지는 듯해서 박스째 구입하고 있다.

2주에 한 번으로 늘어난 산전 검사에서 균형 잡힌 식사를 하라는 말을 계속 듣고 있지만, 지금 마스마 리코가 목구멍에 넘길 수 있는 건 이것과 요구르트, 젤리, 아이스크림, 맛간장을 끼얹지 않은 소면 정도였다.

"이거, 나 임신했을 때가 생각나서 먹을 수 있을 만한 걸 골라서 가져와 봤어요. 소독제로 깨끗이 닦았고, 난 한동안 누구와도 안 만났으니까 안심해요."

요코친 어머니는 그렇게 말하면서 울타리 너머로 보냉 가방을 건넸다. 손에는 비닐장갑을 끼고 있었다. 마스마 리코는 어이쿠, 하는 소리를 내며 창틀을 붙잡고 천천히 허리를 폈다. 슬개골과 골반이 확 틀어지는 느낌이 들더니 허리에 짧은 통증이 느껴졌다. 고작 이것만으로도 목 안쪽에서 짜증이 솟구치며 눈앞이 어질어질했다. 뜨거운 잔디밭에 젖은 발바닥을 댔다. 가까이 다가가자 요코친 어머니는 가방을 잔디밭에 내려놓고 재빨리 물러났다.

"정말 감사합니다. 잘 먹을게요. 여기까지 올라오려면 급경사라 힘드셨을 텐데, 이런 더운 날씨에….."

위가 압박되지 않도록 조심스럽게 고개를 숙이고 보냉 가방을 주워들었다. 햇빛 아래로 나온 지 불과 몇 초밖에 안 됐는데도 머리카락과 두피가 점점 뜨거워졌다.

"괜찮아요, 괜찮아. 마침 이 언덕길은 늘 다니는 산책 코스 중간이거든요. 몸조심하고. 조금이라도 먹을 수 있길 바랄게요. 그럼 잘 있어요."

다시 고개를 들어 보니 요코친 어머니의 모습은 보이지 않았다. 마스마 리코는 울타리에서 몸을 내밀어 언덕을 올라가는 뒷모습을 바라보았다. 생각했던 대로 가냘프고 몸집이 작은 여성이었다. 무더운 날씨임에도 몸에 딱 맞는 긴 소매 셔츠와 바지를 까맣게 맞춰 입은 채로 시원시원하게 걸어가고 있었다.

풍수지리를 신봉하는 동료에게 경사길에 세워진 집을 어떻게 생각하냐고 묻자 "건물을 정면으로 봤을 때 오른쪽으로 높아지는 땅은 아이가 집을 일찍 나가게 된다고 해요."라는 대답이 돌아왔다. 특별히 신경 쓰이지는 않았다. 이런 시대에 아이가 일찍 자립해 주지 않아도 걱정일 테니까.

언덕 아래쪽에는 그녀가 다니는 종합병원이 보였다. 역사가 오래되었고 전쟁 전에는 전염병 전문 격리 병동이었다고 한다. 마스마 리코는 잠시 울타리에 기댄 채 언덕을 개척해서 만들어 낸 도시를 내려다보았다. 이사 온 뒤로 거의 나돌아다니지 않았기에 왠지 그림 속 장면처럼 느껴졌다.

부엌에 들어가 보냉 가방을 열자 완숙 토마토 5개, 기름에 절인 참치 팩, 파스타면 한 봉지, 갈릭 허브 솔트 병이 들어 있었다. 얼린 레몬 슬라이스 봉지가 얼음 역할을 해 준 덕분에 하나같이 차가웠다. 지금은 이렇게 편리한 물건을 팔고 이런 식으로 활용할 수도 있다는 것에 신선한 바람을 뺨에 쐬는 기분이 들었다. 직접 만든 음식이 하나도 없다는 건 다행이지만, 직접 만들어 먹으려니 귀찮았다. 애초에 요리를 좋아하는 편도 아니었다. 거리 두기 이후로는 우버 이츠를 가끔 이용했지만, 이 근처에서 배달이 가능한 건 가맹점뿐이었다. 게다가 지금의 마스마 리코에게는 전부 양념이나 향료가 강하게 느껴지는 데다 무엇보다 돈을 절약해야만 했다. 음식을 받은 뒤에 소독하는 것도 일이라서 금세 시켜 먹지 않게 되었다.

파스타면 중에서도 삶는 시간이 제일 짧은 걸로 골랐어요. 소면 삶는 시간이랑 비슷할 거예요. 다 삶아지면 물로 씻고, 참치를 기름째로 버무려 주세요. 토마토는 위에서 손으로 으깨고, 소금을 뿌린 다음 레몬을 곁들여요. 이걸로 대충 다섯 끼는 먹을 수 있을 거예요. 엄마와 아기 모두 건강하길 바랄게요.

요코야마가

거침없이 써 내려간 메모에 등 떠밀려 마스마 리코는 냄비에 물을 끓였다. 확실히 파스타면은 금세 삶아졌고 토마토는 손으로 쉽게 으깨져서 차가우면서 달콤한 소스가 되었다. 선명한 빨간색과 노란색에 식욕이 솟구쳐 자기도 모르게 스마트폰으로 사진을 찍고 트위터에 "어떤 친절한 분 덕분에 오랜만에 제대로 된 식사를 했다. ㅠㅠ"라고 올렸다. 신맛과 단맛 덕분에 차가운 면이 술술 넘어갔다. 참치로 오랜만에 단백질까지 섭취했다는 것도 마음이 놓였다. 그건 그렇고, 직접 만나 본 적도 없는 친구의 어머니 덕분에 식사를 하고 있다는 게 신기한 기분이었다.

"선생님, 뱃속에 있는 아기한테 이상은 없겠죠? 제가 부주의한 탓에…."

TV 화면에서는 기관지 천식으로 실려 온 임산부의 얼굴이 파랗게 질려 있었다. 최근에는 뭘 하든 '트리아지~ 호흡기 내과 의사 호쇼 마사코'를 틀어 두었다. 이 2000년 방송분은 마스마 리코가 드라마에 빠져들게 된 최애 시즌이었다. 요코친의 말을 빌리자면 "그 지난해에 방영되었던 시즌 10은 가치관도 구식이고 코믹한 장면도 저질스러운 느낌을 줘서 시청률은 최악, 시리즈가 끝날 수도 있다는 소문이 돌았다. 그래서 제작진은 문제점을 인식하고 시청자의 목소리와 시대적인 요구를 확실히 수용하게 되었다. 이 시즌 11은 본격 의학 드라마로 방향을 튼 기념비적인 시즌. 역시 폿카레몬 씨, 안목이 좋네."라고 한다.

요코친과 마스마 리코는 장수 프로그램 '트리아지'를 통해 인터넷에서 알게 되었다. 실제로 만난 적은 한 번도 없지만, 트위터에서 교류한 기간이 어느새 9년이 되었다. 마스마 리코는 '트리아지'뿐만 아니라 좋아하는 해외 드라마와 영화 등의 일러스트를 취미로 한 번씩 그리곤 했다. 요코친은 내킬 때마다 트위터에도 올리는 정도였지만 팔로워가 곧 18만 명에 이르는 유명인이었다. 단어 선택이 압도적으로 훌륭했고 적을 만들지 않는 지성을 갖췄으면서도 트위터에서 언급하는 건 '트리아지'에 대한 이야기뿐이었다. 방송 내용을 언급할 때는 존댓말로 침착하게 이야기하다가도, 작품을 분석할 때는 갑자기 잔뜩 유난을 떠는 반전 매력이 있었다. 최근에는 비교적 온화한 톤으로 바뀌었고 게시글 숫자나 내용도 줄여 자신의 내공만 은은하게 드러내는 정도였다.

마스마 리코가 게시글을 올리기 시작한 건 트위터가 비상시의 연락 수단으로 각광받은 2011년의 대지진 직후였다. 자기소개 대신 드라마의 주인공 호쇼 마사코가 진찰실에 장식해 둔 여우 모양의 도자기 인형을 아무 생각 없이 올렸더니 "트리아지 좋아하세요? 저도 이 여우가 대체 무슨 의미인지 계속 궁금했거든요." 하는 요코친의 댓글이 달렸다. 그 이후로 5일에 한 번 정도로 대화를 나누면서 현재까지 이르렀다. 마스마 리코가 요코친에 대해 아는 점은 자신과 똑같이 '트리아지'가 처음 방영된 1980년생이라는 것과 '트리아지'에 빠져들게 된 계기뿐이다. 요코친은 중학교 3학년 때

레지오넬라 폐렴에 걸려서 중환자실에서 혼수상태에 빠졌다. 장기 입원을 할 때 침대 옆 TV에서 흘러나오는 '트리아지'의 내용이 자신의 환경과 겹쳐 보여서 너무 몰입이 됐다고 한다.

트리아지의 호흡기 내과 묘사는 진짜임. 내가 기관을 절개하고 인공호흡기를 달고 있었기 때문에 알고 있음.

그 덕분인지 요코친은 제작진의 공식 계정까지 경의를 표할 만큼 엄청난 지식의 소유자였다. 시즌 1~3은 주요 출연자 중 한 명이 대마 소지 혐의로 체포된 탓에 비디오나 DVD 등으로 출시되지도 못했고 재방송된 적도 없는데도 어째서인지 사소한 부분까지 내용을 잘 알고 있었다.

솔직히 지금의 가치관으로 보면 이건 좀? 하는 생각도 들긴 하는데, 수련의 시절의 호쇼 마사코를 볼 수 있고, 마사코가 호흡기 내과를 선택한 이유도 알 수 있으니까 역시 한 번 더 보고 싶습니다. #초기 트리아지 DVD화 희망.

7년 전, 그녀의 이런 게시글을 계기로 인터넷에서 대규모 서명운동이 벌어지면서 1980, 1981, 1984년의 방송분이 상품화된 적이 있었다. 그때는 마스마 리코도 고가의 DVD 박스를 예약 주문했다. 요코친이 지적한 대로 초기의 '트리아지'는 호쇼 마사코가 연애와 병원 일 사이에서 갈등하는 등 2000년 이후에 팬이 된 사람에게는 따분하게 느껴지는 에피소드도 많았고 의료 묘사도 애매했다. 지금은 과소평가된 베테랑 명배우로 유명한 주연 미야다이 카오루는 당시에 '결혼하고 싶은 여배우'의 이미지가 강했다고 하는데, 도자기처럼 깨끗한 피부에 커다란 눈동자와 두툼한 입술은 귀여웠지만 지금과는 전혀 다른 덜렁이 백치미 캐릭터를 연기하고 있었다. 하지만 요코친이 "그만큼 '트리아지'가 시대와 함께 업데이트를 거듭하면서 발전해 온 양질의 콘텐츠라는 증거야."라고 정리해 준 덕분에 인터넷 여론이 긍정적인 쪽으로 모이면서, 실시간으로 방영 중이던 시즌은 점점 높은 평가를 받았다.

"적절한 진료가 뒷받침된다면 임신 중에도 천식 치료약을 투여할 수 있어요. 태아에게 영향도 없고요."

격렬하게 기침을 하다가 눈이 살짝 빨개진 임산부에게 호쇼 마사코가 담담히 말했다. 이런 식으로 '트리아지'에서는 임산부 환자가 나올 때도 많다. 호흡기 내과와 산부인과가 연동해서 출산까지 철저히 관리하는 묘사는 이런 상황에서 무엇보다도 안심이 된다.

"부주의에 따른 병 같은 게 만약 존재한다면, 이 세상에 의술은 필요 없죠."

호쇼 마사코는 언제나 침착했고, 다른 의학 드라마처럼 호언장담한다거나 위험천만한 도박을 하지도 않았다. 연속 드라마, 영화

판, 특집극 등으로 형태를 바꾸면서 새로운 팬을 유입시키며 40년이나 이어지고 있는 것은 이런 식의 현실적인 묘사 덕분일 것이다. 작년에 방영된 시즌 19의 최종화에서는 마사코가 드디어 대학 병원에서 정년 퇴임하면서 이제 마무리되는 듯했다. 하지만 곧바로 인구가 급감 중인 지방 도시에 개업하면서 팬들의 뜨거운 박수를 받았고 프로그램 사상 최고 시청률을 기록했다.

설거지를 끝내고 곧바로 요코친에게 DM을 보냈다.

어머니가 와 주셨어. 가져다주신 밥도 맛있었고. 오랜만에 사람과 대화하고 제대로 된 음식을 먹을 수 있어서 기뻤어. 어머니께 감사 인사 전해 줘. 정말로 감사했다고.

요코친이 지금 어디서 어떤 식으로 생활하는지는 잘 모른다. 글을 올리는 시간은 제각각이지만 거의 매일 올리긴 하니 의외로 시간 제약이 없는 프리랜서인지도 몰랐다. 그녀는 팔로워들은 물론이고 마스마 리코에게도 개인 정보를 밝히려 하지 않았다. 3월 중순에 올렸던 일러스트를 요코친이 평소보다 훨씬 마음에 들어 하면서 원화를 구입하고 싶다고 제안했을 때도 그랬다. 무뚝뚝하고 냉정한 베테랑 수간호사 오키타 카즈코가 호쇼 마사코와 카페에 마주 앉아 과일이 잔뜩 들어간 팬케이크를 사이좋게 먹고 있는 그림이었다. 드라마에서는 절대로 볼 수 없는 장면을 그린 것이었다. "돈을 받을 만한 그림은 아니야. 괜찮다면 보내 줄까?" 하고 답장했더니 도심 우체국의 사서함을 알려 주었다. 정말 조심성이 많다고는 생각했지만, 마침 집에 있던 액자에 일러스트를 넣어 포장하고 이 맨션의 주소를 적어 보냈다. 그때 요코친이 굉장히 감격했으니까, 그 보답으로 이번에 어머니를 보내준 걸 거라고 마스마 리코는 생각했다.

입덧, 여전히 심해? 저기, 폿카레몬 씨가 사는 곳이 우리 어머니 집 근처거든. 괜찮다면 엄마한테 보러 가 달라고 할까?

요코친이 그런 말을 꺼냈던 건 그저께였다. 마스마 리코는 평소 같으면 정중히 거절했을 테지만 그렇게나 비밀스럽던 그녀의 갑작스러운 제안에 "누구라도 와 준다면 정말 기쁠 거야."라고 대답하고 말았다.

그날 밤은 코로나 사태에 따른 가정 내 학대 증가에 대한 뉴스를 듣고 불안감이 극에 달했다. 익명 계정이니 상관없다는 생각에, 마스마 리코는 팔로워의 증감 같은 건 신경 쓰지 않고 '붓기 난아님', '소면 아니면 못 먹음', '혼자 낳기 무섭' 등의 짧은 글로 자신의 불안감을 있는 그대로 드러냈다. 이래 봬도 현실에서는 매우 냉정 침착한 사람으로 통했다. 혼자라도 애를 키우기로 선언했을 때, 결국 헤어지게 된 남자 친구는 물론이고 여자뿐인 직장 동료들도, 친구들도, 손주 얼굴이 너무 보고 싶어 세상의 시선 같은 건 상관없던 고령의 부모님까지 아무도 반대하지 않았다. 마스마 리코라면 할 수 있다. 다들 그렇게 믿었고 자신도 마찬가지였다. 하지만 지난 5개월에 걸친 격리 생활과 감염자 수 확대, 다시 심해진 입덧이라는 삼단 공격에 인생에서 처음이라고 해도 좋을 만큼 정서 불안 상태에 빠져들고 말았다. 처음에는 줌^{Zoom}이나 페이스타임^{FaceTime}을 통해 친구들과 계속 연락을 주고받았지만, 긴급 사태 해제 선언이 나오자 다들 원래 생활로 돌아가 버려서 말을 걸기도 힘들었다.

타임라인을 보면 요코친만 변함없이 그대로였다. 올해는 '트리아지' 방영 40주년의 기념비적인 해인데도 예정된 시즌 20 방영이 계속 연기된 일로 팬들 사이에서 불만이 터져 나왔다. 미야다이 카오루 외의 주요 출연진도 대체로 나이가 많아 제작진으로서는 팬데믹 상황에서의 촬영을 신중하게 고민할 수밖에 없었다. 요코친은 언제나처럼 "코로나에 관한 호쇼 선생님의 의견을 듣고 싶은 마음은 이해합니다."라고 과격한 팬들을 달래면서도 호쇼 마사코가 SARS 대응을 위해 중국에 파견되었던 2003년 특별 방송판 쪽으로 자연스레 화제를 돌렸다.

"자신 역시 그럴지도 모른다. 괜찮아요." 하고 호쇼 마사코 선생이 TV 화면에서 조용한 표정으로 말해 주길 바라는 것이다. 이런 식으로 생활하면 되는 건지, 이런 상태라도 감염이 되진 않는 건지 확실히 말해 주길 바랐다. 오늘도 솔직히 말하면 요코친 어머니를 붙잡아 두고 자기 이야기를 전부 털어놓은 다음, 그걸로 충분하다는 말을 듣고 싶었다.

그날 밤, 요코친에게서 DM 답장은 오지 않았다. 양치질을 한 뒤 냉방을 제습으로 바꾸고 불을 껐다. 매미 울음소리가 괜히 신경 쓰였다. 가뜩이나 태동이 심해진 뒤로 깊게 잠들지 못했다. 그럴 때는 책에서 읽은 것처럼 호흡에 집중하려고 노력했다. 그러고 보니 '트리아지'라는 단어는 여러 명의 환자가 있을 때 한 명이라도 많은 생명을 살리기 위해 치료의 우선순위를 정하는 것을 가리키는 의료 용어라고 한다. 그때 호흡수는 중요한 판단 기준이 된다. 이런 정보를 알려준 것도 요코친이었다는 걸 떠올리며 눈을 감고 스읍, 하고 숨을 들이마셨다가 천천히 입에서 뱉어냈다.

요코친 어머니, 즉 요코야마 씨는 그로부터 이틀 뒤에 식재료가 든 보냉 가방을 들고 찾아왔다.

울타리를 사이에 두고, 그녀는 동네의 다양한 정보를 들려주었다. 어딘가에 있는 슈퍼마켓은 사회적 거리 두기와 소독을 철저히 하는 데다 평일 오후 2시쯤에는 손님이 거의 없다느니, 그곳에 있는 약국에서는 가끔 손 소독제를 싸게 판다느니, 구청 옆 어린이집은 정원도 넓고 평판이 좋다는 등의 내용이었다. 그런 이야기를 듣다 보니 정원에서 내려다보는 풍경이 점점 친근하게 느껴지기 시작했다.

요코야마 씨는 품위 있고 침착해 보였지만 활동적이면서 유행에도 민감한 것 같았다. "역 앞에 생긴 달고나 커피 가게를 바로가 봤어. 거기가 얼마 전까지는 타피오카 밀크티 가게, 그전에는 에그 타르트 전문점이었는데 뭘 해도 오래 못 가는 버뮤다 해역 같은 자리거든. 그런데 이번 커피는 제법 맛있더라고. 디카페인으로도 주문이 가능할 거야. 다음에 사다 줄게." 하고 약속해 주었다. 그녀는 직접 만든 음식은 절대 가져오지 않았지만, 아마 요리를 좋아할 거라는 건 어렴풋이 알 수 있었다. 마스마 리코가 울타리 너머로 그걸 지적했을 때였다.

"바로 얼마 전까지 가정 과목 교사를 했거든. 바로 저기 있는 중학교에서. 정년까지 40년 넘게 근무했지."

언덕 아래에 있는 학교 건물을 가리키며 말하는 것이었다. 그래서 설명이나 지시를 알아듣기 쉬웠나 보다, 하고 마스마 리코는 이해가 됐다.

"엄마 하나 딸 하나였으니까. 그 시대에 교직을 따 두길 정말 잘했지."

선글라스와 마스크 탓에 표정은 알 수 없었지만 감상에 젖은 말투였다. 요코친이 편모 가정에서 자랐다는 건 처음 듣는 얘기였다. 뱃속 아기가 '자, 말해 버려.' 하고 다그치듯이 발차기를 했다.

"저기, 저도 혼자서 키울 예정이거든요!"

요코야마 씨는 "어머, 그래?" 하고 친근감 있게 목소리를 높이더니 갑자기 말이 빨라졌다.

"옛날하고 다르게 한부모 가정을 위한 지역 서비스가 최근에는 늘어났으니까 말이지. 적극적으로 이용하는 게 좋지 않겠어? 아, 괜찮다면 내가 이 근처의 행정 시스템을 이것저것 알아볼게."

"와아, 감사합니다. 정말 든든하네요…."

마스마 리코가 감사를 표하자 요카야마 씨는 자기만 믿으라는 듯이 가슴을 쫙 폈다.

"괜찮아, 괜찮아. 남는 게 시간이거든."

"제 기억이 맞다면, 마나미 씨는 중학생 때 큰 병에 걸렸다고 했죠? 혼자서 간병에 일까지 하시려면 정말 힘드셨겠어요."

별생각 없이 그렇게 말을 잇자 요코야마 씨는 갑자기 입을 다물었다. 마스마 리코는 실례되는 말을 했나 싶어서 갑자기 불안해졌다. 요코친은 고등학교 때 폐가 완치됐다고 했는데, 어머니로서 딸이 병으로 괴로워하는 모습을 굳이 떠올리고 싶진 않을 것이다. 선배 싱글 맘이라는 말에 너무 반가운 나머지 실수를 하고 말았다. 사람들과 계속 이야기를 하지 못하다 보니, 대화에서의 브레이크와 액셀을 밟는 감각이 둔해졌다.

"저 병원이야."

요코야마 씨는 문득 고개를 돌려 마스마 리코가 다니는 병원을 가리켰다.

"우리 애는 저기에 입원해 있었어. 딱 이런 계절에 졸업까지 입원해 있던 거야."

요코야마 씨의 기분이 상하진 않은 것 같아서 마스마 리코는 일단 가슴을 쓸어내렸다.

"그러셨군요. 저도 저기서 낳을 예정이에요. 아, 저기 호흡기 내과가 옛날부터 유명하긴 하죠. 아, 그래서 지금도 코로나 환자를 적극적으로 받아들이고 있구나."

요코친의 사연을 겹쳐서 보자, 평소에는 감염 대책에만 정신이 팔려 제대로 관찰하지 못했던 병원 풍경이 갑자기 친근하게 느껴지는 것 같았다.

"마나미 씨가 전에 알려 줬거든요. 중학교 3학년 때 입원했다는 거. '트리아지'라는 TV 드라마에 빠지기 시작한 계기였다고요. 솔직히 말씀드리면, 우리는 그 화제를 통해 인터넷에서 알게 됐지만 지금까지 제대로 얼굴을 마주한 적이 없네요."

이걸로 대화 주제가 더 풍부해졌다고 생각했지만, 요코야마 씨는 갑자기 몸을 뒤로 쭉 빼며 물러났다.

"아아 그랬구나. 이렇게 더운데 임산부가 계속 서 있으면 안 좋지 않아? 자, 슬슬 안으로 들어가는 게…."

핑계를 대며 대화를 끝내려 했다. 인터넷에서 알게 된 사이라는 말을 듣고 갑자기 수상하게 느껴졌던 걸까? 마스마 리코는 걱정했지만, 요코야마 씨가 언덕을 올라가다 말고 뒤를 돌아보며 손을 흔들어 주었기에 정말로 몸 상태를 걱정해 준 거라고 안심할 수 있었다. 마스크와 선글라스 탓에 그녀의 표정을 좀처럼 읽어 낼 수 없다 보니 자기도 모르게 예민해졌던 건지도 모른다.

오늘 건네받은 보냉 가방의 내용물은 초밥용 식초, 전자레인지로 돌리기만 하면 되는 발아 현미 레토르트 다섯 끼분, 오이, 차조기, 멸치, 참깨였다. 메모에는 "현미를 전자레인지에 돌리고 뜨거울 때 초밥용 식초, 잘게 썬 오이와 차조기, 멸치, 참깨를 대충 섞어 주세요. 이 레토르트는 상당히 딱딱한 밥이에요. 식으면 산뜻한 여름 초밥이 됩니다."라고 적혀 있었다. 오랜만에 부엌칼과 도마를 꺼냈다. 초밥이라면 환장을 했지만, 임신한 뒤로는 날것은 피하려고 계속 참아 왔다. 하지만 쌀알이 아삭아삭 씹히는 식초밥에 싱싱하면서 향긋한 향신료가 섞인 것만으로 이렇게나 욕구를 채울 수 있다는 게 감동스러웠다.

그 뒤에 세 번째로 받은 음식은 색소 없이 투명한 한천 젤리 재료, 자른 수박, 블루베리, 샤인머스캣, 라임이다. 궁금함을 참지 못한 마스마 리코가 울타리 너머로 건네받자마자 요코야마 씨 앞에서 보냉 가방을 열어 보았다. 메모에는 "한천 젤리 재료는 뜨거운 물로 녹이고, 과일과 반으로 자른 라임 과즙을 짜 넣은 다음 냉장고에서 차갑게 식혀 주세요. 딱딱하면서도 식감이 좋은 식사 대용 젤리가 됩니다."라고 적혀 있었다.

"맛있겠네요. 요새는 이렇게 편리하게 나오나 보네요."

"응. 한천 젤리 재료는 제품이 많이 나와 있는데 완전히 투명한 이걸 가장 추천해. 단맛도 적고 탱글탱글하면서도 입안에서 잘 녹으니까 식욕이 없을 때는 딱이거든. 여기에 넣고 굳히기만 하면, 깜짝 놀랄 만큼 많은 과일을 먹을 수 있어."

요코야마 씨는 이런 식으로 물어보기만 하면 뭐든 척척 대답해주지만, 딸 이야기만큼은 전혀 꺼내지 않고 질문 자체를 꺼리는 게 역시 신경 쓰였다. 트위터 계정에 관해서도 아는 건지 모르는 건지 알쏭달쏭했다. 요코친 역시 DM으로 "몸 상태는 좀 어때?", "뭐라도 먹고 있어?" 하며 여전히 걱정스럽게 물었지만 어머니에 대한 이야기를 꺼내면 대화가 뚝 끊기고 말았다.

"저기, 마나미 씨한테서 저에 대한 이야기를 뭐 들으신 게 있나요?"

세심히 주의를 기울이며 질문했지만, 요코야마 씨는 시선을 피했다.

"미안. 우리 딸하고는… 외출 자제 권고가 내려지기 전부터 쭉 못 만났어. 이번에 오랜만에 친구가 입덧 때문에 고생하니까 좀 보러 가 달라고 갑자기 연락을 받은 것뿐이야. 하지만 그 뒤로는 또…. 미안해."

말하기 난감하다는 듯 그렇게 대답할 뿐이었다. 그 이후로 마스마 리코는 먼저 요코친 이야기를 꺼내는 건 그만두기로 했다.

네 번째 식재료인 중화 냉면용 생면, 깨소금 조미 국물 세 끼분,

오이, 토마토, 팩에 든 자른 챠슈, 건조 달걀 지단, 붉은 생강을 받고 나자 마스마 리코는 용기를 내 보았다.

"저기, 산책하면서 이 언덕을 지난다고 하셨죠?"

그녀가 와 준 뒤부터 마스마 리코의 생활은 바뀌었다. 요코야마 씨가 자연스럽게 본보기를 보여 주고 조금씩 도와준 덕분에 지금의 자신에게 적합한 식사와 생활 방식을 어느샌가 선택할 수 있게 되었다. 요코야마 씨가 가르쳐 준 대로, 인적이 드문 산책로를 걸어 다니거나 사람이 거의 없는 시간대를 이용해 약국이나 슈퍼에도 다녀오게 되었다.

"이젠 식재료를 가져다 주지 않아도 괜찮아요. 요코야마 씨 덕분에 입덧을 어떻게 극복해야 하는지 알 것 같거든요. 그보다도 이 언덕길을 지나갈 때 여기서 제 이름을 불러 주지 않으실래요? 전 요코야마 씨하고 조금이라도 대화를 나눌 수 있으면 그걸로 충분하거든요."

그러자 요코야마 씨는 처음으로 선글라스를 벗고 훼이라 손수건을 눈에 갖다 댔다. 영리해 보이는 인상에 눈가에서 선한 느낌이 묻어났다. 분명 엄할 때가 있긴 해도 학생들에게 인기 많은 선생님이었을 것이다. 그녀는 마스크 안에서 코를 훌쩍이며 이렇게 중얼거렸다.

"미안, 왠지 기뻐서…. 그런 말을 들은 게 처음이라…. 옛날부터 오지랖 넓다는 말을 자주 들었거든. 혹시라도 폐가 될까 봐 계속 걱정했어. 그리고 딸애하고도… 한동안 대화를 하지 못했으니까…."

그날 밤 마스마 리코는 지난번 식재료를 받았을 때 대량으로 만들어 둔, 여름 과일이 가득 들어간 투명한 한천 젤리를 먹으면서 TV에 틀어 둔 '트리아지'를 보았다. 상복 차림의 호쇼 마사코가 어린 소녀와 눈높이를 맞추려 쪼그려 앉아 있었다.

"마오, 우리 오늘부터 같이 살까? 아줌마는 집에 못 들어올 때도 많지만, 대신 마사오미 아저씨가 같이 있어 줄 거야."

2003년 중국 특별 방송판에서 호쇼 마사코는 드디어 오랜 단짝이었던 동료 아라쿠마 호죠와 서로의 감정을 확인하고 결혼을 약속한다. 하지만 이듬해에 방영된 시즌 12의 첫 화에서 아라쿠마가 베트남에 파견되었다가 SARS에 감염되어 사망했다는 사실이 밝혀진다. 아라쿠마가 혼자 키우던 네 살짜리 딸 마오는 마사코가 거두게 된다. 다른 드라마 같으면 양어머니와 딸이 서로에게 마음을 열어 가는 과정을 극적으로 그려 냈겠지만, 본격 의학 드라마로 방향을 선회한 '트리아지'는 마오와의 관계를 양호하게만 그려 냈다. 마사코가 어머니로서 고뇌하거나 성장해 가는 모습을 전혀 보여 주지 않았다. 두 사람은 나이 차이가 크게 나는 친구 사이처럼 늘 다정했고, 진지한 장면이 이어질 때는 좋은 강조점이 되었다. 집안일과 대부분의 육아를 담당하는 건 아라쿠마의 남동생인 마사오미였다. 마사오미는 뛰어난 형에게 열등감을 느끼며 오랫

동안 은둔형 외톨이나 다름없이 생활했지만, 마사코와의 신뢰 관계와 마오를 교육하는 과정을 통해 성장해 나간다.

이런 묘사는 새로운 가족의 형태라면서 극찬을 받았다. 실제로 혼자서 출산을 감당하기로 했을 때, 마스마 리코의 머릿속에 제일 먼저 떠올랐던 건 마사코와 마오가 즐겁게 저녁을 먹는 장면이었다. 태어날 아이와는 최대한 그런 식으로 사이좋게 지내고 싶었다. 마스마 리코가 어째서 혼자 출산하게 됐는지, 그런 이야기까지 가볍게 털어놓을 수 있는 사이가 되고 싶었다.

하지만 그건 역시 드라마에서나 가능한 게 아닐까? 머릿속에서 누군가가 이렇게 속삭였다. 설령 주위의 도움을 받는다고 해도 엄마와 딸 단둘이서 그렇게 잘해 나가기는 힘들지 않을까? 그러고 보면 너무나 즐거워 보이는 호쇼의 가족에 대해 "비현실적이다.", "엄마라는 게 얼마나 힘든지 마사코는 이해하지 못한다."라고 비판하는 글도 어디선가 봤던 것 같다. 마스마 리코는 평소와 달리 '트리아지'를 냉정한 시선으로 보고 있다는 사실을 깨닫고 텔레비전을 끄고 업무용 메일에 답신한 뒤에 잠자리에 들기로 했다.

트위터로 본 요코친은 평화주의자로 누구도 상처를 입히지 않으려고 단어를 신중하게 고르는 사람이었다. 요코야마 씨는 타인에 대한 상상력이 풍부해서 좋은 의미로 오지랖이 넓었다. 하지만 지금까지 두 사람의 언행을 통해 생각해 보면, 둘 사이에는 분명히 감정적인 골이 있었다. 자신도 당연히 친정어머니를 소중히 생각했고 사이가 나쁘지 않지만, 무슨 일이든 먼저 아버지의 눈치부터 살피고 말하는 어머니를 보면 복잡한 감정이 들 수밖에 없었다. 적어도 이럴 때 목소리가 듣고 싶다는 이유만으로 선뜻 전화를 걸 수 있는 사이는 아니었다. 임신 사실을 알린 뒤로는 자신을 보는 어머니의 눈빛에 짙은 당혹감이 담긴 것처럼 느껴졌다.

옛날 시즌의 '트리아지'도 지금 보면 이해하기 힘든 부분이 있듯이, 마스마 리코 자신의 결단이나 삶의 방식도 확실히 녹슬고 있었다. 딸아이는 머지않아, 정말 세대 차이가 난다는 듯이 자신을 기막힌 눈으로 보게 될 것이다.

매미는 낮과 거의 다를 바 없이 시끄러웠고, 뱃속의 아이는 마스마 리코를 있는 힘껏 계속 걷어차고 있었다.

요코야마 씨는 하루에 한 번씩 자신을 부르러 와 주었다. 시간은 제각각이어서 오전 중일 때도 있고 해가 진 뒤일 때도 있었다. 날씨와 인파의 흐름을 보고 외출 시간을 정하고 있다고 했다. 거리에서 "마리코 씨!" 하고 부르는 소리가 들리면 정원으로 나가서 울타리를 사이에 두고 말을 나누었다. 그것만으로 마스마 리코의 하루는 활기를 띠었다. 그때까지는 원격 근무 시작 직전까지 누워 있을 때도 많았는데, 요코야마 씨가 언제 나타나도 나갈 수 있도록 일찍 일어나서 간단하게나마 옷차림을 정돈하게 되었다. 그녀가 언덕을 올라가는 것을 배웅하고 나면 그대로 마당을 돌아다니거나 가벼운 스트레칭을 하기도 했다.

"간단해. 아무 데나 심어 놓아도 알아서 잘 자라거든."

마스마 리코는 요코야마 씨가 선물해 준 차조기 모종을 마당 한 구석에 심었다. 비닐 수영장의 물을 버릴 때 컵 두 잔 정도를 뿌려 줬더니 금세 상쾌한 수풀이 펼쳐졌고, 소면이나 파스타에 듬뿍 곁들이기만 하면 마치 외식하는 듯한 기분이 났다.

지금까지 누구에게도 털어놓지 못했던 일까지 요코야마 씨에게는 말할 수 있었다. 전에 약속했던 디카페인 달고나 커피 등을 사다 준 날, 마스마 리코는 처음으로 하소연을 했다.

"제가 결정한 일이긴 하지만, 이렇게 계속 혼자 있다 보면 괜히 마음이 흔들리더라고요. 낳을 때도, 낳은 뒤에도 계속 혼자라니…. 왠지 최근에는 나란 인간이 그렇게 강하지는 못하다는 생각도 들고…. 가장 불안한 건, 나중에 제 아이하고 잘 지낼 수 있을까 하는 거예요."

"그렇겠지. 만삭이 다가오면 이것저것 주위 사람들과 비교하면서 우울해하거나, 나중 일까지 괜한 걱정이 들기도 해. 나도 그랬으니까, 어떤 마음인지 이해해."

햇볕이 약해져서인지 요코야마 씨는 요즘 선글라스를 쓰지 않았다. 서로의 눈을 마주치고 대화할 수 있는 것만으로도 마스마 리코의 마음은 점점 편해지는 것 같았다.

"하지만 이런 시기니까, 설령 부모님이 함께 살아도 출산할 때

같이 들어가기는 어렵잖아? 낳은 다음에 본가로 돌아갈 수 없는 것도 당연한 일이지. 어떻게 보면 일본의 모든 임산부가 싱글 맘이라고 할 수 있지 않을까? 오히려 다른 부부들을 보면서 외로워할 필요도 없으니까 엄마 혼자 평온한 마음으로 출산에 임할 수 있는 귀중한 시기라고 볼 수도 있지."

'그렇게 생각할 수도 있겠구나.' 하는 생각에 마스마 리코는 "호오." 하고 감탄했다.

"우리 남편은 하필 임신 중에 죽었어. 폐암이 뇌로 전이되고 난 뒤 순식간이었지. 신문기자로 일했는데, 지금의 상식으로는 상상하기 힘들 만큼 골초였던 것도 원인이었던 것 같아. 무심한 사람들은 왜 진작 알아차리지 못했냐, 미리 담배를 끊게 하지 그랬냐며 핀잔을 주기도 했어. 무엇보다도 산전 검사 때마다 마주치는 행복해 보이는 부부들이 얼마나 부러웠던지. 나도 그때는 매일같이 불안했어."

그 병명은 '트리아지'에서 가장 자주 등장하는 키워드였다. 요코친이 폐렴을 앓았을 때 요코야마 씨의 머릿속에 제일 먼저 떠올랐던 건 먼저 죽은 남편이었을 것이다. 그녀는 혼수상태에 빠진 딸을 바라보며 무슨 생각을 했을까? 마스마 리코는 전에 부주의하게 입원 이야기를 꺼냈던 것을 반성했다.

"그 아이가 태어난 뒤로는 일단 부모님께 맡기고서 직장에 다니는 것만으로도 정신이 없었지."

"아…. 80년대면 출산 휴가를 받는 사람도 드물었을 테고, 육아 휴직 제도도 갖추어져 있지 않았겠네요."

"그렇지. 애당초 어린이집에 아이를 맡기고 일하는 사람도 아직 적었고. 아, 그래그래, 이 근처의 어린이집은 한부모 가정부터 받아 준다고 하니까, 안심해도 될 거야"

차가운 달고나 커피가 부드러운 거품 탓에 농밀한 수플레 같았다. 요코야마 씨는 요코친이 아기였을 때 이 거리가 어땠는지, 자신은 어떤 일로 고생했는지를 잔뜩 이야기한 다음 평소처럼 언덕을 올라갔다.

그날 밤 마스마 리코는 겨울 한정 상품 샘플의 체크를 마치고 포장 작업을 끝낸 뒤 요코친에게 몇 번이나 DM을 보내려다가 그만뒀다. 남의 가정사에 참견해서는 안 될 테니까.

그런데 요코야마 씨는 오늘 했던 이야기를 딸에게도 들려준 적이 있는 것일까?

'마사코 아줌마, 나 의사가 되려고 해. 아빠나 마사코 아줌마 같은 의사가 되고 싶어.'

쭉 정주행하며 시청하던 '트리아지'가 드디어 지난해 시즌 19까지 방영했다. 죽은 아라쿠마의 딸 마오는 열여덟 살이 되었다.

마사코의 영향을 받은 마오는 열심히 공부해 의대 입학시험에 응시하지만 불합격한다. 그러나 나중에 뉴스를 보다가 그 대학이 여학생들을 일률적으로 감점 처리했다는 사실을 알게 된다. 마사코는 마오와 함께 항의 투쟁에 나서고 언론도 끌어들여서 권력과 싸우게 된다.

마스마 리코는 언덕을 오르는 요코야마 씨의 뒷모습을 떠올리며 불을 끈 뒤 침대에 누웠다. 오랜만에 제습기를 틀지 않아도 잠들 수 있을 것 같았다. 트럭으로 보이는 대형차가 맨션 앞을 지나가는 것 같더니 굉음이 순식간에 사라졌다. 이 주거지가 가파른 언덕길 위에 지어져 있다는 걸 실감하는 순간이다. "건물 정면을 봤을 때 오른쪽이 높은 땅은 아이가 집에서 빨리 떠난다."라는 동료의 말이 문득 떠올랐다. 뱃속의 아이가 언젠가 자신과 거리를 두게 되고, 소원해질 가능성은 아예 없기는커녕 제법 높았다. 자식이라고는 해도 타인의 인생이라는 사실을 받아들이고 등을 힘차게 밀어 줄 수 있을 만큼 자신은 강해질 수 있을까.

"우와, 요새는 이런 것까지 인터넷에서 살 수 있구나. 멋지네."

막 조립을 끝낸 성 모양의 미끄럼틀을 보며 요코야마 씨가 눈을 반짝였다. 너무 귀여워서 또 구매 버튼을 눌러 버렸다. "비닐 수영장을 갖다 놓으면 워터 슬라이더가 돼요." 하고 스스로에게 변명하듯 말했다.

"이젠 어쩌죠? 저 병인가 봐요. 이런 건 당분간 필요 없는데…. 돈도 바닥났고…."

마스마 리코는 멋쩍게 웃어 보였다.

"아이 장난감은 나도 모르게 많이 사게 되고, 좀처럼 버릴 수도 없어. 우리 집에도 실은, 그림책이라든가 나무로 된 소꿉놀이 세트 같은 게 잔뜩 남아 있거든. 괜찮다면 다음에 사진을 보여 줄 테니까 원하는 게 있으면 가져가. 아 참, 친정어머니한테 연락해서 집에 보관해 둔 아이 물건이 없는지 물어봐. 쓸데없는 쇼핑을 피할 수 있을지도 모르거든."

"음… 전화하기가 귀찮아서요. 우리 어머니, 나이도 많으시고…. 괜히 신경이 쓰여서… 응석을 잘 못 부리겠다고 해야 할지…."

적어도 인터넷에서 물건을 마구 사고 있다는 사실을 편하게 털어놓을 수 있는 사이는 아니었다.

"어, 의외네. 마리코 씨가 나한테는 뭐든 얘기해 주니까 난 당연히 어머니하고도…."

눈빛을 보니 서로 같은 생각을 하고 있는 게 분명했다. 요코야마 씨는 당황한 듯 말머리를 돌렸다.

"언젠가는 쓰게 될 테니까 미끄럼틀도 수영장도 돈 낭비는 아니야. 그건 그렇고, 인터넷 덕분에 참 좋은 시대가 됐네."

"그렇죠? 인터넷이 없었다면 저는 이미 미쳐 버렸을지도 몰라요…."

그러자 요코야마 씨는 뜻밖의 말을 했다.

"나 때는 혼자 아이를 키우는 엄마가 밤에 세상과 연결될 방법이 텔레비전뿐이었어. 그게 '트리아지'였지."

"아, 그렇구나. 제가 태어난 해에 방영하기 시작했으니까, 그랬겠네요."

요코친과 요코야마 씨가 같은 드라마를 좋아한다는 게 의외였다. 자신이 처음 그 드라마를 언급했을 때는 아무 반응도 없었던 것 같긴 하지만, 대화 주제가 또 하나 늘어났다는 것에 가슴이 뛰었다.

"아이를 재우고 나서 그걸 보는 게 일주일에 한 번뿐인 즐거움이었어. 아, 그 시절에는 '호흡기 내과 의사 호쇼 마사코'라는 제목이었지. 남편을 잃고 나서 다 내 탓인 것처럼 느껴지기도 했으니까, '환자나 그 가족들의 부주의 때문에 생기는 병은 없습니다.'라는 호쇼 선생의 대사에 안심이 됐던 거야."

"마나미 씨가 그 드라마를 좋아하는 데는 어머니 영향도 있을까요?"

자기도 모르게 요코친의 이름이 나와 버려서 마스마 리코는 순간 당황했지만, 오늘의 요코야마 씨는 그걸 신경 쓰지 않는 것 같았다. 그러고 보니 최근 들어 요코친의 DM이 뚝 끊겼다.

트위터에 글을 올리는 횟수도 눈에 띄게 줄어든 상태였다.

"아니, 전혀. 그 아이가 호쇼 선생한테 푹 빠졌던 건 입원 중이던 중학교 3학년이었으니까. 아, 걔는 내가 근무하던 중학교에 다녔어."

아아, 하고 눈을 동그랗게 뜨면서 사춘기에 어머니가 같은 학교 선생님으로 있다면 꽤 힘들지 않았을까 하는 생각이 들었다. 마스마 리코에게는 좋게만 느껴지는 요코야마 씨의 꼼꼼한 배려나 시원시원한 말과 행동이 학생들의 눈에는 위압적으로 보였을 수도 있다. 동급생들이 어머니를 나쁘게 말하는 말이 들릴 때도 있지 않았을까? 마스마 리코는 언덕 아래쪽에 보이는 중학교를 바라보았다.

"그 아이는 집에 있는 것보다 밖을 돌아다니기 좋아하는 성격이고 TV나 만화, 책 같은 것에는 별로 관심이 없었거든. 어릴 때부터 스포츠를 무척 좋아했지."

"어, 의외네요!"

게시글을 올리는 센스를 보며 분명 집순이일 거라고 생각했던 것이다.

"내가 재밌으니까 같이 보자고 했지만 거들떠보지도 않았어. 그해 여름도 매일 학교 수영장에서 헤엄을 치다 오니까 햇볕에 새까맣게 그을려 있었지. 은퇴 경기를 앞두고 있어서 의욕이 넘쳤는데. 맞아, 스포츠 추천 스카우터도 왔었지, 아마?"

요코야마 씨는 추억에 잠기듯 말했다. 수영부…. 그러고 보니 레지오넬라 폐렴은 순환식 욕조나 수영장에서 감염되기 쉽다고 '트리아지' 시즌 9에서 나온 적이 있다. 그 중학교로 눈을 돌리자, 여기에서도 학교 건물 그늘에 직사각형의 수영장이 얼핏 보였다. 감염 대책 때문인지, 이번 여름에 거기서 푸른 물이 일렁이는 모습은 보지 못한 것 같다. 그렇게나 좋아했을 그 장소에서 감염됐으니 요코친은 괴로웠을 것이다. 폐는 완치되었다고 했지만, 아마 수영은 포기해야 했을 것이다. 요코야마 씨가 그때를 떠올렸는지 문득 애절한 표정을 짓자, 마스마 리코는 화제를 원래대로 되돌리기로 했다.

"요코야마 씨가 '트리아지'에 빠져든 계기는 뭐였어요?"

초기 시즌의 '트리아지'는 별로 재미가 없었는데, 상당히 바쁜 일상을 보냈을 요코야마 씨가 어디를 마음에 들어 한 건지 알고 싶었다.

"그야, 40년 전만 해도 독신 여성이 주인공인 전문직 드라마 같은 게 지금만큼 많지 않았거든. 나뿐만 아니라 동료 교사도 다들 재밌게 보고 있었어. 그때는 정말 신선한 드라마라고 생각했지."

마스마 리코는 그런 견해가 있을 수 있다는 게 놀라웠다. 하지만 잘 생각해 보면 2000년대에 방송된 내용조차도 지금의 '트리아지'와 비교하면 성희롱이나 갑질에 대해 관대했고, 호쇼 마사코의 언동조차 꽤 마초다웠다.

하지만 어떤 시즌이든 그 시대에는 가장 새롭고 획기적이어서, 대학생 때의 마스마 리코가 그랬듯 드라마를 통해 힘을 받은 사람이 많았던 건 사실이다. 바로 그 덕분에 시청자들의 눈높이도 점점 높아지고 드라마 자체도 진화를 거듭할 수 있었다. 그렇게 생각하면, 어떤 시즌은 뛰어나고 어떤 시즌은 형편없다는 평가 자체가 의미 없는 것 같았다. 그러고 보니, 평판이 최악이었던 시즌 10도 의료 용어의 자막 처리나 3D 애니메이션에 의한 호흡기 구조 해설만큼은 당시로서는 혁신적이었다. 요코친이 트위터에 그렇게 적었던 적이 있었다.

요코야마 씨와 이야기하다 보면 늘 시야가 넓어지는 느낌이 든다. 그리고 그건 요코친과 댓글을 주고받을 때도 똑같았다.

"8월이 되자마자였던 것 같은데. 그 애가 열이 나면서 계속 춥다고 하고 기침도 안 멈추는 거야. 갑자기 입원하게 돼서 얼마나 안쓰러웠는지. 그 애가 중환자실에서 1인실로 옮기고 난 뒤 특별히 간이침대를 갖고 오는 걸 허락받아서 나도 병원에서 지냈어. 만화책을 두 손으로 들 수 없을 정도로 팔에 힘이 없으니까 유일한 오락거리는 텔레비전뿐이었고, 둘이 같이 호쇼 마사코 선생에게 빠져들었던 거야. 그전에도, 그 뒤로도 그 애와 그렇게나 쭉 함께 있었던 적은 없었던 것 같아. 그리고 그렇게 사이좋게 지냈던 적도⋯."

말을 끊고 요코야마 씨는 언덕의 경치를 바라보았다. 생각지도 못한 시원한 바람이 종가시나무 울타리를 흔들었다.

모녀가 계속 사이좋게 지내지 못하는 게 뭐 어때서⋯.

언젠가 이 뱃속의 아이가 자신을 싸늘한 눈빛으로 보게 된다고 해서, 마스마 리코가 그 뒤로 평생 누구와도 교류를 맺지 못하게 되는 건 아니다. 아이 역시 마찬가지고. 이런 식으로 지나가다 만난 사람이라서 모든 걸 솔직하게 털어놓을 수 있는 때도 있다. 서로 다른 장소에서 살게 되더라도, 각자의 자리에서 마음을 채울 수 있다면 그걸로 충분하지 않은가. 배를 살짝 쓰다듬어 보았다. 성장한 이 아이가 이 언덕을 올라가면서 한 번도 뒤돌아보지 않는 모습을 상상하며 혼자서 허무해지기보다는, 그렇게 나아간 곳에서 엄마 외의 사람들과 한때나마 따뜻한 관계를 맺을 수 있는 그런 에너지를 키워 줄 수 있기를.

"지금 보면 구식으로 느껴지는 부분도 있겠지만…. 그만큼 트리아지가 시대와 함께 업데이트를 거듭하면서 발전해 온 양질의 콘텐츠라는 증거겠지."

요코야마 씨는 그렇게 말하며 빙긋이 웃었지만 곧 아차, 하는 표정을 지었다. 마스마 리코도 할 말을 잃었다. 두 사람은 잠시 서로를 바라보았다. 어느새 매미 소리가 잦아들었다.

"저기, 혹시…."

마스마 리코가 물으려 하자, 요코야마 씨는 울타리 너머로 사라지더니 거의 뛰어가듯 언덕을 내려갔다.

요코친이 어디 사는지 모른다는 것, 자신이 태어난 직후에 방영된 '트리아지'의 내용을 자세히 알고 있다는 것, 엄마 얘기를 절대 하지 않았던 것…. 그녀에 관한 수많은 의문이 이것으로 전부 설명이 된다.

아까보다 훨씬 싸늘한 바람이 언덕 꼭대기에서 불어왔다. 차조기의 수풀이 술렁이며 시린 향기를 이곳까지 실어 왔다.

임산부 PCR 검사비 일부를 국가가 부담한다는 뉴스가 들렸다.

'이제 와서?'

마스마 리코는 울고 싶어졌다. 해 지는 시간이 갑자기 빨라지면서 다시 정신 상태가 흔들리고 있었다.

요코친은 마침내 아무 게시글도 올리지 않았다. 인터넷상에서는 여러 가지 억측이 난무했다. 시즌 20의 방영 가능성이 절망적이니 벌써 팬을 졸업한 것 아니냐는 견해가 대다수였다.

요코야마 씨가 갑자기 도망친 뒤로 또 누구와도 말을 하지 않는 나날이 시작되었다. 정원의 풀들은 희미하게 색이 바래 향긋한 냄새를 풍기기 시작했다.

왜 그때 더 요령 있게 행동하지 못했을까? 울타리 너머에서 말을 걸어 주는 것만으로 만족했어야 했는데. 요코친의 정체가 누구든 상관없었을 텐데.

요코야마 씨가 트위터를 시작한 이유는 무엇이었을까? 분명 소원해진 딸을 생각하다가 입원 중 드라마를 감상하며 유일하게 대화가 무르익던 때를 떠올렸던 게 아닐까. 딸인 척하며 글을 올렸더니 뜻하지 않게 반응이 좋았다. 어디선가 살고 있을 딸이 그걸 보고 반응을 보이지 않을까 하는 기대가 싹텄다. 그만큼 이목이 쏠렸다면 만나고 싶어 하는 사람도 당연히 많았을 것이다. 그래서 절대 정체가 들키지 않도록 집에서 떨어진 곳에 딸의 이름으로 사서함까지 만들었다.

하지만 그러다가 마스마 리코의 처지가 자신의 과거와 너무 비슷했고, 아무래도 상태가 걱정되어 위험을 무릅쓰고서라도 만나러 가기로 마음먹었던 게 아닐까? 그렇다면 그 사람의 거짓말을 비난할 마음이 생길 리 없다.

그리고…. 이건 별로 생각하고 싶지 않은 일이라 최대한 머릿속에서 떨쳐 내려 했는데, 처음부터 '요코친'은 존재하지 않았던 게 아닐까?

애초에 요코야마 마나미 씨는 중학교 3학년 때 사망했을 수도 있다. 레지오넬라 폐렴은 급격히 중증화되기 쉬우며 죽음에 이르기도 한다고 호쇼 마사코 선생도 말했다. 요코야마 씨는 딸이 만약 지금 살아 있다면 이런 느낌일까 하고 상상하면서 매일 게시글을 올렸던 게 아니었을까.

거기까지 상상하자 관자놀이가 확 울렸다.

매미 소리는 어느새 귀뚜라미 소리로 바뀌었다. 마스마 리코는 갑티슈를 끌어당겨 코를 풀고 곧바로 요코친에게 DM을 보냈다.

당신은 요코야마 노리코 씨죠? 당신이 마나미 씨가 아니어도 괜찮아요. 소중한 친구라는 사실은 변함이 없으니까요. 또 만날 수 없을까요?

마스마 리코는 욕조에 몸을 담그면서 괜한 짓을 했다고, 말투가 너무 진지하게 느껴질지도 모른다고 후회했다. 욕실을 나오자마자 보내기를 취소하려고 했지만 이미 읽은 상태였다. 이젠 망했다. 배를 보호하듯 팔로 끌어안으며 머리를 말리지도 않은 채 침대 옆으로 쓰러졌다.

그날 밤은 갑자기 기온이 떨어진 탓인지 뱃속의 아이가 웬일로 가만히 움츠러들었지만, 마스마 리코는 평소보다 잠을 이루지 못한 채 몸을 이리저리 뒤척였다. 커튼으로 스며드는 어둠이 너무 푸르른 것 같이 느껴지는 건 강한 달빛 탓이었을까. 겨우 잠이 든 것은 새벽이 가까워서였다.

이른 오후, 귀에 익은 목소리에 눈을 떴다.

"마스마 리코 씨~."

마스마 리코는 곧바로 벌떡 일어나 잠옷을 입은 채 맨발로 마당으로 뛰쳐나갔다. 잔디밭의 싱싱한 기운이 사라져 가는 걸 발바닥에 닿는 감촉으로도 느낄 수 있었다. 하늘은 새하얬고 콧속으로 휙 냉기가 들어왔다. 뭔가 걸치고 나오는 게 좋았을 거라는 생각을 했다.

울타리를 보니 마스크로 가려졌지만 왠지 모르게 비슷한 분위기가 느껴지는 두 사람이 2미터쯤 되는 거리에서 고개를 내밀고 있었다. 언덕 위쪽에 있는 것이 요코야마 씨였고 그 상당히 아래쪽에 또 한 사람이 보였다. 그 위치에서 얼굴을 내밀 수 있는 걸 보면, 상당히 키가 큰 여성이라는 뜻이었다.

"처음 뵙겠습니다. 저 요코야마 마나미입니다. 요코친이요. 당신이 폿카레몬 씨?"

그 사람은 눈만 가늘게 뜨며 웃었다. 눈가에는 주름이 자글자글했다. 아, 그녀가 요코친이란 말인가. 사람이 붐비는 곳에서 만나더라도 이 목소리와 분위기만으로 금방 감이 올 것이다. 곱슬곱슬한 단발머리에 눈썹이 짙었다. 햇볕에 그을린 피부에 화장기라고는 전혀 없고, 눈동자는 재미있는 것만 생각하는 듯 반짝거렸다. 틀림없는 요코친이었다. 마스마 리코는 어리둥절한 채 요코친과 요코야마 씨를 번갈아 바라보았다. 요코친은 고개를 살짝 숙이더니 재빨리 말을 꺼냈다.

"왠지 엄마하고 나 때문에 겁을 먹게 한 것 같아서…. 사과하고 싶어서 왔어요."

마스마 리코가 무심코 앞으로 걸어가자….

"아, 더 이상 가까이 오지 말아요."

요코친은 마치 다른 사람처럼 엄격한 말투로 제지하더니, 어머니와 똑같은 날렵함으로 울타리에서 물러났다. 그때 니트의 넓은 옷깃 안에 보이는 쇄골 사이로 희미한 실밥 자국이 눈에 들어왔다. 기관 절개를 봉합한 흔적이 틀림없었다. 시즌 15, 성형외과에서의 실밥 제거 장면이 생각났다.

"임신 중이고 예민한 시기인데 마음을 불편하게 해서 정말 미안해요. 트위터에서 보고 폿카레몬 씨의 상태가 걱정됐던 건 사실이에요. 일러스트에 대한 보답도 꼭 하고 싶었고. 제가 직접 여기 왔어야 했는데, 도저히 올 수 없었어요. 올해 초부터 전혀 쉴 틈이 안 생겨서…"

기운 넘치는 말투였다. 그러고 보니 그녀의 눈 밑이 거무스름하고 안색도 수척해 보였다.

"사실 오늘도 조금 있다가 바로 직장으로 돌아가야 해요. 저는 지난 7개월 동안 사적으로는 되도록 타인과 접촉하지 않고 지냈거든요."

요코야마 씨가 그제야 미안한 표정으로 끼어들었다.

"그래서 딸을 못 본 지 오래됐던 거야. 어쨌든 코로나의 최전선이잖아? 연락도 제대로 안 되고…. 지난주에 내가 황급히 도망갔잖아? 잘못한 일이 있는 건 아니지만, 뭐라고 설명해야 할지 몰랐거든. 정말 미안해. 전부 우리 잘못이야…."

"어, 잠깐만요."

마스마 리코는 두근거리는 마음으로 요코야마 씨의 말을 가로막으며 모녀를 번갈아 보았다.

"설마, 요코친이 하는 일은…."

"그 설마가 맞아요. 저는 호흡기 내과 의사로 일하고 있어요."

요코친이 쑥스러워하며 말했다. 아이가 쿵 하고 한 바퀴 회전하는 게 느껴졌다.

"단순한 이야기야. 중3 때 호흡기 내과에서 목숨을 건지고 입원

중에 드라마에 빠져서 장래를 결정해 버렸어. 덕분에 수영 선수가 되는 꿈은 온데간데없이 사라져 버렸고."

잠시 어안이 벙벙했다. 그러다 소리 내어 웃고 말았다. 그 웃음이 뱃속으로 전해졌는지, 아이가 빙글빙글 움직이기 시작했다. 요코친과 요코야마 씨는 그런 마스마 리코의 모습을 보고 안심했는지, 서로 경쟁하듯 어떻게 된 일인지를 설명하기 시작했다.

그 계정은 모녀 둘이서 이용했다고 한다. 올리는 날에 따라 텐션이 전혀 달랐던 건, 글의 주제마다 다른 문체를 사용한 게 아니라 애초에 글을 올리는 사람이 혼자가 아니었기 때문이었다.

10년 전부터 요코친은 격무에 시달렸다. 근무하는 대학 병원 근처의 맨션에서 혼자 살았지만 퇴근하지 못하는 날도 많았다. 어머니와도 만날 수 없는 정도가 아니라 대지진 때조차 연락을 취하는 게 여의치 않아 서로 안부를 몰라 불안해하기도 했다. 어차피 가끔 만나도 '트리아지' 얘기만 하니까 차라리 둘이서 같은 취미에 대해 떠드는 계정을 공유하는 게 어떠냐고 제안한 건, 예전부터 트위터를 능숙하게 활용하고 있던 요코야마 씨였단다. 요코친은 하루에 많아야 서너 번 글을 올리는 정도였고 드라마를 실시간으로 시청하기는 어려웠기에, 드라마 시청 중계는 요코야마 씨가 담당했다. 그리고 모처럼의 기회이니만큼 아는 사람이 별로 없을 것 같은 초기 시즌에 관한 지식을 풀어 놓았는데 팔로워가 쭉쭉 늘어났다.

올해 들어서는 계정을 대부분 요코야마 씨 혼자 관리했고, 요코친은 아주 가끔 타임라인을 들여다보면서 어머니가 잘 지내는 걸 확인하고 마스마 리코와 DM을 주고받으며 계정에 로그인한 흔적을 남기는 정도였다고 한다. 자신과 주고받았던 DM만큼은 전부 요코친 본인이었다는 걸 알게 되자 마스마 리코는 안심했다. 덧붙여서 요코친이 사서함을 개설한 것은 정체를 감추기 위한 게 아니라 자택에 돌아가지 않아도 일터 앞에 있는 우체국에서 우편물을 전부 받아볼 수 있도록 하기 위해서였다.

요코야마 씨는 요코야마 씨대로 딸인 척 글을 올렸다는 걸 들키면 기분 나빠할까 봐 최대한 요코친이나 트위터에 관한 대화 주제는 피해 왔다고 한다. 처음에는 마스마 리코의 얼굴만 보고 음식을 뚝딱 전달할 생각이었단다. 하지만 함께 얘기하다 보면 너무 즐거워서 진실이 들통나게 될 걸 알면서도 계속 만나러 올 수밖에 없었다고 수줍게 털어놓았다.

마스마 리코가 납득하고 고개를 끄덕이는 것을 지켜보자마자 요코친은 눈을 번쩍 뜨고 울타리 너머로 스마트폰을 내밀었다.

"저기, 저기, 드디어 하나 봐! 특집 드라마 '트리아지 2020'. 다음 주 오늘! 아까 공식 사이트에서 발표가 났어."

마스마 리코는 '허억!' 하고 소리쳤다. 지나가던 사람이 이쪽을 힐끔 돌아본 것 같아서 두 손으로 입을 틀어막았다.

"지금까지 자고 있느라…. 어, 촬영이 재개된다는 거야? 이 상황에서? 미야다이 카오루는 괜찮대?"

어느새 인터넷으로 대화할 때의 말투가 나왔다. 요코야마 씨는 두 사람의 대화를 재미있다는 듯 바라보았다.

"응, '호쇼 마사코의 온라인 진료'라고 하니까 아마 원격 촬영 드라마일 거야. 제작진도 아이디어가 좋다니까."

"어, 어떡해. 너무 기대된다. 그런 방식이면 예전 대학 병원 사람들도 다 나올 수 있겠네."

"마오하고 마사오미도 나올 수 있고! 다행이야. 마오가 의대에서 열심히 공부하는 모습을 빨리 보고 싶었는데!"

요코야마 씨도 가세해서 한바탕 즐겁게 떠들어댄 다음, 마스마리코는 아주 조심스럽게 모녀에게 이런 제안을 해 보았다.

"저기, 괜찮다면 그 특별 드라마 셋이서 줌Zoom으로 감상회 하지 않을래요? 요코친은 실시간 시청이 힘들지도 모르지만… 시간이 날 때만이라도 좋으니까 녹화된 걸 동시에 함께 보면 좋을 것 같은데. 그러니까… 만약에 괜찮다면?"

요코야마 씨는 "우와!" 하고 기뻐하며 조금 떨어져 서 있는 딸에게 고개를 돌렸다. "최고다, 그거!" 하고 요코친은 비닐장갑을 낀 손으로 손뼉을 쳤다.

더 얘기하고 싶었지만 요코친이 바로 가 봐야 했기에 세 사람은 각자의 얼굴을 보고 손을 흔들며 헤어졌다.

아이가 아까부터 배를 조금씩 차는 게 느껴졌다. '모녀라는 관계가 복잡하고 어렵다는 식으로 단정 짓는 것 자체가 이미 구식인 거야, 엄마.' 하고 비웃는 듯했다. 마스마 리코는 오랜만에 친정엄마에게 전화해 봐야겠다고 생각했다.

요코친은 이대로 역 앞 주차장에 주차된 차를 가지러, 요코야마 씨는 장을 보고 나서 집으로 돌아가는 길이었다고 한다.

모녀는 각각 언덕 위와 아래로 나아갔고, 둘 사이의 거리가 점점 벌어졌다. 두 사람은 마당에 선 마스마 리코를 몇 번이고 돌아보며 서로의 무사함을 확인하다가 이윽고 완전히 보이지 않게 되었다.

파티오 8

＊

  곰곰이 냉정하게 생각해 보면, 처음부터 101호실의 주장은 말
도 안 되는 소리였던 것 같다.

  왜냐하면 파티오 6의 첫 번째 입주 조건은 '안뜰에서 아이가 떠
들어도 신경 쓰지 않는 것'이었으니까. 그런데 갑자기 눈앞의 창
틀이 덜컹거리며 열리더니 수염이 덥수룩한 중년 남자가 몸을 쑥
내밀어 호통을 치는 바람에 엄마들은 머릿속이 새하얘졌는지도
모른다.

  "멜버른의 CEO와 줌^{Zoom}으로 중요한 거래를 협상 중입니다."

  101호실의 남자는 어째서인지 까맣게 빛나는 굵은 무선 마이
크를 움켜쥔 채 창문으로 안뜰 전체에 울려 퍼지도록 쏘아붙였다.
'끼익' 하는 하울링 소리가 초여름 하늘에 메아리쳤고, 아이들이
비명을 지르며 일제히 귀를 막았다.

"저쪽과의 시차는 1시간이니까 지금이야말로 비즈니스의 가장 중요한 시간대예요. 계속 참았지만 이제 더는 안 되겠습니다. 논의에 차질이 생기고 있어요. 죄송하지만 아이들에게 안뜰에서 놀지 말라고 해 주시면 고맙겠습니다."

엄마들이 귀에 딱지가 앉을 만큼 주의를 시켰기에 나름대로 거리를 둔 채 놀던 두 살부터 열한 살까지의 다섯 아이는 각자 있던 장소에서 움직임을 멈춘 채 101호실을 불안하게 바라보았다.

파티오 6는 집주인인 사사키 마사코 씨를 포함한 일곱 세대의 주거 공간이 사방 십수 미터의 안뜰을 미음(ㅁ) 자 형태로 둘러싸고 있는 보기 드문 단층형 맨션이다. 이사 온 지 반년 된 101호실은 어떨지 몰라도 나머지 세대에게는 이 안뜰의 존재가 입주의 결정적인 이유였다. 각 가정의 현관문과 부엌에서 이어지는 거실 창문이 모두 안뜰과 접해 있어서 실내에서도 아이들이 노는 모습을 항상 확인할 수 있었다.

코로나19 대책으로 지난달 긴급 사태 선언이 나오고 나서부터 이 안뜰과 주민 간의 협력 태세가 파티오 6에 사는 여자들에게는 생명줄이나 다름없었다. 그중 한 명의 남편을 포함한 일곱 명이 당번을 정해 매일 세 시간씩 안뜰에서 아이들을 놀게 하는 동안, 다른 사람들은 창문으로 아이를 지켜보며 업무나 집안일을 처리한다. 그런 생활이 어느새 한 달 넘게 계속되었고 콘크리트 벽을 뒤덮은, 사사키 씨가 자랑하는 크림색 목향장미는 슬슬 전성기가 지나려 하고 있었다.

"안뜰을 쓰지 못하게 되면, 아이에게 대체 어디서 뛰어놀라고 해야 하나요?"

제일 먼저 그렇게 반론한 건 105호실에서 얼굴을 내민 시노하라 카에데 씨였다. 42세의 시노하라 씨는 여기서는 원격 근무의 대선배라고 할 수 있는 로맨스 소설 전문 번역가지만, 지금은 주민 중에서 가장 일이 밀리고 있다. 어린이집이 지난달 중순에 휴원했고 주간지 편집부에서 근무하는 연하 남편 노보루 씨는 명목상으로만 재택근무 권장일 뿐, 잠복 취재에 가지 않을 수 없었다. 결국 두 살짜리 카나데 군을 혼자 떠맡게 된 시노하라 씨가 번역 작업에 몰두할 수 있는 시간은 아이를 재운 후, 혹은 다른 누군가가 안뜰에서 카나데 군을 봐 주고 있는 오후뿐이다.

"미안합니다. 이쪽은 집에서 느긋하게 지낼 수 있는 몸이 아니니까 협조해 달라는 말 밖에는…."

101호실이 어째서인지 쓴웃음을 짓자, 시노하라 씨의 지문투성이 안경 너머로 눈빛이 갑자기 사나워지는 것을 옆에서 봐도 알 수 있었다.

"이 말씀은 드려야 할 것 같은데, 여기 사는 사람 중에 일하지 않는 사람 있어요?"

시스템 엔지니어인 우에시마 루리코 씨가 101호실 옆의 102호실 창문에서 고개를 내밀고 끼어들었다. 동업자이자 동갑인 남편

마나부 씨가 뒤에서 긴장한 채 바라보았다. 나이가 30대 초반으로 이 맨션에서는 유일하게 부부가 모두 재택근무를 하고 있었다. 얼핏 가장 여유로워 보이지만, 중학 수험을 앞둔 걱정 많은 성격의 미도리와 그런 건 아무 상관하지 않는 네 살짜리 료 군이 온종일 함께하다 보면, 매일 밤마다 방에서는 새된 목소리가 들려온다.

"다 그런 건 아니죠. 저기 사는 사람은 휴직 중이지 않았던가요?"

101호실이 오늘의 안뜰 당번이자 아이들 한가운데에 서 있는 104호실의 가토 유리 씨를 넌지시 가리켰다. 가토 유리 씨는 미용실에 가지 못해 길게 자란 머리를 알록달록한 터번으로 정리하다가 이 말에 눈꼬리가 쑥 치켜 올라갔다. 얼굴이 작아서 마스크를 쓰면 거의 가려지는데 또렷한 눈썹과 길게 째진 눈이 '뭐가 어째?' 하는 식으로 짜증스럽게 일그러지는 것만으로도 101호실을 주춤거리게 할 만했다. 이 맨션에서 가장 궁지에 몰린 사람은 의심할 여지 없이 30대 초반의 미혼모인 그녀였다. 직장이던 신주쿠의 나이트클럽이 휴업에 들어간 데다 집세 대신 육아를 도와주던 룸메이트이자 네일리스트 케이코 씨가 3월 말에 고향으로 돌아간 뒤로는 예금된 돈만 축내면서 생활하고 있었다. 딸인 마리는 엄마가 격노할 것을 눈치챘는지, 자신을 귀여워해 주는 사사키 씨 집을 향해 자전거 페달을 밟았고, 카나데 군이 그 뒤를 따라갔다. 마리는 원래대로라면 올해부터 초등학교에 다녀야 했지만, 학교에는 지난달에 교과서를 받으러 갔을 뿐이다.

얼굴을 마주치고도 인사조차 제대로 안 하던 101호실이 각자의 사정을 속속들이 꿰고 있는 걸 보며 다들 점점 섬뜩함을 느꼈다. 얌전해 보이는 그의 아내도 안뜰의 바비큐 파티 초대를 완곡하게 거절하고 난 뒤 주민들과 전혀 교류하지 않았으니 말이다.

"제가 하는 일은 육아의 틈바구니에서 할 수 있는 일하고는 다르거든요."

맨션 전체가 조용해졌다. 101호실도 역시 이건 실수였다고 생각했는지 삐진 듯 꾹 다문 입가가 아래로 처졌다.

"아, 어, 말이 지나쳤네요. 기분 나쁘셨다면 사과하겠습니다. 그런데 정말로 큰 거래예요. 지금 우리 회사가 이번 소동으로 주가가 폭락해 궁지에 몰렸다는 걸 이해해 주시기 바랍니다."

101호실은 자못 솔직한 한숨을 내쉬며 어깨를 으쓱거렸다. 마이크를 통해 뜨뜻미지근한 숨결이 전해져 오는 것 같았다.

"움직이는 금액이 얼마든 무슨 상관인데요? 지금 안 힘든 업계도 있어요?"

103호실 창문에서 나온 사람은 대기업 가전 매장에서 주임으로 일하는 40세의 모기 하루미 씨다. 의료 방사선 기사인 남편 마사유키 씨가 가족이 감염되는 걸 우려해서 직장인 대학 병원과 제휴한 비즈니스 호텔에 숙박하며 줄곧 집에 들어오지 않았기에, 105호실의 시노하라 씨처럼 가사와 육아를 혼자 도맡고 있었다. 집에

만 있는 초등학교 3학년 아들 노조미 군이 근무 중에도 어쩔 수 없
이 신경이 쓰인다는 것 같다.

"그쪽은 지금도 출근하고 있죠? 접객업이라고 하셨던 것 같은
데. 남편은 의료 쪽 직업이었던가요? 참 힘드시겠군요."

101호실이 과장되게 미간을 찡그리자 모기 씨의 얼굴이 금세
굳어졌다. 그것은 그녀가 가장 민감해하는 문제였다. 도지사의 첫
외출 자제 요청이 나왔을 때 이곳에 사는 주민들과 거리를 두려고
한 원인이기도 했다. 노조미 군이 연습용 바이올린과 활을 양손에
늘어뜨리고 엄마를 올려다보았다. 안뜰을 사이에 두고 101호실과
정확히 마주 보는 106호실 창가에서 헐값에 사 온 대량의 당근을
갈며 사태의 추이를 지켜보던 미호는 마침내 몸을 일으켰다.

"지금 그 발언은 직업 차별 아닌가요?!"

조리 중이라 비닐장갑과 마스크를 착용하고 있었기에 목소리
가 먹먹하게 들리지 않도록 목에 힘을 주었다.

"아까부터 듣고 있자니까 계속 자기 입장만 말하네요. 지금
은 서로 도와야 하는 상황 아니에요?!"

"…저기, 실례합니다만 댁에는 아이가 없지 않던가요?"

101호실이 이번에는 의아한 듯이 이쪽을 바라보았다. 아이를
포함한 파티오 6 주민 모두의 시선이 일제히 집중되자 미호는 주
춤했다. 혹시 당사자도 아닌데 쓸데없는 말을 한 게 아닐까 싶어
불안해졌다. 아니지, 미호는 안뜰 당번에도 참여하고 있다. 게다

가 집세를 내는 이상 발언할 권리는 있었다.

"아이가 있고 없고가 지금 무슨 상관인데요?!"

미호보다 먼저 호통을 친 사람은, 고무 주걱과 가루 뿌린 감자가 든 그릇을 끌어안고 부엌에서 어느새 옆에 와 있던 그녀의 파트너 요 짱이었다. 요 짱이 이런 식으로 사람들 앞에서 감정을 드러내는 일은 매우 드물었다. 마스크에서 새어 나오는 입김과 뜨거운 감자의 김으로 안경이 점점 뿌옇게 되었다.

"우리 어른들은 다들 책임이 있지 않을까요? 다음 세대를 위한 좋은 환경을 만들어 줘야 하는 책임이요. 저나 당신이나 동네 아이들의 미래에 적지 않게 관여하고 있잖아요."

요 짱은 귀가 새빨개진 채 그릇에 머리를 처박을 기세로 고개를 푹 숙였다. 30대 후반의 동성 커플로 어린이 식당 같은 것을 하다 보니 사람들이 엉뚱한 오해를 하거나 멋대로 동정하는 경우가 있다. 이 나라에선 아직 자신들의 아이를 갖는다는 게 쉬운 일이 아니니까 아이들을 만날 수 있는 장소에 머무는 게 아니냐는 식으로 말이다. 미호에게 그런 생각은 없다. 단지 요 짱이 원하는 형태로 함께 무언가를 해 보고 싶었고, 그게 의외로 적성에 맞았는지 오늘까지 이어 왔을 뿐이다.

이 시점까지는 모두가 101호실에 대해 철저히 항전하려는 자세였다. 그런데 놀랍게도 3시간 후에는 내일부터 101호실이 멜버른과 거래를 끝내는 날까지 안뜰은 사용 불가 상황이 되어 버렸다.

오후 5시쯤에 요 짱이 언제나처럼 파티오 6의 각 호실을 차례차례로 돌며 시제품을 너무 많이 만들었으니 괜찮으면 드시라고 절인 청새치 구이와 감자 샐러드, 무말랭이와 주먹밥을 나눠 주는데 사사키 씨가 인터폰을 통해 이렇게 말한 것이다.

"101호실 부부가 아까 우리 집에 왔었어. 아내까지 와서 같이 사과하더라고. 그분도 아까는 벌컥 화를 내서 미안하다고 했어. 다만 회사가 너무 힘든 상황이라, 말을 해야 할지 계속 망설였는데 안뜰이 너무 시끄러워서 일에 지장이 생기니까 제발 지금만 도와달라고 하네. 말이 심했던 건 사과하고 싶고, 정신적으로 너무 힘들어서 그랬다는데. 어떻게 하면 좋을까? 나는 주민들 의견을 따를래."

미호는 이 이야기를 요 짱에게 듣자마자 이건 너무 교활하지 않냐면서 더 화를 냈다.

스마트폰을 잠시도 손에서 놓지 않고 아이 엄마들과 라인LINE으로 의논했다. 저녁 식사부터 목욕, 아이를 재우는 와중에도 각자의 의견이 시간 차를 두고 잔가지처럼 이어졌다. 처음에는 다들 분노했지만 감정이 조금 가라앉자 그 인간이야 진짜 어찌 되든 상관없어도 사사키 씨와 101호실의 아내까지 곤란하게 만들고 싶지는 않으니까 이번만 양보하자는 쪽으로 의견이 모여 갔다. 애초에 101호실이 하는 일을 방해하려는 의도는 없었고, 무엇보다 서로 잘 아는 사이에 원한을 사는 것도 두려웠다. 안 보이는 곳에서 아

이들이 그런 식으로 호통을 듣는 일만은 피하고 싶었다. 평생 안
뜰을 못 쓰게 되는 것은 아니니까 일단 오후에는 다른 곳으로 나
가거나 방에서 지내는 것으로 어쩔 수 없이 결론이 났다. 요 짱
이 대표로 사사키 씨에게 전화로 전달하자 상대방도 가슴을 쓸어
내리는 것 같았다.

하지만 안뜰을 언제까지 사용하면 안 된다는 명확한 기한은 말
해 줄 수 없다고 한다. 멜버른과의 계약이 성립해도 판촉 회의 등
앞으로도 의논해야 할 일이 계속 남아 있기 때문이다. 동네 공원
도 가장 가까운 곳이 20분 넘게 걸리는 데다 지금은 놀이기구도
테이프로 봉해 사용이 금지되었다. 내일부터 어떻게 지내야 하냐
며 엄마들은 모두 어쩔 줄 몰라 했다.

결국 어느 정도 나이를 먹은 남자가 사과해야 하는 상황에 몰
렸을 때 필요 이상으로 몸을 굽히는 모습은 강압적인 의미를 품고
있다. 마음보다도 몸이 먼저 거부 반응을 일으키며 이런 비참한
모습을 더 보고 있을 바에야 용서해 버리는 게 편하다며 조건반사
적으로 뒤로 물러서고 마는 것이다. 그것은 이타심이나 배려라기
보다, 어른 남자가 풀이 죽은 모습은 차마 눈 뜨고 볼 수 없을 만큼
너무 불쌍하다고 어릴 때부터 주입받아 온 결과가 아닐까.

당연하게도 그날 저녁 파티오 6의 온라인 회식은 101호실에 대
한 험담으로 가득했다. 매번 그렇지만 시노하라 씨는 카나데 군이
좀처럼 잠들지 않아서, 분위기가 한창 무르익고 나서야 캔 츄하이

를 들고 부스스한 머리로 유령처럼 PC 화면에 나타났다.

"아, 또 그런 센 술을! 그런 건 그만 좀 마시라니까!! 마시다 남은 초저가라도 괜찮다면 와인 한 병을 지금 현관 앞에 갖다 주고 올 테니까 기다려."

우에시마 씨는 빠르게 말하더니 대답도 기다리지도 않고 분할된 화면에서 자취를 감췄다. 잠시 후 시노하라 씨의 등 뒤에서 인터폰 소리가 났다. 시노하라 씨는 사양할 기력도 없는 듯이 그대로 비틀비틀 일어나 잠시 사라졌고, 내용물이 조금 줄어든 레드와인 병을 손에 들고 돌아왔다.

곧바로 뚜껑을 돌려 따더니 멍한 얼굴로 병나발을 불었고, 요 짱이 전해 준 상태 그대로의 플라스틱 용기 도시락을 부스럭거리며 열기 시작했다. 그것을 본 모기 씨가 "아, 깜빡하고 있었네. 나도 먹어야지." 하고 일어나서 등 뒤로 보이는 뒤죽박죽인 주방으로 향했다. 그 틈에 미호와 요 짱도 얼음과 바카디에 사이다, 마당에서 따온 수북하게 담긴 민트, 크래커와 후무스를 컴퓨터 앞으로 보기 좋게 늘어놓았다. 우에시마 씨가 만족스러운 얼굴로 화면에 복귀하자 드디어 전원이 모였다.

"시노하라 씨, 지금 번역하고 있는 왕자님은 어떤 사람이야?"

마리와 함께 과학 실험하듯 만든 핫도그가 하이볼과 잘 어울렸는지, 가토 씨가 잔뜩 신이 나 편의점 경품으로 받은 술잔을 흔들며 말을 걸자 그제야 시노하라 씨의 얼굴에 미소가 떠올랐다.

"사상 최연소 뉴욕 시장으로 당선된 잘생긴 대부호가 호텔 청소부로 일하는 41세 미혼모와 사랑에 빠지는 거야, 햄프턴의 별장에서 사랑을 나눈 다음 날 아침, 차가운 시트가 깔린 넓은 침대 위로 그가 손수 만든 햄과 체더치즈를 넣은 몬테크리스토라는 이름의 프렌치토스트와 갓 짜낸 오렌지 주스를 가져와 주는 거야."

"어, 뭐야, 그거 엄청 맛있을 것 같네. 다음에 만들어야겠다!"

미호가 무심코 그렇게 선언하자, "야호!" 하고 PC 화면에서 일제히 함성이 일었다. 꽃미남 뉴욕 시장보다는 이웃이 만들어 주는 아침 식사가 단연 매력적이었던 것이다.

"거기까지는 바라지도 않고, 우리 남편도 건면 정도는 삶을 수 있게 됐으면 좋겠어요."

우에시마 씨가 생기 없는 눈빛으로 말했다. 우에시마 씨 부부는 이런 상황이 오기 전까진 가사를 완벽히 분업해서 잘해 나가고 있었다. 하지만 양쪽 모두 재택근무를 하게 되자 주도권 싸움이 끊이지 않았다. 언뜻 성실해 보이는 마나부 씨는 요리만큼은 완전히 꽝이었고 쌀 씻는 것도 제대로 못 했다.

"집에 있어 주는 게 어디야. 내가 보기엔 이상적인 남편인데."

시노하라 씨가 다시 와인으로 병나발을 불었다. 남편인 노보루 씨의 직장은 유흥 정보와 저속한 연예 기사로 유명한 주간지다. 휴간 가능성이 거론되면서 무슨 일이 있어도 기삿거리를 찾아야 한다며 밤에 술을 먹고 돌아다닌다는 소문의 유명인이나 정치가를 자숙 경찰(코로나 팬데믹 당시 일본에서 마스크 착용이나 사회적 거리 두기 등을 지키지 않는 사람을 찾아내 공공연하게 비난하거나 위해를 가하던 사적 제재 활동)처럼 매일 밤 감시하고 있었다.

"처음에는 남편이 밉기도 했는데, 곰곰이 생각해 보니까 이게 다 남편 직업이 밤낮이 뒤바뀐 일이라 육아 휴직도 못 내는 탓이잖아? 왠지 내가 지금 하는 모든 일이 그 잡지의 저질 기사 만들기에 일조하는 기분이 든단 말이지…. 그렇게 보면 모기 씨의 남편은 훌륭한 직업을 가진 거야."

"하지만 왜 우리 마챠가 이렇게 위험한 일을 겪어야 하는지, 이젠 누구를 원망해야 하는지 모르겠어요. 물론 대단한 일을 한다고는 생각하지만, 계속 보지도 못하고…. 이 주먹밥, 정말 맛있네! 이국적인 향기가 난다. 참쌀이지?"

모기 씨가 한 입 먹은 주먹밥을 물끄러미 바라보고 있었다. 직장에서의 거침없는 하이 텐션 세일즈 토크를 유지하기 위해서인지 퇴근하면 조용해지는 이 사람이 이 정도로 말을 많이 하는 건 처음이었다. 미호는 빙긋이 웃었다.

"대만풍 팥밥에 수제 차슈를 넣었어. 그 향은 오향을 넣어서고. 뭐, 이런 상황이니까. 잠시나마 해외에 온 기분이 들어서 좋지 않아?"

파티오 6에 온 뒤로 미호는 완전히 요리 명인으로 통했지만, 특별한 재능이 있다거나 맛에 대한 집착이 있는 것도 아니었다. 자영업을 하는 홀아버지 밑에서 방치된 채 자랐기 때문에 어릴 때부터 식사는 스스로 해결할 수밖에 없었다. 시마네현의 고등학교를 졸업하고부터 온갖 음식점의 주방을 경험했고 그 어느 곳에서도 금세 적응했다. 미호의 특기는 항상 그 자리에 딱 좋은 맛을 만들어 내는 것이었다. 요리는 단순히 살아가는 수단이었다. 요 짱을 만날 때까지는.

민트와 얼음이 가득한 모히토를 스푼으로 가볍게 저어 요 짱에게 건네자 화면에서 일제히 "맛있겠다.", "좋겠다." 하고 진심으로 부러워하는 목소리가 새어 나왔다. 창문으로 들어오는 바람에는 여름 향기가 섞여 있어서 꽤 오랫동안 야간 데이트를 하지 못했다는 것을 깨닫게 했다.

미호와 요 짱이 만난 곳은 요 짱이 일하던 어린이복지과가 있는 한 구청의 직원 식당이었다. 엄청나게 맛없기로 유명했다. 미호는 아무런 자부심도 없이 주방에 붙어 있는 누런 레시피 그대로 끈적끈적하고 달기만 한 탕수육과 튀김옷이 벗겨진 멘치 가스를 계속 만들고 있었다. 요 짱에게는 처음부터 관심이 갔다. 웬만하면 맛없기가 힘든 미역 라멘과 돈가스 카레만 번갈아 가며 먹는 리스크 억제 능력에 감동받은 것이다. 자기보다 네 살이나 어리다는 것을 알고 깜짝 놀랐다.

첫 아침밥은 요 짱의 냉장고에 보관된 재료를 활용해 만들었다. 낫토 오믈렛, 두부 된장국, 밥, 유통기한이 빠듯한 발효 죽순에 치즈와 파를 버무린 것 등으로 간단했다. 요 짱은 맛있게 먹고 한 그릇 더 달라는 말까지 해 주었다.

"미호가 해 준 밥 완전 맛있다. 가게 열면 분명히 대박 날 거야."

빈말인 줄 알고 한 젓가락 먹어 봤더니, 확실히 이게 자기가 만든 요리라는 걸 믿기 힘들었다. 그러고 보니 쌀을 평소보다 열 번 넘게 더 씻었고, 달걀도 불 조절에 특히 신경 쓴 것 같다.

"이런 밥을 먹게 해 주고 싶은 아이들을 많이 알고 있어. 더 자주 만나러 가서 직접 도울 수 있으면 좋을 텐데. 행정력이 미치지 못하는 사각지대가 아직도 많이 있거든."

요 짱이 고개를 숙인 채 젓가락으로 오믈렛을 가르고 있는 것을 보고, 미호는 일생일대의 프러포즈를 한다는 생각으로 이렇게 말했다.

"저기, 나랑 이 거리에서 가게를 해 보지 않을래? 손님들이 먹고 갈 수도 있는 도시락집을 열 거야. 그리고 영업이 끝난 뒤에 거기서 어린이 식당을 여는 건 어떨까?"

요 짱이 퇴직하기를 기다렸다가 지원금을 신청하고 초등학교 통학로인 상점가에 점포를 빌린 지 벌써 2년이 된다. 요 짱이 그동안 쌓아온 노하우와 인맥, 손님의 흐름을 파악하는데 능한 미호가 힘을 합치자 점심시간마다 사람들의 발길이 끊이지 않았다. 해가 지면 부모님이 맞벌이로 늦게 귀가하는 아이부터 생활이 어려운 아이들까지, 때로는 부모님과 함께 드나들었다.

하지만 올 3월 말에 계속 고민한 끝에 감염을 피하기 위해 식당은 문을 닫았다. 4월이 되자 매장에서 도시락 판매만 하다가 긴급 사태 선언 후에는 케이터링으로 전환했다. 가정 환경이 너무 걱정되는 단골 어린이 아홉 명에게만은 주 2회 정도만 무료로 도시락을 배달하고 있었다. 자택에서 신메뉴 개발에 힘썼고, 일부러 넉넉하게 만든 시제품은 맨션의 엄마들에게 나누어 주었다.

"배달은 둘 중 한 명이 전담하는 게 나아. 미호는 밖에 나가지 않는 게 좋겠어."

그렇게 말을 꺼낸 것은 요 짱이었다. 자신은 체격도 좋고 어려서부터 감기도 잘 안 걸리는 편이었으니 가녀린 몸에 골초였던 미호보다는 감염 위험이 낮을 거라고 주장했다. 위생복에 마스크까지 완전 무장을 하고 스쿠터에 늠름하게 올라타는 모습은 정말 멋있었다.

"어쩌다 보니 101호실이 하는 일을 우리 모두 힘을 합쳐서 지원하는 꼴이 되어 버린 것 같네."

취기가 돈 시노하라 씨가 불쑥 중얼거린 탓에 다들 입을 다물어 버렸다. 각자 그동안 비슷한 생각을 해 왔던 것이리라. 미호도 별 탈 없이 식당이 운영되도록 노력하고 있었지만, 그 혜택을 가장 크게 받는 사람들은 눈앞에 있는 부모와 아이들이 아닌 것처럼 느껴지는 순간이 있었다. 오히려 그들의 어려움을 원래 책임져야 할 사람들의 부담을 자진해서 덜어 주고 있을 뿐인지도 몰랐다. 암담해진 마음에 빈 잔에 바카디를 자작하니, 요 짱이 거의 반사적으로 얼음과 사이다를 넣어 주었다.

"PLL 무선 마이크로폰, 2018년형."

잭 다니엘을 스트레이트로 계속 마시던 모기 씨가 갑자기 입을 열었다.

"어, 뭐? 뭐라고?"

"101호실이 들고 있던 마이크야. 블루투스 기능이 있는 가정용 노래방 무선 마이크. 국내 매출이 떨어지고 있어서 2년 전부터는 아마 수주 생산으로 전환했을 거야. 멜버른 쪽 하고 거래한다는 게 그 마이크 영업이 아닐까? 지금 외출 자제 권고 때문에 해외에서도 일본의 가정용 노래방 마이크가 팔리고 있다는 말을 들은 적이 있거든."

풍부한 지식으로 전 점포 오디오 부문 매상 톱 3에 들었던 모기 씨가 그 유명 가전 브랜드를 언급하자 우에시마 씨가 얼굴을 찡그렸다.

"그렇다면 저 인간 완전 큰손이잖아! 궁지에 몰리긴 무슨!!"

"하지만 그 마이크, 멜버른에서는 잘 팔리기 힘들 거야. 그건 어디까지나 일본의 주거 환경에 맞춘 상품이니까. 저 인간이 화가 난 건 계약이 잘 안 돼서 그런 거겠지."

모기 씨는 '후훗.' 하고 웃으며 입가를 일그러뜨렸다.

"멜버른은 따뜻하면서 습도가 낮고 마당이 있는 집이 많지. 그래서 홈 파티 문화가 뿌리 깊이 정착되어 있거든. 외출 자제 기간에도 야외에서 노래하고 싶어 하는 사람들이 많을 거야. 같은 블루투스 지원형이라면, 나는 KFM-12라는 타사 제품을 추천하겠어. 소리가 퍼져 나가는 게 차원이 다르고 방수가 잘 돼서 빗물에도 끄떡없어. 무엇보다도 미러볼형 LED 라이트를 내장하고 있어서 멜로디에 맞춰 회전하면서 색상과 점멸 횟수도 다양하게 바뀌거든. 주위가 어두워지면 마이크 하나로 마당 전체가 클럽처럼 보이는 수준이야. 가와사키의 작은 제조사에서 만든, 아는 사람만 아는 마이크긴 한데 고정 팬이 많은 좋은 물건이야. 아직 제조하고 있는지는 모르겠지만… 어, 온라인 한정으로 판매하고 있네…. 열심히 일하고 있었구먼."

모기 씨가 어깨를 오므리며 손을 조작하자 그 노래방 마이크의 사진이 화면 가득 공유되었다. 양손으로 감쌀 수 있을 만한 크기의 미러볼이 긴 마이크에 관통된 듯한 특징적인 디자인이었다. 확실히 해외에서는 이쪽에 흥미를 가질 것 같기는 했다.

"아, 노래방 얘기 좀 그만해. 노래하고 싶어지잖아."

가토 씨가 능숙하게 하이볼 한 잔을 더 만들면서 히죽히죽 웃고 있다.

"카토 씨는 노래 잘하잖아. 애들 엄마끼리 노래방 갔을 때, 'MISIA' 하고 'AI' 노래 부르는 거 듣고 깜짝 놀랐어. 가수 해도 될 정도던데?"

료 군을 마리와 같은 어린이집에 보내는 우에시마 씨가 감탄한 듯 말했다.

"아하하, 그건 목을 사용하는 창법이라 노래방에서만 통해. 그리고 표정 연기랑 율동으로 그럴듯하게 보이는 거지 노래를 잘 부르는 건 아니야. 노래를 잘해도 노래방 점수는 잘 안 나오는 사람이 꼭 있잖아?"

가토 씨는 화면 너머로 보면 연예인 같은 외모지만, 나이트클럽에서 일할 때는 마이크를 한 번 잡으면 놓지 않으면서 분위기를 띄우는 담당이었다고 한다. 자신을 좋아하는 손님이 있어도 연애 감정을 갖지 않는 캐릭터를 오랜 세월에 걸쳐 구축했고, 그런 포지션이 스스로도 마음에 들었다고 한다.

"가토 씨, 온라인으로 노래방 선생님 같은 거 하면 어때? 인기가 많을 것 같지 않아?"

시노하라 씨가 멍한 눈으로 제안하자 그녀는 조금 슬픈 듯이 고개를 갸웃거렸다.

"그게 잘 될까? 단골들하고 유료로 줌Zoom 술자리 같은 걸 가끔 하긴 하는데, 역시 가족들 눈치가 보여서 그런지 자주 들어오진 못하더라고. 안뜰도 못쓰게 되면 나도 이젠 여기를 떠나야 하려나…."

가토 씨는 자기가 마실 거라는 게 믿기지 않을 만큼 정성스럽게 석 잔째 하이볼을 만들면서 허스키한 목소리로 말을 이었다.

"부모님과는 원래 사이가 나빴고, 이런 상황이니까 집에는 절대 돌아오지 말라고 했어. 애초에 여기는 집세도 그렇고, 나한테는 주제에 안 맞는 곳이었어. 하지만 밤에 마리를 남겨 두고 일하러 나가려면, 친구와 함께 살 수 있고 주변도 안전한 이 집에서 살 수밖에 없었어. 이젠 케이코도 없고 말이야. 사사키 씨는 집세를 낼 사정이 못 된다고 해도 전혀 걱정하지 않아도 된다고 하지만…. 역시 눈치 보이잖아."

"우리 식당이라도 다시 열 수 있으면 아르바이트로 일해 달라고 했을 텐데…. 물론 월급을 많이 주진 못하겠지만."

요 짱이 아쉽다는 듯 말했다. 가토 씨는 "고마워, 근데 내 요리 실력, 이 수준인데?" 하며 까맣게 타 버린 핫도그를 화면에 익살스럽게 갖다 댔다. 아무래도 눈물을 글썽이는 눈치였다.

"아, 이럴 바에야 차라리 우리가 101호실의 거래 상대를 빼앗아 버리는 게 어때?"

미호는 더 이상 분위기가 가라앉지 않도록 일부러 경쾌한 목소리를 냈다. 갑자기 PC에서 들리는 소리가 뚝 끊겼기에 에러가 났나 싶어서, 화면 속에서 멈춰 버린 모두를 향해 손을 흔들며 "저기요?" 하고 불렀다.

"잘하면 될 것도 같은데요."

우에시마 씨가 갑자기 존댓말로 말하자, 그것을 계기로 일제히 다시 움직이기 시작했다.

"우리가 끼어들어서 아까 모기 씨가 추천한다는 그 마이크, KF 어쩌고 하는 걸 멜버른의 거래 상대한테 팔아치우는 거야."

"그럴 수 있을까?"

미호가 웃으며 말하자 우에시마 씨가 더욱 진지한 얼굴로 말을 이었다.

"그 인간의 거래처만 알아낼 수 있다면 말이야. 오후 1시부터 4시까지 멜버른의 어떤 기업 CEO와 비대면 회의를 하는 거잖아? 상대의 얼굴 사진만 입수하면 어떻게든 될 거야. 페이스북에서 검색해 보면 알 수 있을 테니까."

요 짱까지 후무스를 모히토로 흘려 넣더니 갑자기 사회복지사다운 표정을 지으며 몸가짐을 바로 했다.

"좋아요, 이렇게 하죠. 우리 도시락 가게는 임시로 영업 대행사로 바뀔 거예요. 그 가와사키의 제조사에게 영업 업무를 위탁받는 형태로 성공 보수를 받는 거죠. 모기 씨, 제조사에 연락할 수 있으시죠? 혹시 모르니까 마이크도 두 대, 각각 다른 색으로 받아 놓으세요. 그래서 어떻게든 거래처를 알아내면 그쪽에 우리가 제조사의 영업 대행사라고 하면서 온라인 미팅을 신청하는 거죠. 우선은 모기 씨가 상품을 프레젠테이션하고 시노하라 씨가 통역하면 돼요. 가토 씨가 실제로 노래 부르는 모습을 시연하고, 원한다면 구매자 한정 온라인 강사를 해 줄 수 있다고 나서는 거예요. 물론 성공 보수는 가토 씨가 전부 가져가니 실패해도 뭐 하나 손해 볼 건

없어요. 무엇보다도 그 인간이 멜버른 쪽과 협상하는 게 끝나 버리면 안뜰을 다시 사용할 수 있잖아요. 어때요?"

"에이, 미안해서 어떻게 그래! 하지만 솔직히 말하면 지금 조금이라도 임시 수입이 생긴다면 다행이긴 한데."

가토 씨가 펄쩍 뛰는 바람에 이야기가 단번에 현실감을 띠었다. 술이 서서히 깬 것 같은 시노하라 씨가 안경을 벗어 아기용 물티슈로 닦으면서 이렇게 물었다.

"우에시마 씨, 101호실 컴퓨터를 해킹할 수는 없을까?"

어느 곳과 계약 중인지 명확히 가르쳐 주진 않지만 우에시마 씨는 아마 지금 대기업 은행의 시스템을 담당 중일 것이다. 우에시마 씨는 화상 카메라에 대고 손을 마구 저었다.

"뭐? 내가? 못 해, 못 해. 저기, 그런 건 엔지니어에 대한 편견이라니까!"

할 말이 많았는지 우에시마 씨가 불쾌감을 드러내며 연설을 시작했다.

"분명히 말해 두는데, 할리우드 영화처럼 어두운 방에서 키보드를 '탁, 탁, 타닥. 자, 잠김 해제했습니다.' 같은 건 불가능하다고. 요즘엔 어디나 해킹 방지에 목숨을 걸고 있고 보안 업데이트도 자주 하니까 쉽게 뚫을 수 있는 게 아니라니까. 필요한 정보가 있다면, 차라리 아날로그적인 방식으로 공격하는 게 합리적이라고들해. 보안 담당자를 스토킹하다가 방심한 순간을 노릴 수밖에 없는 거지. 예를 들면 커피숍에서 노트북을 켰을 때 뒤에서 훔쳐본다든가, 맞은편 건물에서 망원경으로 집에서 일하는 걸 들여다보는 거야. 내가 할 수 있는 일은 말이지, 비대면 회의에서 프레젠테이션 할 때 사용할 타사 제품과의 성능을 비교하는 파워포인트나, 애니메이션을 활용한 화려한 배경 그림을 만드는 정도라고."

"그럼 그걸 맡길게요."

요 짱이 말하자 우에시마 씨가 과장되게 가슴을 쓸어내렸다. 어느새 요 짱이 사령탑이 되어 있다는 게 자랑스러웠는지 미호가 잔뜩 들떠서 제안했다.

"그 집 맞은편에 있는 우리가 망원경으로 들여다보는 건 어때? 그럼 범죄인가?"

"마리한테 일부러 공을 던지게 해서 101호실 창문을 깨뜨리자. 그 공 안에 고성능 초소형 카메라를 넣는 거야. 아, 옛날에 우리 가게의 넘버 원한테 들러붙던 스토커가 탈의실에 몰래 들어가서 설치했던 거랑 똑같은 걸로 할 거야."

"가토 씨가 바로 찾아내서 경찰에 신고했던 그거? 글쎄, 음···. 좀 친해진 다음 집에 놀러 가서 자연스럽게 PC를 들여다보는 것이 차라리 현실적이지 않을까?"

"3밀(밀폐, 밀집, 밀접)을 피해야 하는 시기에 자기 집에 들여보내주겠어? 가뜩이나 우릴 경계하는데."

그때 카나데 군의 울음소리가 들리자 오늘 밤 회식은 그만 끝내기로 했다. 술자리 농담으로 시작된 이야기였지만, 지금은 다들 묘하게 고양되어 있었다.

이틀 밤 연속으로 열린 파티오 6의 온라인 회식에 모임이 시작된 이후로 첫 게스트인 집주인 사사키 씨가 나타났다. 요 짱이 아무렇지 않은 얼굴로 초대한 것이다.

"어머, 저기 이거, 지금 들리고 있나? 여보세요, 여보세요?"

화면 안에서 몇 번이고 신기한 듯 확인하더니 고개를 가웃거리며 손을 흔드는 모습이 풋풋해 보여서 다들 원래 목적도 잊은 채 입가에 미소를 머금고 말았다. 다들 후줄근한 모습인 데 반해 사사키 씨만 파자마 위에 제대로 카디건을 걸치고 있었다. 짧은 단발의 앞머리를 비스듬하게 빗은 모습에 옅은 코랄 립스틱까지 바르고 와서 그 화면에서만 은은하게 빛이 나는 느낌이었다.

"오랜만에 화장했어. 보여 줘도 부끄럽지 않게 안주도 정성껏 만들었어. 술집에서 술도 배달받았고. 꼭 부모님이 살아계시던 시절 같네. 좋다, 이런 거."

그렇게 말하며 유리그릇에 담긴 알록달록한 무침과 안뜰에서 기른 바질을 사용한 샐러드, 작은 꽃병에 장식된 목향장미, 작은 병의 화이트와인을 하나씩 화면 앞으로 내밀자 다들 진심으로 그 꼼꼼함을 칭찬했다.

"다들 잘 오셨습니다~! 파티오 6~ 전원~ 집합~!! 오늘 밤은~ 아침까지~ 전원~ 먹고 죽자!"

가토 씨가 구호와 손장단으로 힘차게 분위기를 띄웠고, 사사키 씨는 에도키리코江戸切子(도쿄 에도가와구에서 제작되는 전통 유리공예품)의 작은 술잔을 수줍게 기울였다. 어느새 눈가가 벌써 발그레해지고 있다.

"들었어요. 우리 가게 맞은편에 있는 채소 가게 사장님 말로는 사사키 씨 가족이 사이가 정말 좋았다면서요. 부모님 모두 집에서 사사키 씨가 임종을 지키셨다죠?"

한바탕 흥을 돋운 뒤에 요 쨩이 슬슬 말을 꺼냈다. 사사키 씨는 대지주의 외동딸로, 일가가 살고 있던 저택이 철거된 곳에 이 일대에서 가장 큰 약국이 세워졌다고 한다.

"뭐, 늦둥이로 겨우 얻은 딸이라 날 무척 아끼셨으니까. 이 맨션도 언젠가 나한테 물려주시려고 80년대에 지은 건데, 내가 안뜰이 있으면 좋겠다고 했더니 내 말대로 해 주셨어. 지금은 거의 안 보이지만, 당시에는 테라스 하우스 같은 집이 엄청 유행이어서…. 아, 다들 모르나? '금요일의 아내들에게'라는 드라마."

눈을 가늘게 뜨며 말하는 사사키 씨에게 다들 고개를 저어 보였다. 우에시마 씨가 쌀과자를 바삭바삭 씹으면서 물었다.

"불륜 드라마 아닌가요? 제목은 들어본 것 같은데요."

"그 드라마를 보면, 집끼리는 떨어져 있지만 테라스 같은 공유 공간이 있어. 거기서 술자리를 갖지 않았을까? 그때부터 파티오라고 부르는 안뜰이 유행하기 시작했지. 각자 사생활을 지키면서도 적당한 거리감을 유지하며 친하게 지낼 수 있잖아?"

"그런데 주민들끼리 불륜을 저지를 정도면 거리가 너무 가까웠던 거 아닌가요~?"

"그 시절에는 어느 드라마나 돈을 많이 썼지. 그래서 설정이나 소품이 그대로 사회 현상이 되곤 했어."

"와, 집주인 아주머니는 유행에 꽤 민감하셨나 봐요. 의외네요."

가토 씨가 놀리자 사사키 씨가 부끄러운 듯 웃었다.

"그래, 그때그때 즐겁게 느껴지는 일에 몰두하면서 신나게 살다 보니까 어느새 이 나이가 되었네. 이 줌이라는 거 참 재밌다. 나도 공부해서 다음에는 내가 한 번 초대해 볼까?"

눈꺼풀이 무거워지고 있었다. 물어보려면 지금이야 하고 화면을 통해 다들 재빨리 눈빛을 교환했다.

"저기, 101호실 부부 말인데 어떤 분들이에요?"

시노하라 씨가 정중하게 묻자마자 우에시마 씨가 짐짓 착한 척을 하며 눈꼬리를 내렸다.

"아, 저번에 안뜰 일로 옥신각신했으니까 앙금을 풀고 싶어서…. 이번 일을 계기로 친해져야겠다고 생각했거든요. 남편분이 ○○의 영업 담당이 맞나요?"

평소 같으면 절대 밝히지 않을 개인 정보였지만 사사키 씨는 어린아이처럼 고개를 끄덕였다.

"그러고 보니 부부가 함께 있는 모습을 별로 본 적이 없네. 부인은 분명 전업주부였을 거야. 맞아, 이사 온 직후쯤에 딱 한 번 이 근처에 반찬 파는 가게는 없냐고 나한테 물어봤었어. 평소에 요리를 안 해 버릇했다나. '그럼 맞은편에 사는 미호 씨와 요코 씨가 상가에서 하는 도시락 가게는 어때요?' 하고 추천했는데, 가게에 온 적 없어?"

미호와 요 짱은 얼굴을 마주했지만 전혀 기억나지 않았다. 한 집만 따돌리는 건 좋지 않다는 생각에 101호실에도 음식을 나눠 주러 갔지만, 인터폰을 통해 기어들어 가는 듯한 작은 소리로 거절할 뿐이었다.

"지금은 세상이 편리해져서 우버 어쩌고 하는 게 있잖아. 그걸 자주 이용하는 것 같던데."

"아, 이 맨션에 자주 오는 우버가 그 집이었구나!"

우에시마 씨가 무슨 일인지 굉장히 분하다는 듯 외쳤다.

"분명 한국 음식일 거야. 스쳐 지나갈 때 고추장 냄새가 났거든."

미호는 몇 번인가 자전거 보관소에서 마주쳤던 젊은 배달원이 보온 백에서 꺼내던 비닐봉지에 인쇄된 로고를 필사적으로 떠올렸다.

"나도 봤어. 분명히 그거 신오쿠보에 본점이 있는 유명한 양념 치킨 가게였던 것 같아. 드라마인가 뭔가의 영향으로 유행하고 있댔어. 우리 가게의 젊은 애들이 자주 먹는 걸 봤거든. 바로 이거야, 이거!"

가토 씨가 대단한 걸 알고 있다는 듯 떠들어 대면서 새빨간 양념이 버무려진 치킨과 한국어 로고가 들어간 특징적인 납작하고 큰 상자를 화면에 공유했다. 시노하라 씨와 우에시마 씨, 모기 씨는 잘 모르는 눈치였다. 사사키 씨는 벌써 흥미를 잃고 꾸벅꾸벅 졸고 있다. 그녀의 팔꿈치에 닿아 슬그머니 앞으로 밀려난 목향장미 꽃잎이 우수수 흩어졌다.

"안녕하세요. 맞은편 106호실에 사는 사람이에요. 지난번에는 시끄럽게 업무를 방해해서 죄송했습니다. 사과의 뜻으로 도시락을 배달하러 왔습니다. 괜찮으시면 여기에 두고 갈게요."

상대방이 볼 수 있을 리 없지만 모 유명 햄버거 가맹점에서 근무하던 시절에 익힌 빈틈없는 미소를 지으며 미호는 인터폰을 향해 거침없이 말을 쏟아냈다. 남자의 먹먹한 목소리가 희미하게 들린 다음 통화가 곧 끊겼다. 문고리에 도시락 봉지를 걸어 두자 입맛 돋우는 매콤달콤한 냄새가 확 풍겼다.

"마음에 드시면 주민 특별 무료 이벤트 중이니까 언제든지 배달해 드립니다! 안에 가게 명함을 넣어 놨어요!"

미호는 창문을 향해 목소리를 높이고는 고요한 오후의 안뜰을 종종걸음으로 가로질렀다. 아이들의 모습이 보이지 않자 벌판처

럼 널찍한 공간과 한쪽 구석에 버려진 마리의 자전거가 몹시 쓸쓸
해 보였다. 바람에 살랑이는 허브와 잔디에서는 풀 냄새가 났다.
105호실에서 카나데 군이 "응가!" 하고 외치는 소리가 들렸다. 미
호는 방으로 돌아오자마자 끼고 있던 마스크와 비닐장갑을 휴지
통에 던져 넣은 다음, 손 소독제를 손가락에 뿌리고 문지르면서
창문을 살짝 열었다. 그리고 요 짱과 함께 맞은편 문을 감시했다.
잠시 뒤에 101호실 남자가 주변을 조심스레 살피더니 퉁퉁 부은
얼굴을 내밀고 구부정한 자세로 도시락을 가져가는 것을 똑똑히
목격했다.

그로부터 42분 뒤 가게 전화번호로 문자가 왔다. 노골적으로
티를 내진 않았지만 101호실은 이미 미호의 특제 치킨에 빠져든
눈치였다. 내일 오후에 같은 걸로 또 주문하고 싶다고 했으니 말
이다. 미호는 뛸듯이 기뻤다. 이렇게 자극적인 맛의 유행 음식을
좋아하는 건 분명 남편 쪽일 거라고, 부부의 분위기나 풍모를 통
해 예상한 게 적중한 것이다.

인터넷에서 찾아낸 정석적인 레시피에 시행착오를 거듭한 성
과가 분명하게 나타났다. 뼈 있는 닭을 우유에 담가 둔 뒤 오리지
널 튀김가루를 듬뿍 묻혀 두 번 바싹 튀긴다. 양념장을 만드는 방
법은 천차만별이지만 미호는 고추장, 꿀, 간장, 마늘, 생강, 참기
름, 케첩을 베이스로 매실 진액과 블루 치즈를 더했다.

"그런데, 미호야. 이렇게 하는 게 무슨 의미가 있을까? 101호실

만 좋은 일 시키는 거 아냐? 설령 입맛을 사로잡더라도 집 안까지 들여보내 주진 않을 것 같은데?"

요 쨩이 어째서인지 살짝 질투하는 티를 냈다. 미호는 욕실에서 꼼꼼히 손을 씻고 소리 내어 가글을 하고 나서 소매 있는 앞치마와 새 비닐장갑, 조리용 마스크를 착용하고 주방으로 향했다.

"나 말고 다른 사람에게 줄 음식을 만들 때도 이렇게 열심히 하는구나."

분한 듯이 중얼거리는 요 쨩을 보니 가슴 깊은 곳이 확 울컥하는 느낌이 들어서, 하마터면 치킨 같은 건 아무래도 상관없다고 생각할 뻔했다.

"내 말 좀 들어 봐. 저런 타입은 혀가 아니라 뇌에서 정보를 먹는 거야. 뇌의 포만 중추를 박살 내는 데 가장 중요한 건 겉모양과 부가가치지. 내일 주문에서는 이 소스를 곁들일 생각이야. 빨강과 노랑으로 마음껏 '돋보이는' 걸로."

미호는 원래 나초에 묻혀 먹는 샛노란 치즈 디핑 소스가 담긴 냄비를 내밀었다. 카운터 너머로 요 쨩이 숟가락을 내밀어 맛을 보더니 떨떠름하게 고개를 끄덕여 보였다.

"하지만 이러는 사이에 사람들이 먼저 박살 날 거야."

요 쨩의 말대로 안뜰을 사용할 수 없게 되자 엄마들의 피로도가 극에 달했다. 이미 계약을 가로채는 계획 따윈 술자리의 농담 정도로 잊혀 가는 것 같다. 시노하라 씨의 절규가 바람을 타고 들려왔다.

"조금만 더 기다려. 뭔가 한 가지가 더 필요해. 빨강에 노랑이니까 한 가지 색을 더 넣고 싶은데. 있잖아, 한국에는 김밥이 있을 정도니까, 초밥도 있겠지?"

여전히 불만스러운 요 짱을 대충 달래고, 미호는 냉장고로 달려가서 야채칸 서랍을 열었다.

얇게 썬 싱싱한 아보카도를 얹은 게맛살과 단백한 마요네즈가 듬뿍 들어간 캘리포니아롤, 식어도 딱딱해지지 않는 치즈 소스, 바삭함은 유지하면서도 감칠맛 나는 달콤한 양념이 배어든 새빨간 양념치킨. 만든 사람이 봐도 물감처럼 강렬하게 대비되는 명암차에 압도되었다. 오늘 저녁 101호실에 배달한 이 도시락을 당연히 다른 엄마들에게도 나눠 주었지만 다들 문밖을 확인할 여유조차 없었던 것 같다. 그날 밤의 온라인 회식은 그 어느 때보다 활기가 없었다.

오늘은 우에시마 씨와 가토 씨의 인솔하에 노조미 군, 마리, 료군 등 세 아이를 데리고 주변의 제일 큰 공원에 조심조심 가 보았다. 아니나 다를까 같은 어린이집이나 초등학교에 다니는 친구들과 피폐한 표정의 엄마들로 잔뜩 북적였다. 오랜만에 재회한 아이들이 신이 나서 뒤엉킨 탓에 사회적 거리 두기 같은 게 가능한 상태가 아닌 걸 알고 빠르게 귀가했다고 한다. 시노하라 씨가 가장 늦게 나타나는 건 어제오늘 일이 아니지만, 오늘 밤은 기운 넘치는 카나데 군이 목에 매달려 있었다.

"이제 11시가 넘었는데?!"

미호가 흠칫 놀라며 무심코 꺼낸 말에….

"잠을 안 자는 걸 어떡해!"

시노하라 씨는 '와아앙' 하고 울음을 터뜨렸다. 카나데 군은 "엄마, 울지 마." 하고 해님처럼 미소 지었다. 하루 동안 실내에서 놀게 했더니 일을 도저히 할 수 없는 건 물론이고, 두 살배기의 넘치는 에너지를 전혀 발산하지 못해 낮잠은커녕 밤에도 평소보다 잠을 안 잔다고 한다.

가토 씨는 이제 모든 걸 포기하고 마리와 온종일 유튜브를 보고 지냈다는데, 이상하게 텐션이 높은데도 눈에서는 눈물이 글썽거렸다. 평소엔 줄곧 수다를 떠는 우에시마 씨조차도 오늘은 너무 조용하다 싶더니 갑자기 그 화면만 까맣게 꺼졌다.

몇 분 뒤 우에시마 씨가 파리해진 얼굴로 돌아왔다. 방금 구토를 했다고 한다. 아빠와 온라인으로 공부하던 미도리가 동생 때문에 집중이 안 된다고, 이러다 입학시험에 떨어지겠다고 짜증내는 걸 달래느라 힘이 다 빠진 탓에 아주 이른 시간부터 보리소주를 희석하지도 않고 마신 탓이란다.

모기 씨는 모기 씨대로 공기청정기를 찾는 손님이 끊이지 않아 녹초가 되어 퇴근해 보니 평소에는 말을 잘 듣던 노조미 군이 왜 우리만 엄마 아빠가 집에 없냐며 바이올린을 벽에 던지는 통에 결국 퇴직을 고려하기 시작했다고 한다. 미호는 심호흡을 하고 엄마들에게 엄숙하게 보고했다.

"여러분, 오늘은 좋은 소식이 있어요. 아까 101호실의 인스타그램을 찾아냈어요. 101호실이 팔로우하는 계정 중에 거래처로 보이는 해외 기업이 몇 군데 있고 그중 멜버른에 본사가 있는 모 라이프스타일 브랜드를 발견했습니다."

주민들의 공허하던 눈빛이 순식간에 되살아났다.

"이 시기에 양념치킨을 자주 시키는 사람은 무조건 SNS에 올릴 것이라는 예감이 들어맞았습니다. 저희 양념 치즈롤 삼색 도시락은 아직 세상에 단 하나뿐, 그 인간이 올리기만 하면 이미지 검색으로 계정을 즉시 알아낼 수 있으니까 계속 이 순간을 기다렸던 거예요. 똑같은 음식을 여러분 집 문고리에도 걸어 놓았으니까 시식해 보세요."

"역시!!" 하고 다들 입을 모아 외치면서 현관으로 도시락을 가지러 쏜살같이 달려갔다. 치즈가 들어간 치킨과 초밥을 먹으며 요쨩이 화면에 공유한 '이니드 룸 컴퍼니'의 홈페이지를 이러쿵저러쿵 멋대로 비평하며 꼼꼼히 들여다봤다. 카페를 갖춘 고급 셀렉트 숍을 호주 내에 가맹 사업으로 확장해 가전, 아로마 캔들, 가구, 패션, 서적까지 취급하고 있었다. 원주민 아트 깔개와 액세서리, 심지어 일본의 부엌칼과 드라이어까지 볼 수 있었다. 어느 것 하나 손쉽게 구입할 만한 가격은 아니었지만, 마치 센스 좋은 친구 방에 훌쩍 놀러 간 듯한 기분이 드는 브랜드였다.

요 쨍이 가와사키에 있는 제조사의 영업 담당자를 사칭해서 영문 메일로 홍보부에 접촉을 시도하자 심야인데도 즉시 답장이 왔다. 그쪽 시각으로 다음 날 아침 10시면 CEO가 직접 온라인 미팅에 참석할 수 있다고 했다. 박수가 한바탕 끝나기를 기다렸다가, 요 쨍은 각자의 모습이 나와 있는 분할 화면을 하나씩 차례대로 바라보았다.

"이 중에서 한 명도 빠지면 안 돼요. 내일은 모두 참가해 주실 수 있죠? 이런 브랜드에서는 여성들의 단결력이 강한 회사일수록 긍정적인 이미지를 갖거든요."

"좋아, 이렇게 된 이상 지금부터 내일 토크에 대비해야겠어. 반차 쓸게."

모기 씨가 가장 먼저 가슴을 펴고 선언하자, 시노하라 씨가 이제야 꾸벅꾸벅 졸기 시작한 카나데 군을 영차 하고 다시 껴안으면서 중얼거렸다.

"영어로 말하는 것도 듣는 것도 너무 오랜만이네. 조금이라도 귀에 익혀 둬야겠어. 지금부터 오랜만에 인터넷으로 미국 영화라도 봐야겠네."

그런 와중에 우에시마 씨만 두 손을 모으며 애원하는 몸짓을 하고 있었다.

"미안, 실은 지난번 약속했던 배경 그림도 파워포인트도 사실 만들지 못했어. 아침까지 열심히 해 볼게."

"잠깐이라도 얼굴을 내밀어야 한다면 팩이라도 해야겠네. 혹시라도 노래해야 할 때를 대비해서 목에 파를 두르고 잘게."

가토 씨는 벌써 얼굴 마사지 기구를 꺼내어 턱선에 맞춰 굴리고 있었다.

다음 날 아침, 온라인 미팅룸에 집합한 엄마들은 저마다 늠름해 보였다. 미호와 요 짱도 최근에는 반쯤 자다 일어난 것 같은 모두의 모습에 익숙해져 있었다.

시노하라 씨와 우에시마 씨는 나란히 빈틈없는 정장 차림이고, 모기 씨는 접객 시에 착용이 의무화되었다는 핫피法被(주로 축제나 스포츠 경기 응원 시에 착용하는 전통 의상)를 걸쳐 용감해 보였다. 가토 씨의 나이트클럽 출근용인 어깨가 드러난 화려한 롱 드레스에서는 자신감이 넘쳐흘렀다. 우에시마 씨가 밤을 새워 만든 배경 애니메이션은 꽃잎이 흩날리는 밤의 꽃놀이 장소가 서서히 지붕 있는 놀잇배 안으로 바뀌고, 마지막에는 스미다강을 내려가는 장면으로 훌륭하게 완성되어 있었다. 다들 올해는 제대로 벚꽃을 보지 못했기 때문에 넋을 잃고 바라보았다.

그리고 그건 빨간 뿔테 안경이 잘 어울리는 40대 초반의 아프리카계 여성 이니드 로즈 씨도 마찬가지였던 것 같다. 화면에 나타나자마자 배경 동영상을 가리키며 태슬 귀걸이를 요란하게 흔들며 감동한 듯한 목소리를 냈다.

"일본의 벚꽃을 옛날부터 너무 좋아했는데 멋진 아이디어네요. 여러분, 갑작스럽게 요청했는데도 모여 주셔서 감사합니다. 지금은 미팅 일정이 꽉 차 있어서…."

시노하라 씨는 막힘없이 통역했지만, 다음 순간 그 입에 작은 손이 쑥 들어오면서 눈을 뒤집어 까며 헛구역질을 하고 말았다. 어젯밤 그렇게 늦게까지 깨어 있던 게 믿기지 않을 만큼 발랄한 카나데 군이 시노하라 씨의 무릎 위에 올라가서 엄마의 얼굴을 마구 만져대고 있었다.

"아임 쏘리, 마이 썬…."

시노하라 씨가 고개를 떨구자 이니드 씨는 곧 친절한 표정으로 고개를 저으며 등 뒤를 향해 뭐라고 말했다. 아이 돌보미로 보이는 젊은 남성이 이니드 씨를 꼭 닮은 아기를 안고 옆에 나타났다. "우와, 귀엽다." 하고 다들 입을 모아 말했다.

"저희도 갓난아이가 있는 집에서 원격 근무 중이니까 신경 쓰지 말아요."

시노하라 씨가 안심한 듯이 그렇게 말을 잇자, 이니드 씨는 이쪽을 안심시키려는 듯 몇 번이나 고개를 끄덕여 보였다.

"다른 일본 기업과도 거래하고 있는데, 일본의 비즈니스맨은 아이의 목소리를 싫어해서 낮잠 시간을 틈타 회의하고 있어요. 하지만 여러분 앞에선 그러지 않아도 될 것 같네요."

"노 프라블럼!!!"

미호와 요 짱이 동시에 외쳤다.

"다른 거래 상대가 있는데, 밖에서 아이들 목소리가 들리면 시끄럽게 해서 죄송하다고 자꾸 사과하는 바람에 그때마다 대화가 중단돼요. 그러면 이쪽도 조용히 시켜야 할 것 같아서 너무 신경 쓰이더라고요."

시노하라 씨가 통역하자 다들 입을 꾹 다물었다. "그건 아마 우리 맨션 안뜰에서 나는 소리일 거예요."라고는 차마 말할 수 없었기 때문이다. 모기 씨가 천천히 그 마이크를 손에 들더니 평소와는 다른 사람처럼 보이는 미소와 이야기꾼 같은 손짓 몸짓으로 거침없이 말하기 시작했다.

"이번에 저희가 추천해 드릴 마이크는 바로 이니드 씨처럼 어린이가 있는 집에 딱 맞는 상품입니다. 블루투스를 지원하고 어린이가 불쾌해하는 하울링 소리도 최소화했습니다. 그리고 실내는 물론이고 빗물에도 끄떡없어서 무려 정원에서도 노래를 부를 수 있습니다. 외출 자제가 확대되는 지금, 다름 아닌 우리 집을 콘서트홀로 만들어 주는 훌륭한 제품이죠. 그뿐 아니라 이것도 봐 주세요. 놀랍게도 이 미러볼은 곡에 맞춰 회전하고 점멸 횟수, 색상도 유연하게 변화합니다. 그러니 이것만 있으면 온 가족이 신나게 즐길 수 있다는 건 설명할 필요도 없겠죠! 무엇보다도, 가격과 거치 기능이…."

시노하라 씨가 옆에서 거의 같은 텐션으로 통역해 주었다. 우에시마 씨가 작성한 타사 제품과의 비교표는 한눈에 이해하기 쉬워서 이니드 씨도 안경을 고쳐 쓰며 앞으로 몸을 내민 채 열심히 읽고 있었다.

"호주에서도 노래방은 매우 대중적이에요. 그런데 다들 잘 부르려고 하기보다는 노래 자체를 즐기는 느낌이죠. 그런데 이 마이크라면 노래를 잘할수록 더 재밌게 즐길 수 있을 것 같네요."

시노하라 씨의 통역을 듣고 기다렸다는 듯이 가토 씨의 모습이 화면 가득 확대됐다.

"아니요, 노래를 꼭 잘 부를 필요는 없어요! 약간의 요령만 있으면 누구나 잘 부르는 것처럼 들릴 수 있어요. 저는 노래방 어드바이저 가토 유리입니다. 원하신다면 구매자 모두에게 온라인 강의를 해 드릴 수 있습니다. 아주 간단한 가토 유리식 가창법만 익히면 누구든 유명 가수가 될 수 있습니다."

요염한 긴 머리에 붉은 립스틱으로 포인트를 준 가토 씨가 리한 나와 똑같은 몸짓과 눈빛으로 한 소절을 불렀을 뿐인데도, 이니드 씨는 손뼉을 치며 눈을 반짝이더니 빠른 말투로 무언가 말했다. 시노하라 씨가 기세를 올리며 이렇게 말을 이었다.

"사후 관리도 이렇게 탁월하다니 마음이 든든하대. 다른 경쟁사가 몇 군데 있지만 꼭 여러분의 마이크 성능을 시험해 보고 싶고, 무엇보다 미러볼 기능도 보고 싶대. 밤이 어두워지고 나서 밖에서 노래를 불러 주면 안 되겠냐고. 내일 밤에 다른 직원들과 함께 보러 오겠대."

사사키 씨가 꼭 해 보고 싶다며 주최자 역할을 자청한 그날 밤의 온라인 회식에서는 사사키 씨 외에 아무도 술을 마시지 않았다. 우에시마 씨가 만든 벚꽃 애니메이션을 사사키 씨가 꼭 보고 싶어 했기 때문에 지금 화면에서는 꽃잎을 띄운 밤의 강물이 흐르고 있고, 각자의 얼굴은 모니터 한구석으로 밀려났다.

지칠 대로 지친 자신들의 모습을 직시하지 않아도 되니 오히려 다행이었다. 지난번과 마찬가지로 사사키 씨가 선잠에 들기를 기다렸다가, 내일 밤 라이브 생중계를 어떻게 할지 각자 머리를 싸매기 시작했다.

"어쩌지? 안뜰에서 PC를 앞에 두고 가토 씨가 목청을 높이면 당연히 들킬 거야, 101호실에."

"그동안에 저 인간이 집을 비우게 하면…. 안 돼, 이런 시기에 불필요한 외출을 할 리가 없지. 아니면 잠들게 할까?"

"아, 좋은 생각이 났어. 미호야, 치킨에 수면제를 넣을 수는 없을까?"

"안 돼, 안 돼. 그건 범죄야. 양 조절에 실패하면 죽을 수도 있으니까."

그때 익숙하지 않은 목소리가 어디선가 들려왔다. 순간 하늘의 게시처럼 들렸다.

"제가 라이브 동안에만 그 사람을 재워 드릴까요?"

모두 가슴이 철렁했다. 그게 누구인지 바로 알아차린 것이다. 벚꽃잎 흩날리는 야경이 모니터를 가득 채운 채 각각의 카메라 분할 화면은 구석에 밀려나 있던 탓에 완전히 간과하고 있었지만, 낯선 얼굴 하나가 존재한다는 것을 처음으로 깨달은 것이다.

"언제부터 거기에 있었는가?!"

너무 동요한 나머지, 우에시마 씨에게서 로봇처럼 이상한 말투가 나오고 말았다.

"음, 105호실 사람이 들어오기 조금 전이었던 것 같은데요."

갑자기 화면에 출현한 101호실의 아내는 시선을 어디에도 향하지 않은 채 담담하게 도수가 높은 츄하이를 기울이고 있었다. 시노하라 씨는 오늘 카나데 군 재우기에 기적적으로 성공해서 저녁 8시쯤 잔뜩 들뜬 얼굴로 나타났다. 그렇다면 그동안 주고받은 대화를 거의 전부 듣고 있었던 셈이다. 미호는 황급히 옵션을 조작해서 화면에 모두의 얼굴이 고르게 보이도록 전환했다.

"제가 줌을 이용하는 게 처음이라 잘 몰라서 비디오를 계속 꺼 놨어요. 지금은 제 얼굴도 보이나요? 사사키 씨가 이제 저희랑 완전히 친해졌다고 착각했는지, 오늘 밤 같이 원격으로 여자 모임을 하지 않겠느냐고 하면서 일부러 우리 집까지 정원의 꽃을 전해 주러 오셔서 미팅 ID를 알려 줬거든요."

미호는 이대로 모든 게 끝이란 생각에 고개를 떨궜다.

"도수가 높은 술은 몸에 좋지 않으니 안 마시는 게 좋다고 들었어요. 먹다 남은 싸구려라도 괜찮다면 현관 앞에 와인을 갖다 드릴까요?"

시노하라 씨는 정신이 혼미해졌는지 갑자기 엉뚱한 소리를 꺼냈다.

"됐어요. 와인이라면 엄청 비싼 게 우리 집에 있거든요. 저는 맛 같은 건 잘 모르지만요."

101호실의 여성은 안색 하나 바꾸지 않고 그렇게 대답했다. 무뚝뚝하다거나 거만한 게 아니라 원래 그런 성격인 것 같다. 민낯에 편한 옷을 입으니 꽤 어려 보였고, 어쩌면 아직 20대 중반 정도일지도 몰랐다.

"캘리포니아의 샌타바버라에서 남편이 샀어요. '카베르네는 두 번째 사랑의 향기'의 무대가 된 장소였죠?"

"어, 그거 내가 처음으로 번역한 작품인데, 그걸 어떻게 알았어?!"

시노하라 씨는 팔다리를 버둥거렸다.

"여러분은 항상 안뜰에서 자기 이야기를 하시니까…. 그리고 다들 목소리가 엄청 크잖아요? 밖에서 대화하는 것뿐만 아니라 집안싸움이나 아이를 혼내는 소리까지, 이것저것…. 여기 처음 왔을 때부터 다 들리던데요."

"어, 그랬어요?"

모기 씨가 움찔하며 주위의 눈치를 봤다. 미호도 요 쨩과 애정 행각을 벌일 때의 소리마저 들렸을까 봐 얼굴이 새빨갛게 달아올랐다.

"지금까지 여러분은 누구에게도 주의받은 적이 없었나요?"

101호실의 여자가 나무라는 기색이라고는 전혀 없이 오히려 정말 신기해하는 것 같았기에 다들 되레 커다란 수치심을 느끼며 움츠러들고 말았다. 자기 목소리가 커지면 다른 사람의 그것도 신경 쓰이지 않게 되는 것 같다. 그러고 보니 밥을 먹거나 일하고 있으면 우에시마 씨의 호통 소리가, 가토 씨가 흥얼거리는 노랫소리가, 시노하라 씨의 비명이, 모기 씨의 으르렁거리는 소리가 먼 곳에서 들려온다. 다른 가족의 목소리와 생활 소음도 끊이지 않는다. 그런데 그걸 당연하게 여기고 있었다.

"부럽네요."

그녀가 나직이 말했다.

"그건 가족들 앞에서 편하게 행동해도 사랑받는다는 뜻이잖아요…."

"에이, 그렇지 않아. 우리 집은 이혼 직전이야. 편하긴 무슨!"

"우리도, 우리도! 결혼 망했어!!"

우에시마 씨와 시노하라 씨가 떠들어대자 101호실의 여자가 그제야 살짝 미소를 지었다.

"당신은 안 그래요?"

미호가 조심스럽게 묻자 가냘픈 목소리가 돌아왔다.

"…예전부터 남자 앞에서 큰 소리를 낸 적이 별로 없는 것 같네요. 초등학생 때 같은 반 여자애랑 이야기하는데 한 남자애가 갑자기 못생긴 게 좋알좋알 떠들어대지 말라고 한 적이 있어서…."

"그 남자애 완전 최악이네!"

"큰 소리 좀 내면 어때. 아직 우리 중에 아무도 잡혀간 사람은 없잖아. 우리는 이렇게 시끄러운 사람들이지만, 그래도 괜찮다면 지금부터 친하게 지내자. 응?"

우에시마 씨가 그렇게 말하자 모기 씨도 고개를 끄덕였다.

"맞아, 맞아. 그동안 알아 주지 못해서 미안. 우리 나름대로 손을 내밀었다고 생각했는데, 결국 소외감을 느끼게 해 버렸네. 미안해."

101호실 여자는 아무렇지도 않은 듯 중얼거렸다.

"아니에요. 문제는 저한테 있는 거니까. 옛날부터 여자들 무리에 잘 끼지 못했어요. 하지만 다음에 살게 될 곳에서는 달라지고 싶네요."

마치 조만간 101호실에서 나가게 될 거라는 듯한 말투였다. 모처럼 친해질 기회가 생겼는데…. 미호는 왠지 마음에 걸렸다.

하지만 어쨌든 약속은 지켜졌다. 그녀가 어떤 수를 썼는지는 몰라도, 다음 날 일본 기준 저녁 8시에 시작된 10분도 되지 않는 안뜰의 라이브 생중계는 지장 없이 진행되었고, 101호실 남자가 난입하는 일은 없었다.

시작 시간이 되자 이니드 룸 컴퍼니의 직원이 30명 가까이 온라인 미팅 룸에 들어왔다. 시노하라 씨의 조금 수줍어하면서도 어색한 진행이 오히려 이들의 기대를 높인 듯했다.

"레이디스 앤드 젠틀맨, 가토 유리 싱스. 플리즈 리슨. 미샤, 에브리싱…."

가토 씨의 존재를 돋보이게 하려고 파티오 6의 주민들은 온라인 미팅 룸에서 일제히 퇴장하고 안뜰에 접한 창문으로 달려갔다. 바비큐 그릴 위에 올려 둔 노트북 PC 앞에서, 어깨를 드러낸 드레스 차림으로 머리에 터번을 감은 가토 씨가 마이크를 쥐고 있었다. 모기 씨가 말한 대로, 음악이 흘러나오는 동시에 마이크와 일체화된 미러볼이 회전하기 시작하자 어둠에 잠겨 있던 안뜰 전체가 형형색색의 조명을 받아 은하를 헤엄치는 우주선 내부 같은 거대 공간으로 바뀌었다. 가토 씨는 그 한가운데에 서서 망설임 없는 표정으로 눈꺼풀을 가볍게 감더니, 오케스트라가 연주하는 장엄한 인트로에 몸을 맡기며 기분 좋게 허밍을 흥얼거렸다. 기대감을 잔뜩 고조시킨 뒤에 터져 나오는 듯한 첫 소절은 완벽한 타이밍이었다.

"스쳐 지나가는, 시간 속에서 어어~."

미호와 요 짱은 흥분한 나머지 창가에서 서로를 끌어안았다. 각

가정의 아이들이 천천히 좌우로 흔드는 응원봉 불빛이 창문을 통해 새어 나와 은하銀河를 이루었다. 미도리가 연주하는 전자 피아노와 노조미의 바이올린도 반주에 맞춰 나가면서 자칫 틀에 박힌 듯 느껴지기 쉬운 노래방 간주에 색채를 더해 주었다. 가토 씨는 본인 말처럼 완벽한 디바라고 할 정도는 아니지만, 취기 덕분인지 애수가 느껴지는 노래로 마음의 장벽을 무너뜨리고 듣는 사람의 추억을 자극하며 감정을 뒤흔드는 힘이 있었다.

"당신과 드디어 만났어~ 신기하지, 내가 바랐던 기적이 이렇게나 가까이 있었다니…."

옆에 있는 요 짱을 힐끗 보니 눈물을 글썽이고 있었다. 누가 먼저랄 것도 없이 서로의 손가락을 휘감으며 맞잡았더니 처음 만난 시절의 감정이 정말 생생히 떠올라서, 두 사람은 무척 뜨거운 밤을 보냈다. 나중에 들은 바에 의하면, 그날 밤 엄마들은 다들 닷새 동안 안뜰을 쓰지 못한 긴장과 피로 탓에 죽은 듯이 잠에 빠져들었다고 한다.

*

아침에 일어나자 아내는 정말로 사라지고 없었다. 뿐만 아니라 잠기운을 억지로라도 떨쳐내고 싶어서 별생각 없이 스마트폰을 들여다보니 계약이 거의 성사되어 가던 멜버른의 거래처로부터 갑자기 다른 제조사와 계약했으니 모든 걸 백지화시킨다는 영문 메일이 와 있었다. 혀를 차며 소파에서 몸을 일으키다가 무언가에 걸려 넘어질 뻔했다. 바닥에 나뒹굴던 술병은 신혼여행 때 방문했던 샌타바버라의 와이너리에서 구입한 빈티지 와인이었다. 머리가 계속 욱신거리고 혀 밑동에 찌꺼기 같은 게 달라붙어 있었다.

방 전체가 깨끗하게 청소되어 있었고, 테이블 위는 아무 일도 없는 듯 잘 정리된 모습이었다. 미야모토는 '어차피 곧 돌아오겠지.' 하고 스스로를 타이르며 욕실로 향했다. 처가는 규슈에 있으니까, 이런 시국에 귀성은 힘들 것이고 따로 갈 만한 곳이 있을 것 같지도 않았다. 두 세대 정도는 차이 나게 어린 아내는 처음 만났을 때부터 친구가 전혀 없었고, 그런 점 덕분에 같이 있으면 마음이 편했다.

"입맛에 맞으려나 모르겠네."

어젯밤 아내가 그런 말과 함께 준비한 음식은 카프레세, 바질 파스타, 닭고기 향초 빵가루 구이였다. 그리고 말리려 해도 듣지 않고 갑자기 소중히 보관하던 와인의 코르크를 뽑아 버렸다. 테이블에는 집주인에게 받았다는 노란 장미가 장식돼 있었다. 양초에 불을 붙이자 방안의 조명이 갑자기 꺼졌다. 아내의 요리를 먹는 건 정말 오랜만이었다. 처음 아내의 요리를 맛보았을 때 요리를 잘 못 한다는 걸 알아채고 앞으로는 배달 음식을 먹자고 제안했었다. 그 뒤로 각자 좋아하는 것을 원하는 시간에 주문하거나 조리된 음식을 사 오곤 했다. 어느새 미야모토는 주방에서 노트북을 들여다보면서 식사를 하고, 아내는 별실에서 따로 식사를 했다. 사이가 나쁜 것은 아니었다. 나이 차이가 크게 나다 보니 말다툼을 벌인 적도 없었다. 외출을 자제하게 된 후에도 다른 부부처럼 서로의 존재가 거슬리게 느껴진 적도 없었다. 아이 문제도 "당신이 원한다면 언제라도 좋아."라는 입장이었다. 미야모토는 어릴 때부터 뭐든 남에게 양보하는 의젓한 성격이었고 아내에게 무언가를 먼저 요구하는 일은 없었다.

오랜만에 마주 앉아 먹어 보니 아내의 요리가 그렇게 맛이 없는 것도 아니었다. 알코올을 마시면 바로 잠이 오는 체질이라 평소에는 피했지만, 추억이 담긴 와인을 따 버린 이상 그럴 수도 없어서 마시는 속도가 빨라졌고 양도 많아졌다. 왜 와이너리 순례를 하고 싶었냐면 좋아하는 영화의 영향이었고, 왜 빈티지 와인을 샀냐면 라벨이 멋져서 SNS에 올리고 싶었기 때문이었다. 맛있는 음식과 화제가 되는 가게를 찍어서 올리는 미야모토의 인스타그램은 팔로워 수도 '좋아요' 수도 많았다.

"이게 마지막 식사야. 나, 이제 나가려고 해. 이혼 서류는 나중에 보낼게."

와인을 한 잔 들이킨 뒤 아내가 무표정하게 말했다. '아이고, 또 무슨 소리야?' 하고 웃어넘기려 했지만 이미 너무 졸려서 견디기 힘든 상태였다. 알코올 탓인지 아내는 다른 사람처럼 말이 많았고 목소리도 또렷했다.

"마당에서 엄마들을 쫓아냈잖아. 저 사람들이 얼마나 힘든지 잘 알면서. 아무리 생각해도 엄마나 아빠들의 목소리가 훨씬 큰데, 어른들한테는 뭐라고 할 수 없으니까 아이들을 볼모로 잡은 거지?"

"무슨 말도 안 되는 소리를 하는 거야. 어쩌겠어, 미안하긴 하지만 이쪽은 정말 중요한 일을 맡고 있어. 저렇게 애들이 시끄러우면 거래 상대에게도 폐가 되잖아."

미야모토도 나름대로 어떻게 말을 꺼내야 할지 잔뜩 고민했다. 회사에서도 사람들을 너무 배려하는 탓에 하고 싶은 말을 절반도 못 하는 성격이었다. 안뜰도 절대 쓰면 안 된다고 한 적은 없다. 누구에게도, 단 한 번이라도 무언가를 강제한 적은 없다.

"저기, 전부터 말하려고 했는데⋯. 왜 그렇게까지 애들 소리만 신경 쓰는 거야? 당신은 신경이 특별히 예민한 편은 아니잖아? 새 거래 상대 앞에서 면도도 안 했으면서."

무심코 턱을 쓰다듬었더니 덥수룩한 수염이 만져졌다. 원격 회의하는 상대 회사의 남자들도 모두 옷차림에 신경을 쓰지 않았기에 특별히 의식한 적은 없었다.

"소리를 내지 않고 육아하는 건, 아니 생활하는 건 불가능하지 않을까?"

의식이 사라지기 직전, 아내는 와인잔을 천천히 돌리며 이렇게 중얼거렸다.

"정말 그렇게까지 시끄러웠을까?"

유리잔의 가장자리가 한 곳만 반짝반짝 빛나고 있다. 양초 불빛은 아니었다. 아무래도 커튼 사이로 들어오는 불빛 같았다. 그것이 빨강, 파랑, 노랑, 초록으로 차례차례 색을 바꾸어 갔다. 이윽고 아내의 넓은 이마도, 방 전체도 원색의 조명에 물들어가는 것 같은 기분이 들었다.

그것도 꿈의 일부였던 걸까?

미야모토는 샤워를 한 후 오랜만에 수염을 깎았다. 얼굴이 가벼워지니 왠지 허전했다. 여전히 집안은 고요했다. 아내와는 각자의 생활을 분리해 온 탓에 원래 조용한 공간이긴 했지만, 인기척이 전혀 없자 진공 팩에 처박힌 것처럼 숨이 막혔다.

만찬을 장식했던 장미는 어디론가 사라지고 없었다.

라디오를 켜 봤지만 진행자의 목소리가 맑게 울리는 탓에 텅 빈 공간이 더 강조되기만 할 뿐이었다. 벽지는 하얗고 천장에도 바닥에도 흠집 하나 없다. 형광등이 비추는 이 무균 상태의 공간에서 태어날 때부터 쭉 혼자 살아온 듯한 느낌이 들었다. 그리고 앞으로도 그런 인생이 계속되지 않을까.

갑자기 안뜰에서 아이의 목소리가 들렸다. 협상이 끝난 사실은 아직 아무에게도 말하지 않았을 텐데, 아내가 멋대로 집주인에게 사용 금지를 풀어 달라고 신청한 걸까.

아이들의 웃음소리가 다시 들려왔다. 자전거 바퀴가 회전하고 있다. 공이 잔디 위로 팅기는 소리가 났다. 자신 외에는 아무도 없는 거실에 차례차례로 흘러들어 오는 빛의 알갱이 같은 소리는 미야모토를 형용할 수 없는 불안으로부터 아주 잠시나마 구해 주었다. 아내의, 아니 미와의 말이 맞았다.

왜 그렇게까지 귀에 거슬렸던 건지, 미야모토는 스스로도 무척 신기했다.

긴급 사태 선포 이후, 도쿄의 감염자가 처음으로 다섯 명까지 줄었다고 라디오는 전했다.

상점가 마담 숍은
왜 망하지 않을까

"저 가게는 왜 안 망하지?"

코토미가 갑자기 물었다. 코토미는 아까부터 달라붙은 아이스
크림과 얼음을 떼어 내려고 손잡이가 긴 스푼으로 커피 플로트를
마구 헤집어 댔다. 3월이라고는 해도 이곳은 동해를 바라보는 항
구도시라 바다 내음이 나는 바깥 공기가 살을 에는 것만 같은데,
역시 십 대는 달랐다.

코토미는 내가 과거에 다녔던, 이 상점가를 빠져나간 곳에 있는
현립 고등학교를 바로 지난주에 졸업했다.

그 시선을 따라가 보니 이곳 레스토랑 '키네즈카'의 건너편에 있
는 여성 잡화점 '드리앙'을 향하고 있었다. 오후의 햇살이 쇼윈도
에 뒤죽박죽 진열된 스와로브스키로 뒤덮인 참과 열쇠고리에 반
사되어 진열된 상품을 차례차례로 비추었다. 각기 다른 악기를 든

높이가 50센티미터는 될 듯한 개구리 장식물의 오케스트라 팀, 고블랑 직조 가방과 파우치, 커다란 카메오 브로치, 가장자리를 꽃과 천사가 둘러싼 도자기 액자에 담긴 '로마의 휴일'의 오드리 헵번, 컵케이크나 크로와상 모양의 도자기 소품함…. 어두운 안쪽에서는 마담이 그 시절과 변함없이 무언가를 포장하고 있는 모습도 확인할 수 있었다. 손에 든 가위나 커터 칼에도 스와로브스키가 박혀 있는지 반짝반짝 빛났다.

"좋아하는 사람이 일정하게 있잖아, 스와로브스키는…."

"차에 붙이고 다니는 사람도 있지 않아?"

코토미의 말을 듣자 생각이 났다. 이 거리에 보닛 부분을 스와로브스키로 빽빽하게 덮은 벤츠 한 대가 돌아다니는 모습을 언제부터인가 자주 보았다.

"아아, 내가 이십 대 때는 폴더형 휴대전화를 스와로브스키로 장식하는 게 유행이었어. 그때부터였나…? 아니, 아니, 잠깐만, 잠깐만. 이 가게 내가 고등학생 때, 아니 그보다 훨씬 전부터 있었어…."

딸기와 키위, 생크림이 가득한 푸딩 아라모드를 인스타에 올릴지 말지 몇 초를 고민했다. 그러다 결국 사진을 찍지 않고 스푼으로 무너뜨리며 말하자 코토미의 눈이 휘둥그레졌다.

"그럼 20년도 더 됐다는 거야?"

커피를 가져온, 나와 같은 또래거나 조금 위인 걸로 보이는 여자 사장이 살짝 이쪽을 내려다본 것 같았다. 옛날에 어디선가 봤던 사이 같기도 해서 갑자기 쑥스러워졌다. 나는 드리앙을 쳐다보는 척했다.

마흔 살. 평일인데 일도 안 하면서 여고생한테 얻어먹고 다니는 것에도 이젠 익숙했다. 코토미가 "사양하지 말고 먹고 싶은 걸로 시켜, 앗 짱. 지금까지 도쿄에서 사 온 비싼 선물을 받기만 했고. 게다가 나는 지금 부자니까.'라는 말에 아무 부담감 없이 비싼 메뉴를 골랐다.

코토미는 다음 달에 도쿄의 일류 국립대학의 법학부에 입학할 예정이었다. 그 덕분에 전국에 흩어져 있는 친척들로부터 차례차례 축하금이 입금되고 있다고 했다.

"엄마가 이혼하면서 도쿄의 종합병원도 그만두고 이 도시로 돌아왔을 때는 본가에서 의절당한 거나 다름없었어. 그 뒤로 우리 모녀는 계속 무시당하면서 살았어. 그런데 내가 가문에서 제일 출세한 작은 아빠의 후배가 될 거란 걸 알고 노골적으로 태도를 바꾼 거야."

이 동네에서 유일한 산부인과 의원을 운영하는 미도리 씨와 회전 초밥집에서 시간제 근무를 하는 우리 어머니가 이곳에서 나고 자란 동갑내기 절친이라 나와 코토미도 자연스럽게 친해졌다. 하지만 미도리 이모는 마흔 살에 코토미를 그리고 우리 엄마는 열여덟 살에 나를, 다시 말해 각각 지금의 우리와 같은 나이에 낳았다.

그래서 우리는 부모와 자식 정도로 나이 차이가 크게 나는 소꿉친구를 갖게 되었다.

한편 나는 전도유망한 도쿄행을 앞둔 코토미와 교대하듯이 고향에 돌아온 참이었다. 딱히 할 일도 없어서 예전 동창생들을 어슬렁어슬렁 찾아다녔다. 가사와 육아로 바빠 보이는 옛 친구들과 푸드 코트에서 수다 떠는 것도 즐겁지만, 지금 나만큼 시간이 많아 보이는 코토미와 얼굴을 맞대고 대화하는 게 너무 행복했다. 그녀와 내가 지난 십 년 동안 주로 SNS를 통해 사이가 돈독해진 탓에 특히 그렇게 느끼는 건지도 모르겠다.

고등학교를 졸업하고 도쿄의 전문학교에 입학한 뒤로 관혼상제를 제외하고는 여름휴가와 설날 외에는 고향에 돌아오지 않았기에, 오랜만에 거리를 걷다 보면 새로운 발견을 할 때가 많았다. 고등학교에 입학한 다음 해에 생긴 해안가의 거대 쇼핑몰이 점점 발전한 탓에 개인 상점 대부분이 사라졌다. 상점가는 셔터 거리가 되었고, 문을 연 곳은 극히 일부뿐. 키네즈카와 드리앙은 이런 외진 곳에서도 계속 존속하는 개인 가게로는 몇 안 되는 동지일지도 몰랐다.

그러나 그 양상은 크게 달랐다.

내가 어렸을 때 키네즈카는 항상 손님들로 북적였고 구석구석까지 밝았다. 사장 부부가 카운터와 테이블을 바쁘게 오갔고 메뉴도 많았으며 인기 양식당으로 현지 언론에 소개되기도 했다. 가족들과 이곳을 방문하는 건 특별한 날뿐이었다. 지금 혼자서 가게를 운영하는 여자 주인은 그 시절에는 본 적 없는 얼굴이었다. 혹시 선대 부부의 딸이 나처럼 도시에서 돌아와, 가게를 이어 받은 것일까.

현재의 키네즈카는 다방으로 운영되며 영업시간은 전성기의 3분의 2 정도였다. 선반에 놓인 잡지는 전부 몇 년 전 것으로 습기를 빨아들여 빳빳하게 부풀어 있었다. 오후 3시가 조금 넘었지만 손님이라고는 나와 코토미뿐이었다. 어둑어둑한데도 곳곳에 먼지가 쌓여 있는 것을 알 수 있었다. 아까 푸딩 아라모드를 촬영하지 않았던 건, 생크림을 짜낸 모양이나 과일을 자른 모양새가 조잡해서 사진이 잘 나오진 않을 것 같아서였다. 하지만 한 입 먹으니 딱딱한 편인 푸딩에는 그 시절의 고집이 남아 있었다.

반면 드리앙 쪽은 무엇 하나 달라진 것이 없다. 밖에서만 보긴 했어도 가게의 분위기와 상품 진열 방식, 마담의 짧은 보라색 파마머리와 자수가 들어간 니트, 짙은 보라색의 선글라스까지 모든 게 그 무렵 그대로였다. 마담이 이쪽을 보고 있는 것 같긴 한데 유리창 너머에서 선글라스를 끼고 있는 탓에 눈이 마주친 건지 확신이 서지 않아 아까부터 인사를 망설이고 있었다.

"그런데 이상하지 않아? 저 가게에 누가 들어가는 걸 본 적 있어? 난 고등학교 3년 내내 한 번도 못 봤는데?"

코토미가 끝까지 물고 늘어졌다. 지금의 고등학생도 같은 생각을 하는구나 싶어서 조금 재미있어졌다.

"그러고 보니 그렇네."

통학로였던 이 상가에서 나도 예전에 매일 이 가게를 보고 있었다. 하지만 누가 쇼핑하는 것을 본 적이 없는 데다 드리앙이 문을 닫을 때도 많았다. 그때마다 셔터에는 "Paris에 물건을 매입하러 다녀오겠습니다. 기다리게 해서 대단히 죄송합니다. 가게는 잠시 닫겠습니다."라고 아름다운 펜글씨로 적혀 있었다. 그래서 같은 반 친구와 그것을 보고 "누가 기다린다는 거야?!" 하고 배를 잡고 웃었던 적도 있었다.

"어떻게 경영을 이어가고 있는 걸까? 자기 건물이겠지? 저 가게 주인은 저기 2층에 살고 있는 거야? 상당한 자산가라는 이야긴가? 아니면 부잣집 마나님의 취미? 저 사람 결혼은 했어? 애초에 이 동네에 그렇게 돈 많은 사람이 살고 있긴 하나?"

코토미는 흥분한 듯이 계속 물었다.

"아니…. 하지만 이상한 일은 아니야. 어째서인지 모르지만 꼭 저런 가게가 있어. 도쿄에서도 자주 봤거든. 일본 전국 어디에나 있는 거야. 이유는 모르겠지만."

코토미는 몹시 놀란 표정으로 커피 플로트에서 완전히 얼굴을 들었다.

일본 전국 각지의 주택지나 상점가에 갑자기 출현하는, 중장년 여성을 겨냥한 고급 잡화점은 어째서인지 결코 망하지 않는다. 열쇠고리, 골동품, 복식 잡화…. 어느 상품이나 다소 과한 장식에 호화스럽고 대부분 프랑스에 대한 동경심이 가득 배어 있다. 오드리 헵번이나 비비언 리 같은 고전 여배우에 대한 존경심을 숨기지 않아서 사진이나 포스터가 장식되어 있거나, 저작권을 무시한 게 뻔히 보이는 굿즈를 팔기도 한다. 손님이 자주 드나드는 것도 아니고, 가끔 단골 같아 보이는 여성이 와도 수다만 떨 뿐 아무것도 사지 않고 돌아가는 것이 기본이다. 게다가 상품 하나하나가 터무니없이 비싸다. 하지만 마담 숍의 사장들은 팔리든 팔리지 않든 상관없다는 우아한 태도를 결코 잃지 않는다.

"사실 나는 딱 한 번 있어. 코토미 정도 나이 때 드리앙에 들어갔던 적이…."

내가 머뭇거리며 그렇게 말하자 코토미는 금세 존경스럽다는 듯한 표정을 지었다.

"대단하네. 앗 짱, 용기 있어! 저런 가게에 아무렇지도 않게 들어가다니. 역시 망나니 일진이었잖아! 멋있다!"

일진이 아니라 일본식 갸루 화장을 하고 다니면서 겁이 없는 성격이었을 뿐이고, 끝내 남자 친구는 사귀지도 못했다. 그때 했던 일이라고는 친구들과 가능한 한 많이, 재미있는 스티커 사진을 찍으며 돌아다닌 것뿐이다. 게다가 90년대에 갸루 화장을 하고 돌아다니는 여자애들이 드물지도 않았다고 하는, 벌써 수백 번은 반복했던 설명은 생략하고 바로 본론에 들어가기로 했다.

"낙제점을 받아서 보충 수업을 받느라 집에 가는 게 늦어졌어. 그 시절에는 날이 어두워지면 학교 주변을 이상한 남자가 자주 어슬렁거렸는데, 하필 딱 마주쳤던 거지. 전부터 피해를 당한 여자애들이 잔뜩 있었어. 19금 용어를 연발하면서 몸과 머리를 만지고, 돈을 낼 테니까 하게 해 달라고 하면서 따라오는 거야. 신변의 위협을 느끼고 순간적으로 그 가게에 뛰어들었지."

코토미의 표정이 눈에 띄게 심각해졌다.

"…괜찮았어?"

"응, 그 가게에 잠시 숨어 있었더니 사라졌다고… 해야 하나?"

나는 아련한 기억을 더듬으며 드리앙을 물끄러미 바라보았다. 그때의 불쾌감이 피부에 스멀스멀 되살아나는 것 같았다. 20년이 넘은 옛날 일인데도 전혀 웃어넘길 수 없다는 게 스스로도 당황스러웠다.

"도대체 누가 물건을 사는 거지?"

코토미가 다시 한번 확인하듯 물었다.

"아니, 아무도 안 산다니까. 상점가의 마담 숍은 아무도 사지 않는 걸 전제로 해서 돌아가는 거야. 그것도 자연의 섭리 중 하나라고 할 수 있어. 이 세계가 정상적으로 돌아가기 위해서는 필요한 요소인 거지."

그날 일을 더 이상 선명하게 떠올리고 싶지 않아서 적당한 말로 화제를 돌리려고 했다.

"그럼 만약에 내가 저기서 물건을 사면 세계 질서에 버그가 생기는 건가?"

코토미가 그렇게 말한 순간 카운터 안쪽에서 무언가 깨지는 소리가 났다.

"죄송합니다."

여주인이 바로 사과했다. 하지만 시선은 코토미를 향하고 있었고 겁에 질린 것처럼 보였다. '하필 이런 타이밍에?' 하고 말하려다가 이어지는 코토미의 말에 말문이 막혔다.

"결정했어! 나 저기서 뭐 좀 사 볼래. 앗 짱, 같이 가 줘."

코토미는 말을 꺼내자마자 자리에서 일어나더니 얼른 계산대로 향했다. 찍찍이로 여닫는 비닐 지갑에는 일만 엔권 지폐가 빼곡히 들어차 있다. 가게 밖으로 나온 코토미를, 나는 마스크 고무줄을 양쪽 귀에 걸면서 정신없이 쫓아갔다.

"그만둬. 돈 낭비하지 말고 아껴 써. 도쿄 가 봐라? 새 생활이 시작되면 돈 들어갈 데가 한두 가지야? 옷도 그렇고 식비도 그렇고."

"응, 나도 알아. 하지만 앞으로의 생활은 불안할 게 별로 없어. 그 대학이라면 과외 아르바이트는 얼마든지 구할 수 있고 취직도 그렇게까지 힘들지는 않을 거야. 내가 장래에 하고 싶은 일도 이미 정해져 있고."

코토미의 옆모습에는 일본 사회의 중심부에 뛰어들려고 하는, 지극히 당연한 자신감이 배어 있었다. 제대로 공부도 하지 않고 막연한 동경만으로 이 도시를 뛰쳐나갔던 내가 잔소리를 늘어 놓을 자격은 없는 것 같다.

"뭔가 과감한 일을 해 보고 싶어. 이 동네에 남아 있을 한 달 동안…."

갑자기 코토미의 목소리가 작아졌다. 돌아보니 동아리 활동을 마치고 돌아오는 건지, 우리 모교 교복을 입은 남녀 무리가 길가를 점령하듯 넓게 늘어서서 큰 소리로 떠들며 몰려오고 있었다. 코토미가 학교에서 친구가 한 명도 없다고 라인LINE을 통해 털어 놓았을 때 나는 깜짝 놀랐다. 실제로는 1년에 두 번 만나는 정도지만 옷차림이 언제나 단정했고, 민낯에 두꺼운 안경을 쓰고 있어도 세련돼 보이는 야무진 얼굴을 하고 있었다. 성적은 말할 것도 없지만 대답도 어른스럽고 성격도 온화했다. 하지만 본인의 말에 따르면 초등학교 때부터 음침한 애로 취급당했고 집단 괴롭힘을 당한 건 아니지만 아이들이 늘 자길 피했다고 했다.

"나도 뭔가 하나쯤 화려한 전설을 남기고 싶어. 앗 짱처럼!"

화려하지 않아. 친구가 없으니 아무것도 할 수가 없었어. 사실 강하지도 않았고…, 라고 말하려다가 그만두었다. 지금 눈앞에 지나가는 건 별로 특별할 것도 없는 아이들 무리지만, 코토미의 눈에는 선택받은 인간들처럼 보인다는 걸 나도 이해할 수 있었다.

드리앙 입구에는 분무식 손 소독제가 놓여 있었다. 그 부분만 시대를 따라가고 있는 게 신기했다. 나와 코토미는 서로에게 총을

쏘는 듯한 포즈를 취하며 상대방의 손바닥에 소독제를 뿌렸다.

"어머, 무서웠겠네. 괜찮아요?"

그날 마담은 부들부들 떠는 나에게 이 근처에서는 별로 듣기 힘든, 품위 있고 차분한 악센트로 그렇게 말을 걸어 주었다. 강렬한 향수 냄새가 확 풍겨 오면서 공포가 누그러졌다.

옷차림이나 화장 때문인지 쇼핑몰에서 모르는 남자들이 헌팅이나 원조 교제 목적으로 말을 거는 경우는 많았지만 그럴 때면 꼭 옆에 친구가 있었다. 상대가 화를 내기 직전까지 장난을 치며 골탕 먹이는 건 오히려 재미있었다. 하지만 끈적한 시선과 더러운 음담패설로 쫓아오는 상대와 일대일로 마주치게 되니 숨도 잘 안 쉬어지고 팔다리가 마음대로 움직이지도 않았다. 그 시절에는 이미 상점가의 가게 대부분이 장사가 잘 안 되어 이른 시간에 셔터를 내렸다. 키네즈카는 정기 휴일이었고, 불이 켜진 곳은 이 드리앙뿐이었다.

"집에 연락해요. 잠깐 주변을 살펴보고 올 테니까 나가지 말고 가게에 있어요. 전화는 마음대로 써도 되고."

마담은 내가 말릴 새도 없이 재빨리 가게 밖으로 나가더니 문밖에서 열쇠를 잠그고 어둠 속으로 사라졌다. 나는 학교에서 금지되어 있던 핸드폰으로 엄마에게 연락해서 데리러 와 달라고 했다.

마담이 좀처럼 돌아오지 않자 가게 안을 둘러보았다. 스와로브스키가 빽빽하게 장식된 반짝거리는 지팡이가 가장 먼저 눈에 들어왔다. 당시엔 정정하셨던 우리 할머니한테 사다 드리면 좋아할까 싶어서 가격표를 보니 2만 4천 엔이어서 깜짝 놀랐다. 같은 소재로 만들어진 푸들 열쇠고리는 6천9백 엔이라 "말도 안 돼." 하고 혼잣말로 중얼거렸다. 나팔을 불고 있는 개구리 장식물과 눈이 마주쳤다. 무려 3만 5천 엔이었다. 뿐만 아니라 개구리 오케스트라는 손에 든 악기에 따라 조금씩 가격이 달랐다. 나팔은 그나마 싼 편이었다.

이런 걸 누가 사는 거야? 열일곱 살의 나는 기가 막혔다.

그와 동시에 신기할 정도로 마음이 진정되었다. 이 가게의 분위기는 내가 조금 전에 대치하던 남자의 언행과는 정반대였으니까.

지금도 그렇지만, 뛰어나게 감각적인 것도 아니고 유행하는 것도 아닌데 쓸데없이 고급스러운 상품을 보고 있으면 마음이 차분해진다. 내가 근무했던 프랑스계 가죽 제품 제조업체는 가장 대표적인 명품 브랜드로 알려져 있었다. 하지만 이따금 디자이너의 변덕으로 세련되다고 하기에는 상당히 힘든 디자인의 핸드백이나 참이 판매될 때가 있었다.

매장에서의 평판은 형편없었지만, 나는 그런 식의 '이게 뭐야?'를 무척 좋아했다. 가재 모양의 열쇠고리와 캐비어 캔 모양의 포셰트 미니 가방. 마담 숍의 상품들이 다 그렇듯 엉뚱하긴 해도 품위가 없지는 않았다. 사람들을 상처입히거나 불쾌하게 하려는 의

도는 어디에도 없고 팔려고조차 하지 않는다. 바라만 봐도 숨을 깊이 들이쉴 수 있을 것 같은 느낌이 든다.

"어서 오세요. 천천히 구경하세요."

마담은 그때와 똑같은 목소리로 말했다. 편안한 미소만 봐서는 나를 기억하고 있는지 아닌지 판단할 수 없었다. 내가 먼저 아는 척을 하기도 민망해서 "…실례합니다. 물건 좀 볼게요." 하고 겁먹은 듯 작은 소리로 말하는 코토미를 따라 나도 상품을 구경하기로 했다. 놀랍게도 지팡이와 열쇠고리, 개구리도 그때와 같은 가격표를 단 채 팔리지 않고 남아 있었다.

어째서 브랜드를 전혀 특정할 수 없는 걸까? 이래 봬도 나름 의류업계의 최전선에서 20년 가까이 일해 왔는데.

저가 자매 브랜드에서 아르바이트하며 이 악물고 버티다가 메인 브랜드에 계약직으로 입사했다. 이윽고 긴자 지점의 부점장을 맡은 것이 지금으로부터 2년 전인 2020년 2월이었다. 신종 코로나바이러스 감염 확산에 따른 장기 휴업, 게다가 메인 타깃층인 중국의 부유한 관광객이 전부 사라지면서 어떻게든 매상을 회복하기 위해 동료들과 이것저것 모색하던 중 치바의 배송 센터로 이동할 것을 통보받았다. 6년을 사귄 직장 동료와 헤어진 것도 계기가 되어 나는 고향에 돌아가기로 한 것이다.

할 만큼 해 봤으니 미련은 없다. 하지만 프랑스 본사에 출장 한 번 못 가 본 것만은 아직도 억울했다. 공장뿐만 아니라 파리 컬렉션도 견학할 수 있다고 해서 몰래 NHK 라디오로 공부를 계속하고 있었다. 하지만 이것만은 단언할 수 있었다. 파리에서 가져왔다는 드리앙의 상품, 이건 틀림없이 파리가 아니더라도 살 수 있었다.

에펠탑 장식물과 열쇠고리를 모아 진열한 코너를 바라보니 다시 기억이 되살아났다. 그날 엄마를 기다리면서 이런 예감이 들었던 것을.

'분명 나이를 먹고 아줌마가 되면 나도 이런 잡화를 예쁘다고 생각할 거야. 갖고 싶어질 거고, 비싸다고 생각하지 않게 될지도 몰라. 그리고 아줌마가 되면 불쾌한 일도 당하지 않게 되겠지.'

하지만 당시에 안색이 창백해져서 자전거를 타고 달려왔던 어머니보다도 지금의 내 나이가 더 많은데, 23년 전과 마찬가지로 갖고 싶다는 생각은 조금도 들지 않았다. 그리고 비싸다고 느꼈다. 한 가지 더 말하자면, 유감스럽지만 아줌마가 되어도 불쾌한 일은 계속 당해야만 한다. 매장에서 손님에게 성희롱을 당하는 빈도는 젊었을 때보다 확실히 줄었지만, 후배가 당하는 걸 보고 재빨리 도와주러 갔다가 "잠깐만요, 누가 그쪽을 꼬시겠대요? 왜 본인이 정색하세요?"라고 비웃음당하는 건 이제 익숙했다. 밤길이나 기차에서 술 취한 사람을 마주치면 긴장하는 것도 예전과 크게 다르지 않다.

50살이 되면 어떨까? 60대는?

아니, 어머니도 파트타이머로 일하는 곳에서 진상 할아버지한 테 시달리고, 미도리 이모는 산부인과라는 이유만으로 병원에 상스러운 장난 전화가 걸려 온 적이 한두 번이 아니라고 한다. 참고로 둘 다 평소에는 GU의 옷을 입고 있다. 쇼핑몰에 새 가게가 들어올 때마다 흥분하는 건 젊은 사람들만이 아니다. 요즘엔 넷플릭스 한국 드라마에 열광하는 걸 보면, 나와 그렇게 감각이 다른 것 같지도 않다.

혹시 이런 상품을 원하는 사람은 전 세계 어디에도 없는 게 아닐까?

그때 코토미가 소리쳤다.

"저기요, 이 개구리 살게요. 하프 들고 있는 애로요."

마담이 희미하게 숨을 들이켜는 소리가 들린 것은 기분 탓일까. 고개를 드니 유리창 너머로 맞은편 키네즈카의 주인이 가만히 이쪽을 바라보고 있었다.

"어머, 그래도 혼자만 가게 되면 외로워할 것 같은데? 잘 봐요, 이 개구리들. 보면 알겠죠? 같이 연주를 해 와서 다들 아주 친하고 유대감이 강하거든요."

마담은 익살스럽게 말했다. 나는 갑자기 무서워져서 매장을 둘러봤다. 스와로브스키로 파묻힌 푸들의 동글동글한 구슬 눈동자와 개구리들의 거무스름한 눈이 일제히 우리를 보고 있는 듯한 기분이 들었다.

"만약 구입하려는 거라면 모두 다 데려가셨으면 좋겠는데, 어때요? 우후후훗."

나도 이런 식의 접객을 해 본 적이 있는 것 같다. 후배의 실수로 예약된 상품이 진열되어 버렸을 때, 구입하겠다는 고객을 슬며시 다른 상품으로 유도했다. 어렴풋했던 예감이 점점 선명해지고 있었다. 이 사람, 혹시 팔 생각이 없는 게 아니라 절대 팔고 싶어 하지 않는 게 아닐까?

하지만 코토미는 조금도 주눅 들지 않았다.

"저는 곧 이 도시를 떠날 거예요. 외로운 건 저도 마찬가지예요. 그래서 학교 다닐 때 매일 지나가면서 보던 개구리를 데려가고 싶어요. 절대 이 아이를 외롭게 하지 않을 거예요. 약속할게요."

3만 6천550엔. 계산대 앞, 벌거벗은 중년 남성이 욕조에 몸을 담그고 있는 디자인의 골동품 접시에 코토미는 동전까지 정확히 세서 내려놓았다. 그러고는 포장은 필요 없다고 말한 뒤 개구리를 양팔로 힘껏 끌어안았다.

"해냈어, 앗 짱. 그 마담, 깜짝 놀라는 거 봤어?!"

거리로 나오자마자 코토미는 환호했다. 키네즈카의 주인은 유리창 너머로 아직 이쪽을 바라보고 있었다. 맞은편에서 자전거를 타고 오던 할아버지가 우리를 보고 놀랐는지 비틀거렸다. 교복 차림의 후배들까지도 뒤돌아보며 소곤거렸다. 득의양양해진 코토미는 하프를 연주하는 개구리를 더 높이 들어 보였다. 나는 하인

처럼 그 뒤를 따라갔다.

돌아보니 마담이 가게 앞까지 나와 우리를 배웅해 주고 있다.

흐린 하늘 아래인데도 개구리의 피부도 눈도 마치 살아 있는 것처럼 생생히 빛났다.

"인터넷에서 보고 만든 미트로프가 맛있게 됐으니까 식기 전에 미도리한테 가져가."

어머니의 명령으로 나는 따뜻한 플라스틱 용기가 든 에코백을 자전거 바구니에 던져 넣고 페달을 밟았다. 코토미와 드리앙에 간지 일주일이 지났다. 1층이 산부인과인 코토미의 집은 우리 집에서 2킬로미터 정도 떨어져 있다. 차갑고 건조한 바람 속에서 봄 냄새를 느껴 보려고 안간힘을 쓰며 페달을 밟는 내 옆에서, 보닛이 전부 스와로브스키로 뒤덮인 벤츠가 느릿느릿하게 나란히 달리고 있었다. 그러고 보니 '이게 무슨 모양이지?' 하고 자세히 들여다보려는데 곧 추월당하고 말았다.

병원 입구 앞에 교복 차림의 코토미가 서 있는 게 보였다. "야, 코토미! 뭐 하는 거야?!" 하고 부르자 어깨를 흠칫 떠는 게 보였다. 자전거에서 내리지 않고 땅에 발을 붙인 채 질질 끌며 앞으로 가보니 코토미와 얼핏 비슷해 보이지만 요새 유행하는 옅은 앞머리를 한 낯선 여자아이였다. 생각해 보면 코토미가 교복을 입고 있을 리가 없다. 여고생 파워를 최대한 활용하고자 졸업 후에도 교복 차림으로 디즈니랜드에 갔던 나와 코토미는 성격이 전혀 달랐다. 그 아이는 내가 불러 세우는 데도 겁에 질린 얼굴로 도망치듯 가 버렸다.

병원 뒤쪽 부엌문에 자전거를 세워 놓고 초인종을 누르자 의사 가운을 입은 미도리 이모가 입에 무언가를 우물거리며 나타났다. 오후 진찰 시간까지 잠시 쉬는 시간인 것 같다. 손에 든 것은 쇼핑몰에 입점한 지 얼마 안 된 베이커리의 퀸아망이었다. 이런 촌구석인데도 간호사까지 세 명뿐인 작은 병원은 언제 와도 바빠 보였다. 미도리 이모가 앉아서 식사하는 모습은 거의 본 적이 없었다.

고등학교 때 생리통이 심해지거나 낙태를 하게 된 반 친구와 함께 이 산부인과를 찾은 적이 두세 번 있었다. 그 시절의 대기실에는 거대한 석유난로가 놓여 있었지만, 그 열기가 차가운 타일 바닥으로 빨려 들어가서인지 엄청 추웠다. 전 원장의 인상은 나이 든 여성이었다는 것밖에는 기억나지 않는다. 마담도 그렇지만, 그 시절엔 나이 든 여자는 다들 비슷해 보였다.

미도리 이모가 병원과 2층의 가정집까지 전 원장에게서 양도받기로 하자 우리 아버지와 남동생까지 힘을 합쳐 대규모 리모델링을 했다. 그 덕분에 지금은 쇼와 시대 건물 같은 외관과 달리 현관은 따뜻하고 공기도 건조하지 않았다. 재건축한 지 15년 된 우리 집보다도 훨씬 쾌적했다.

"미안, 아까 병원 앞에 있던 여자아이를 코토미로 착각하고 말을 걸었다가 겁을 줘 버렸네. 만약에 들어오려다가 나 때문에 도망간 거면 어떡하지?"

미도리 이모는 미간을 찌푸렸다.

"그랬구나…. 부모한테도 말 못 하는 문제를 안고 여기 오는 미성년 애들이 많아. 사소한 소문도 퍼지기 쉬운 동네잖니. 최대한 정신적인 부담을 줄여 주려고 신경 써서 상담하고 있어."

나는 내 실수를 사과하고 미트로프를 건넨 다음 2층으로 올라갔다. 이삿짐을 거의 보내 놓은 탓에 그 개구리는 텅 빈 코토미의 방에서 더욱 존재감을 뽐내고 있었다. 미끈미끈한 녹색 피부와 히죽 웃는 입꼬리가 몹시 징그러웠다.

"있잖아, 앗 짱. 뭔가 이상해…."

코토미는 바른 자세로 앉아 개구리와 마주 보며 그렇게 중얼거렸다.

"버그라도 발생한 거야?"

농담조로 대답했지만 코토미의 표정이 여전히 심각했다.

"우리 병원에 아무 말도 안 하는 장난 전화가 왔어. 그리고 누군가가 날 감시하는 것 같아."

"에이, 설마." 하고 말하려다가 개구리의 얼핏 멍청해 보이는 눈 안쪽이 날카롭게 빛나는 걸 깨달았다. 도청기나 카메라 같은 게 박혀 있는 건가 하고 두근거리는 마음으로 뒤집어 보았지만, 무게와 달리 안은 텅 비어 있었다.

"저기, 지금 드리앙에 가 보지 않을래?"

내 제안에 코토미는 바로 고개를 끄덕였다. 나는 코토미를 자전거 뒤에 태우고 상가로 달려갔다. "자전거는 둘이서 타면 안 돼." 하고 코토미가 차가운 강풍을 맞으며 소리치더니 내 등에 코를 묻었다. 우리는 가게 앞에 도착해 자전거에 앞뒤로 탄 상태로 얼굴을 마주 보았다.

셔터가 내려가 있고, 그 위로 "Paris에 물건을 매입하러 다녀오겠습니다. 기다리게 해서 대단히 죄송합니다. 가게는 잠시 닫겠습니다."라는 벽보가 붙어 있었다.

쇼핑몰에 여자만 노려서 어깨를 부딪치는 남자가 출현한 것은 그로부터 며칠 뒤였다. 도쿄에서는 자주 듣던 이야기였지만 설마 이런 촌구석에도 그런 일이 벌어질 줄이야. 처음에는 뒤숭숭한 뉴스 정도로만 생각했다. 걸어서 20분 거리의 공동 주택에 사는 남동생의 아내 메이가 피해를 입었다는 말을 어머니에게 듣고서야 이 근처의 치안이 급격히 악화되고 있다는 걸 실감했다. 메이가 쇼핑몰 3층의 ABC마트 앞을 지나는데, 모르는 아저씨가 와서 둘째 아이를 태운 유모차를 세게 걷어찼다고 한다.

"앗 짱, 그쪽에서는 일하지 않는 게 좋겠어. 뭔가, 최근 들어서 손님들 수준도 떨어지고 있는 느낌이야."

현지의 신선한 생선을 사용한 회전 초밥집에서 일하는 어머니가 한숨 섞인 말투로 이렇게 말을 이었다. 쇼핑몰이 문을 열었던 해에는 그곳에 손님이 끊이지 않았었다.

"뭐, 외롭게 사는 남자들이 많아져서 그런 거겠지. 우리 가게에 시비 걸러 오는 할아버지도 혼자 산대. 인간관계 때문에 어부 일을 관두고 나서 할 일이 없으니까 그런다고 하니까…."

다른 사람에게 폐를 끼치는 행위조차 이런 식으로 이해하려고 드니까 놈들도 더 뻔뻔해질 수밖에 없을 것이다.

"하지만 달리 일할 곳도 없는데…."

다음 달에 코토미가 가 버리고 결국 같이 놀 사람이 없어지면, 그곳의 유니클로나 보세 옷 가게에서 일할까 생각하고 있던 터라 당황스러웠다. 하지만 사소한 일로 기분이 좋아졌다 나빴다 하는 단계는 이미 지났다. 이제 곧 4월인데, 전혀 치울 기미가 보이지 않는 코타츠こたつ(난방용 이불 탁자)에 어깨까지 집어넣은 채 농담을 했다.

"그럼 상점가의 드리앙에 고용해 달라고 할까?"

어머니가 어이없다는 표정을 지었다.

"무슨 소리야. 드리앙이면 그 드리앙을 말하는 거지? 나랑 미도리가 고등학생일 때부터 있었어, 그 가게. 계속 그 부인이 혼자 하고 있으니까 이제 와서 누구를 고용하진 않을걸."

"어, 잠깐. 그럼 드리앙은 언제부터 여기에 있었던 거야? 그 사람은 몇 살이야? 정체를 아는 사람 있어? 부인이라는 건 기혼자란 소린가?"

"글쎄, 진지하게 생각해 본 적은 없는데…. 할머니라면 알고 있었을지도 모르겠네."

어머니는 불단에 장식된 조부모의 사진을 힐끗 돌아보았다.

"그 사람, 엄청난 부자라서 애초에 돈을 벌 필요가 없을걸? 아, 이 동네에서 자주 돌아다니는 반짝반짝한 걸 붙인 벤츠 있잖아? 그걸 타고 다니는 게 드리앙의 그 부인일걸?"

그러고 보니 그 차를 마지막으로 본 게 언제였을까?

라인으로 코토미가 역시 누군가에게 감시당하는 게 맞는 것 같다고 말한 건 그 직후였다. 분명히 무슨 일이 일어나고 있다는 예감에 우리는 키네즈카에서 만나기로 했다.

자전거를 타고 달려가자 코토미가 언제나처럼 4인석에 앉아 나를 기다리는 모습이 창문으로 보였다. 그런데 가게에 발을 들여놓자마자 고함이 날아들었다.

"예전 사장은 이렇게 대충 담아 오지 않았다고!"

카운터 석에 앉은 남자가 주인을 향해 침을 튀기며 소리쳤다. 그의 앞에는 손대지 않은 푸딩 아라모드가 있었다. 자세히 보니 어머니가 근무하는 회전 초밥집의 단골이었다. 항상 장화에 낚시 조끼 차림으로 진상을 부리고 다니는 걸로 유명한 할아버지다. 밥알 양을 적게 하랬다가 많이 하랬다가, 전직 어부이자 은퇴 후에도 취미로 오징어 낚시를 하고 있으니 재료에 민감하다면서 엄청 세세한 주문으로 주방을 늘 대혼란에 빠뜨렸다. 게다가 늘 가게 안에 여성 점원만 있을 때를 노려 진상을 부리는 악질이었다.

"죄송합니다."

내가 코토미의 맞은편에 앉을 때까지도 할아버지의 잔소리는 멈추지 않았다. 주인은 어깨를 움츠린 채 계속 머리를 숙였고, 코토미는 뭔가 말하고 싶은 표정으로 나를 바라봤다.

"적당히 좀 하시죠."

결국 참지 못하고 반사적으로 끼어들고 말았다. 그는 얼굴을 찡그리며 돌아봤다. 소주 냄새가 풍겼다. 건조하면서 빨개진 피부에 덥수룩한 수염이 눈에 띄었다.

"다른 손님한테 폐가 되잖아요! 시끄러워서 못 살겠네! 더 이상 시끄럽게 하면 신고할 거예요!"

자기한테 소리 지를 거란 생각은 못 했는지 할아버지가 당황하는 걸 보고, 나는 더 강하게 나가기로 했다.

"쇼핑몰의 회전 초밥집에도 자주 오죠? 아저씨는 이 동네에서 본인이 생각하는 것보다 훨씬 유명하고 얼굴도 알려져 있거든요? 혹시 쇼핑몰에서 일어나는 어깨빵 사건, 아저씨 아니에요?"

횡설수설하며 돈을 지불하고 상점가에서 도망치는 할아버지의 뒷모습을 바라보면서 너무 심하게 말한 건가, 어머니에게 폐를 끼치면 어쩌나 하는 생각이 순간 들었다. 코토미는 잘했다는 듯이 안경 속의 긴 속눈썹을 깜빡여 보였다.

"정말 감사합니다. 저런 손님이 시비 거는 일이 지난 며칠 동안 많았거든요. 부모님 때보다 맛이 떨어진 것은 사실이니까요…."

점장은 어깨를 축 늘어뜨리며 우리 옆 테이블에 앉았다. 처음으로 목소리를 들어본 것 같아서 나는 그 통통하고 하얀 얼굴을 들여다보았다. 가까이서 보니 선대 부부와 닮은 게 느껴졌다.

"그런데 왜 갑자기…."

"드리앙이 문을 닫아서 그런 것 같아요."

점장은 그렇게 말하며 창문으로 맞은편 셔터를 바라보았다. 코토미가 마른침을 꿀꺽 삼켰다.

"물건을 매입하러 갈 때는 많았지만, 이렇게 길게 문을 닫는 건 오랜만인 것 같아요. 이 근처에선 이미 대부분의 가게가 문을 닫았잖아요? 맞은편 가게가 늘 열려 있다는 건 저희에게는 큰 보험이나 다름없었어요. 저 가게의 마담은 늘 거리를 지켜보고 있었으니까요…."

그랬다. 드리앙 마담의 눈은 늘 매장의 상품을 향하지 않았다. 반드시 길을 지나가는 우리 쪽을 보고 있었다. 한가하니까 달리 할 일도 없어서 그랬겠거니 하고 생각했지만, 정말로 그랬을까?

돌아오는 길에 코토미는 자전거를 미는 내 팔에 매달렸다.

"내가 그 개구리를 산 탓이야. 마담이 파리에 새 개구리를 찾으러 갔는데, 못 찾은 게 분명해. 어쩌지…. 마담 숍이 이 거리의 질서를 지켜 주었던 거야. 빨리 개구리를 가게에 반품해야겠어."

웃어넘길까 했지만 고요해진 황혼에 자전거 바퀴 돌아가는 소리만 유난히 크게 울려서 이런 말밖에는 할 수 없었다.

"그럴 리가 없잖아. 그 부인에게 그런 힘은 없어. 겉모습은 젊어 보이지만 어머니의 증언이 맞다면 아마 엄청 나이 들었을 테고…."

하지만 나는 갑자기 그날 일이 떠오르며 가뜩이나 바닷바람에 노출된 몸이 더욱 차가워지는 걸 느꼈다. 학교 주변에 자주 출몰하던 그 남자는 내가 드리앙에 뛰어든 날 이후로 단 한 번도 목격되지 않았다. 정확히 말하자면 마담이 나를 남겨 두고 가게를 뛰쳐나와 어둠 속으로 사라진 그날부터.

그 뒤로는 서로 별말 없이, 자전거를 탈 타이밍도 놓친 채로 코토미의 집에 도착해 버렸다. 주위는 완전히 어두워졌고, 병원에서 새어 나오는 불빛에 호리호리한 누군가의 그림자가 아스팔트에 길게 드리워졌다. 나보다 먼저 코토미가 앞으로 튀어나왔다.

"혹시 당신이야? 당신 맞지? 요즘 계속 날 감시한 거야?"

코토미는 날카롭게 물으며 빠른 걸음으로 도망치려는 누군가를 따라잡았다. 강하게 어깨를 붙잡고 보니, 며칠 전에 코토미로 착각한 교복 차림의 여자아이였다. 내가 퍼뜩 놀라자 그 아이는 금방이라도 울 것 같은 목소리로 대답했다.

"감시한 게 아니에요. 선배한테 할 말이 있어서 몇 번이나 몰래 지켜봤는데, 어떻게 말을 걸어야 할지 몰라서…."

선배라는 말에 당황한 나는 코토미를 바라보았다. 학교에서는 음침한 애로 통하고, 동아리 활동도 안 한다고 하지 않았던가? 하지만 그 아이가 코토미를 보는 눈빛에는 존경심 같은 것이 배어 있었다.

"저 기억 안 나세요?"

코토미는 잠시 생각에 잠겼다가 천천히 고개를 저었다. 후배는 실망한 듯이 목소리가 더 기어들어 갔다.

"전 2학년 도서 위원이에요. 선배가 자주 도서실에 왔으니까, 제 얼굴 정도는 알 줄 알았는데…."

"그건 미안해. 그런데 할 이야기라니?"

코토미는 나에게는 한 번도 보여 준 적 없는 어른스러운 표정으로 친절하게 재촉했다.

"저, 임신했을 수도 있어요. 혼자서는 병원에 들어갈 용기가 안 나서…. 부모님이나 친구에게도 말할 수 없었어요. 그래서 선배가 제 이야기를 들어줬으면 했어요. 선배는 이 병원의 딸이고, 게다가…."

코토미의 태도는 나보다 훨씬 침착했다. 십 대 때부터 세어 보면 지금까지 여러 명의 친구로부터 비슷한 상담을 받은 적이 있지만, 내 딸뻘 되는 나이에 임신했다는 말을 들으면 당황할 수밖에 없었다.

"선배님, 전에 낙태를 주제로 한 글쓰기로 시에서 표창도 받고 조회 시간에 내용을 읽으셨잖아요. 그래서 제 이야기를 진지하게 들어줄 거라고 생각했어요."

"뭐야, 낙태를 주제로 한 글쓰기라니?"

점점 혼란스러워지는 가운데 후배가 힘주어 말을 이었다.

"네, 저는 선배님 글을 보고 처음 알았어요. 낙태에 배우자의 동의가 필요한 나라는 일본을 포함해서 11개국뿐이라는 걸요. 일본에서는 일반적인 낙태 방법이 해외에서는 위험하다고 알려져 있다든가, 일본에서는 아직 허가되지 않은 낙태약을 미국이나 유럽에서는 약국에서도 간편하게 살 수 있다든가…. 선배가 일본에서는 당연히 알려져야 할 정보가 늘 숨겨져 있고, 알기 어렵게 되어 있다고 했잖아요. 중요한 사실이 늘 아무래도 상관없는 사실에 섞여 있다고도 말했잖아요. 같은 반 남자애들은 조회 시간에 낙태 이야기라니 완전 어이없다고, 저 선배는 성실하게 생겨서 사실은 엄청 문란하게 노는 거 아니냐며 웃었지만 저는 감동스러워서 계속 기억에 남았거든요."

낙태약 이야기는 인터넷에서도 화제라서 잘 알고 있었다. 하지만 배우자 동의 문제는 나도 잘 몰랐기에 열일곱 살짜리 옆에서 "우와." 하고 얼빠진 얼굴로 고개를 끄덕일 수밖에 없었다. 중요한 사실이 늘 아무래도 상관없는 사실에 섞여 있다. 지금은 어쩔 수 없이 드리앙을 떠올릴 수밖에 없었다. 코토미가 이렇게 물었다.

"혹시 아이 아빠하고는 연락이 끊긴 거야?"

후배는 약간 울 것 같은 얼굴로 고개를 끄덕였다. 그러자 코토미가 한층 믿음직스럽게 말했다.

"동의서에 애 아빠의 서명이 꼭 필요하지는 않아. 모체보호법 제14조 2항에 '배우자를 알지 못할 때나 그 의사를 표시할 수 없을 때, 또는 임신 후에 배우자가 없어진 때에는 본인의 동의만으로 충분하다.'라고 되어 있으니까. 적어도 우리 엄… 우리 병원에서는 그런 걸 요구하지 않아."

후배는 코토미의 말이 제대로 머릿속에 들어오지 않는 것 같았다. 상대가 진심이 아니었다는 것만으로도 머릿속이 새하얘지고, 평소라면 할 수 있는 판단을 할 수 없게 된다. 나도 알았다. 이 동네에서 나도 그런 친구들을 많이 봐 왔으니까.

"몰라도 어쩔 수 없지. 남자의 동의서를 요구하는 병원은 아직도 많거든. 상대 남자 측의 소송을 피하려고 말이야. 기혼자의 경우는 특히 엄격해. 남편이 가정 폭력 가해자라서 만나고 싶지 않다면 동의를 받지 않아도 된다는 후생노동성의 방침이 나온 게 작년 3월이니까."

"뭐, 작년에? 어떻게 되어 먹은 거야, 이 나라는?!"

나는 무심결에 외쳤지만 코토미는 "앗 짱은 뉴스도 안 봐?" 하고 갑자기 앳되어 보이는 얼굴로 멍하니 쳐다보았다. 이윽고 그 후배는 코토미에게 부축받다시피 하며 미도리 이모의 병원으로 들어갔다.

나는 물론 검사 결과를 알 길이 없다. 하지만 코토미의 집 부엌에서 쉬고 있던 나에게 "아끼는 죄송했어요. 오늘은 이만 돌아가겠습니다. 선배에게도 인사 전해 주세요."라고 일부러 인사하러 온 후배는 진찰 전보다 훨씬 안색이 좋아 보였다.

미도리 이모는 일을 끝낸 직후인데도 내 눈앞에서 가스레인지에 냄비를 올리고 불을 켰다. 나는 주전자의 뜨거운 물로 두 사람 분의 호지차를 끓이면서 궁금한 것을 물었다.

"낙태할 때 남자 쪽의 동의를 구하지 않는 건 전 원장님 때부터였어?"

"응, 맞아. 당시에는 여의사 같은 건 보기 드물어서 여자들의 도피처 같은 곳이었어. 그런데 어째서인지 이 병원에서는 반드시 상대방 남자들이 낙태가 가능한 기간에 찾아와서 낙태 동의서에 사인하고 비용을 전액 지불했다고 하더라고. 낳기 싫은데 낳을 수밖에 없었던 여자는 전 원장님이 아는 한 없었어."

미도리 이모는 천천히 대답했다.

"어, 왜?"

"왜 그랬는지는 나도 몰라. 이 동네에서는 꼭 그랬어. 전 원장님도 신기해했고."

미도리 이모는 진지한 얼굴이었다. 나는 문득 생각이 났다. 고등학교 2학년 무렵에 여자 친구 중 한 명이 쇼핑몰에서 말을 걸어온 연상의 자칭 대학생 남자 친구가 피임을 하지 않아 임신하고 말았다. 연락이 안 된다며 우는 그 아이를 위로하고 인맥을 다 동원해 남자의 거처를 알아내려고 안간힘을 쓰고 있는데, 갑자기 그에게서 먼저 연락이 왔다. 그는 사과와 함께 낙태 비용을 입금했다. 그때는 "잘 됐다, 대박!" 하고 부둥켜안으며 기뻐했을 뿐이었지만, 대체 어떻게 그 남자에게 심경의 변화가 일어난 것일까. 그러고 보니 그 친구는 전화를 걸어온 그가 평소와 달리 겁을 먹은 것처럼 두려워하는 태도를 보였다고 했다.

"앗 짱, 잠깐 와 봐! 드리앙의 홈페이지를 찾았어."

2층에서 목소리가 들리자 퍼뜩 정신이 들었다. 빠른 걸음으로 계단을 올라가자 코토미가 방에서 노트북을 들여다보고 있었다. 바로 옆에서는 개구리가 여전히 기분 나쁜 미소를 짓고 있다.

코토미가 보여 준 것은 적, 청, 백으로 색이 나뉜 명조체로 쓰인 'De rien'이란 글자와 소개문이 한가운데에 꽉 들어찬 디자인의 요즘은 보기 힘든 홈페이지였다. 파리 사진이 많이 사용됐지만 전부 검색하면 나오는 것들이고, 아이콘은 어디를 눌러도 '공사 중'이라고 나올 뿐이었다. 결국 아무 정보도 없는 것이나 마찬가지다. 고풍스러운 문체의 신변잡기를 기대했지만, 마담의 이름이나 신상은 기재되어 있지 않았다.

그래도 우리는 벼룩시장에서 보물을 찾는 듯한 끈기로 열심히 관찰하다가 어떤 사실을 깨달았다.

"잠깐만. 여기에 조그맣게 '본점'이라고 적혀 있지? 그렇다면 다른 곳에도 가게가 있다는 얘기 아냐?"

코토미가 "앗!" 하고 중얼거렸다. 검색을 거듭하면서 절절하게 실감했다. 이 나라에서는 항상 알기 힘든 장소에 중요한 것이 놓여 있다는 것을.

쇼핑몰행 버스도 있고 역의 로터리와 연결된 그 호텔은 꽤 괜찮은 비즈니스 호텔 같은 모습이다. 이 근처에서는 제일 격이 높은 숙소였다. 내가 고등학생일 때 어떤 선배가 이 호텔에서 중년 남자를 상대로 원조 교제를 하고 있었다는 소문이 돈 적도 있었다.

그러고 보니 연하인 전 남자 친구를 딱 한 번 본가에 데려왔을 때 그는 이 호텔에서 묵었다. 동생과도 잘 어울렸고 아빠와 술잔을 기울이는 모습도 전혀 싫어하는 눈치는 아니었다. 그런데 어째서인지 우리 집에서 묵고 가는 것만은 완곡히 거부했다.

"지금 생각해 보면 그때 이별이 가까워졌다는 걸 깨달았어야 했는지도 모르지."

시무룩해진 내 등을 코토미가 보자기에 싸인 개구리 장식물로 가볍게 미는 바람에 고꾸라지듯 호텔 자동문을 통과했다. 역에서 문어발처럼 뻗은 보행교의 그림자 탓인지 이곳의 입구까지도 어둑어둑하게 느껴졌다. 직원이 한 명뿐인 프런트에도, 작은 커피 라운지에도 손님은 보이지 않았다. 두툼한 카펫이 깔린 훨씬 안쪽에 드리앙 2호점이 분명히 존재하고 있었다. 아빠 차로 여기에 남자 친구를 데리러 왔던 아침이 떠올랐다. 그때 분명히 눈에 들어왔을 텐데도 기억에 남지 않은 게 이상하지 않은 조용한 모습이었다. 본점에 비해 규모는 훨씬 작지만 진열된 제품은 거의 같았고 입구 위에 제대로 된 간판도 있었다.

"호텔이라면 여행지니까 기분이 들뜬 숙박객이 무심코 이런 걸 사 갈 수도 있지 않을까?"

코토미가 수군거리는 목소리로 말했다. 지금 나는 뭔가 아주 중대한 사실을 깨달은 것 같은 기분이 들었다. 틀림없다. 이 가게의 존재는 분명하게, 어디에나 있을 법한 이 호텔의 격을 높이는 데 공헌하고 있는 것이다. 만약 마담 숍에 사회적 의의가 있다면 '이 땅에는 젊지 않은 여성들이 이런 잡화를 재미로 사는 풍요로움과 안전함이 있습니다.'라는 증명이 아닐까? 게다가 여자에게 잠재적인 증오를 품는 자들을 주춤하게 하는 힘이 있다면? 아무래도 좋은 잡화를 구경하는 사이 감각이 되살아나고 마음이 차분해질 것이다. 그랬다. 고등학교를 졸업하던 해에 야쿠자 두목이 체포되면서 현 내의 학생을 성매수한 중년 남자들이 대량 검거된 것도 이 호텔이었던 것은….

가게에 들어서자 계산대 너머에서 나이 든 여성이 미소를 지으며 말했다.

"어머, 어서 오세요. 천천히 구경해 보세요."

여성 점장은 체격이나 짧은 파마머리도 그렇고, 흰머리라는 것만 제외하면 그리앙의 마담과 거의 분간할 수 없었다. 혹시 자매인 걸까? 이 가게에도 개구리 오케스트라단이 총출동했고 하프를 든 개구리도 당연히 그 속에 자리 잡고 있었다. 코토미가 술술 말을 꺼냈다.

"실례합니다. 저희는 본점에서 이 개구리를 산 사람이거든요. 상품에 대해 꼭 여쭤보고 싶은 게 있는데 갑자기 가게 문을 닫아서 곤란해하고 있어요. 그곳의 점장님과 연락할 방법은 없을까요?"

"어머, 그래요. 그것 참 곤란하네요. 그분은 지금 파리에 물건을 매입하러 가신 것 같아요. 그런데 손님들 시간은 있어요? 괜찮으시다면 장미 홍차 한 잔씩 어때요? 홍차는 파리에서 사 온 겁니다. 마시면서 천천히 얘기해 볼까요? 잠시만 기다려 줘요."

그렇게 말하며 싱긋 웃었지만 눈은 웃고 있지 않았다. 앤티크한 느낌의 작은 벤치에 앉으라고 권하더니 물을 받아 오려는 건지 장미 모양의 찻주전자를 들고 가게를 빠져나갔다. 왠지 그 차라는 걸 마시지 않는 게 좋을 것 같았다. 코토미도 같은 생각이었는지 내 쪽을 보며 눈짓을 했다. 코토미는 보자기의 매듭을 풀고 개구리를 꺼내더니 오케스트라 사이에 재빨리 놓아 두었다. 이것으로 오케스트라단의 하프 담당은 두 마리가 되어 버렸지만, 내가 이 장식물의 장점을 몰라서인지 크게 티가 나지는 않았다.

우리는 가게를 뛰쳐나와 쏜살같이 호텔을 빠져나왔다. 자동문을 지날 때 멀리 떨어진 곳에서 목소리가 들렸지만 당연히 못 들은 척 했다. 로터리로 나가자마자 마침 정류장에 온 버스에 뛰어올라 항구가 보이는 곳에서 하차 버튼을 눌렀다. 버스에서 내려 차가운 바닷바람을 볼에 쐬고서야 겨우 가슴을 쓸어내렸다.

그때 반짝반짝한 무언가가 왼쪽 볼을 스치며 온몸의 피가 얼어붙는 느낌이 들었다. 보닛이 스와로브스키로 꽉 채워진 벤츠가 우리의 걷는 속도에 맞춰 버스 뒤쪽에서 천천히 나타난 것이다. 보석에 빛이 집중되는 바람에 운전석이 어둠에 가라앉아서 그곳에 앉은 사람은 잘 보이지 않았다. 만약 이 차 안으로 끌려 들어간다면 다시는 원래의 일상으로 돌아가지 못할 거라는 생각이 들었다.

마담들에게 가장 중요한 것은 도시의 비밀이 지켜지는 것이다. 여성들을 위해 일하는 걸 보면 설마 입막음을 위해 죽인다거나 하진 않겠지만 엄청 무서운 사람들이라는 건 확실했다. 어쩌면 억지로 동료가 되어 에펠탑이나 개구리 장식물 같은 것을 사야만 하는 처지가 될지도 모른다. 나는 그렇다 쳐도 아직 장래가 창창한 코토미가 불쌍했다. 다만, 지금이라면 "전부 우리 착각이었습니다!" 라고 시치미를 뗄 수는 있다.

"코토미, 도망 가!"

나는 코토미의 손목을 정신없이 끌어당기며 낮은 제방을 따라 달렸다. 뒤돌아보지 않아도 마치 이쪽을 비웃기라도 하듯 벤츠가 감속하며 따라오는 것을 알 수 있었다. 몇 년 만의 전력 질주에 목구멍 깊은 곳에서 피 맛이 솟구쳤다. 운동은 젬병이라고 했지만 역시나 젊은 코토미는 금세 내 앞으로 치고 나왔다. 최소한 이 아이라도 도망치게 해야 했다. 코토미를 재촉해서 제방 위로 밀어 올린 다음, 내밀어 준 손을 잡으며 꼴사납게 기어올랐다. 바로 아래로 파도가 철썩거리며 볼과 머리카락 끝을 적셨다. 바로 그때 부두를 따라 죽 늘어선 레저용 소형 선박에서 낯익은 옆모습이 보였다. 발밑으로 몸을 굽혀 계선주繫船柱에 밧줄을 걸던 진상 할아버지는 우리를 보자마자 겁에 질린 표정을 지었다.

"뭐야! 내가 잘못했다니까! 경찰은 봐 달라고."

"아저씨, 배에 좀 태워 줘요! 꼭 보답할게요. 그동안의 잘못은 용서해 줄게요!"

코토미는 나보다도 먼저 그렇게 외치더니 방파제 위를 달려 배로 달려갔다. 나도 급하게 뒤를 따랐고 어안이 벙벙한 진상 할아버지의 팔을 세게 잡아 배 안으로 끌고 들어갔다. 승선하자마자 코토미는 조종석에 자리 잡으며 방향타를 양손으로 잡았다.

"조종할 수 있어?"

나는 코토미 옆에 바짝 붙었다. 이윽고 프로펠러 소리가 나더니 보트가 미세하게 들썩이다가 금세 부두에서 출발했다. 할아버지가 뒤에서 아직도 뭐라고 아우성쳤지만 "우리, 쫓기고 있어요!"라고 소리치자 입을 딱 다물고 흥미진진한 표정을 지었다. 이 사람도 외롭다기보다는 그냥 심심했던 게 아닐까? 그랬다면 어머니나 키네즈카의 주인은 무슨 민폐인지….

"나 2급 소형 선박 조종 면허를 고등학교 1학년 때 땄어! 우리 학교는 옛날부터 야외 수업으로 면허 취득 강습이 있잖아?! 공짜니까 뭐라도 따 놓으면 좋을 것 같아서!"

몰아치는 바닷바람과 주행음에 질세라 코토미가 목청을 높였다. 긴 머리가 뺨이 아플 정도로 세게 나부꼈다. 코토미는 개구리를 싸고 있던 보자기를 주머니에서 꺼내더니 두건 대신 머리에 둘렀다.

코토미, 대단하구나. 아무것도 없는 고등학교 생활이라고 했지만, 모든 기회를 잘 활용하면서 배우고 자기도 모르게 주위에 영향까지 끼치다니. 뒤돌아보니 파도 저 멀리 벤츠가 보였다.

멀리 떨어져서 보니 비로소 벤츠의 스와로브스키가 무엇을 그리고 있는지 알 수 있었다. 빨강, 하양, 파랑의 트리콜로르tricolore였다.

"아, 무서워 죽는 줄 알았어!"

코토미는 콧잔등이 빨개진 채로 몇 번이나 그렇게 말했다. 눈앞의 바다는 이미 어둠에 녹아들었다. 아저씨에게 부탁해서 쇼핑몰 바로 아래에 있는 부두에 보트를 세운 다음 몇 번이나 뒤를 돌아보며 걸음을 재촉했다. 바다로 돌출된 절벽에 세워진 '앙상떼'는 지금까지 한 번도 들어가 본 적이 없었다. 민가를 개조한 다방이었는데 바깥에서는 안이 전혀 보이지 않았다.

창문으로 보이는 바로 옆 쇼핑몰 불빛은 마치 등대 같았다.

몇 시간 만에 스마트폰을 들여다보니 메이와 어머니의 라인 단체방에 읽지 않은 메시지가 잔뜩 쌓여 있었다. 쇼핑몰의 부딪힌 남자가 잡혔다고 한다. 경비원에게 쫓기다가 어째서인지 회전 초밥집 입구에 놓인 사장의 등신대 패널에 부딪혀 넘어졌다고 한다. 아직 범행은 자백하지 않았지만 일단 기물 파손 혐의로 현장에서 체포됐는데, 이웃 마을에 사는 무직의 젊은 남자였다고 했다. 그렇다면 마담은 역시 가게로 복귀한 걸까? 내일쯤에 드리앙으로 가 볼까? 아무 일도 없었던 듯이 다시 문을 열까?

"다행이다."

코토미와 나는 동시에 가슴을 쓸어내렸다. 염색한 밝은 갈색 머리를 망으로 정리한 70대 정도의 여주인이 코코아 두 잔을 가져다주었다. 카운터에 있는 작은 텔레비전에서 편의점 음식을 유명 셰프가 엄격하게 평가하는 프로그램이 흘러나왔다. 안주인이 그것에 열중하고 있는 것을 보며….

"맛없네, 이거."

내가 코코아 잔에 입을 대고 얼굴을 찡그리자 코토미가 웃으며 고개를 끄덕거렸다. 소금을 너무 많이 넣었는지 달콤 짭짜름한 맛이 지나치게 강했다.

"응, 이쪽도 맛없어. 코코아 같은 건 맛없게 만들기가 오히려 어렵지 않나?"

그녀는 감탄한 듯이 말했다.

"이 가게도 어떻게 계속 존속할 수 있는 걸까?"

"이봐, 이봐. 이제 그런 말은 위험하니까 그만둬."

가게 안은 가정집의 거실 그 자체나 다름없는 모습이었다. 하카타 인형과 탁상시계, 세로로 쌓인 잡지 등이 가득했고 옆 테이블에는 귤껍질이 담긴 소쿠리까지 놓여 있었다. 메뉴를 보면 밥과 된장국, 조림, 야키소바까지 있다. 어쩌면 점심시간에는 꽤 붐빌지도 모르겠다. 먼지를 뒤집어쓴 노래방 기기를 보면 원래는 유흥주점이었으려나?

"하지만 분명 이 가게도 존재하는 의미는 있을 거야."

그러고 보니 코토미가 모락모락 김이 나는 음료를 마시는 건 처음 본다. 조금 있으면 이 얼굴도 못 보게 된다. 또래한테 따돌림당했다고 하지만 환경이 바뀌면 곧 그 매력을 깨닫는 아이들이 나타날 것이다.

"분명히 여자가 그 땅에서 가게를 한다는 것만으로, 그게 계속된다는 것만으로도 뭔가가 지켜지고 있는 거야."

코토미의 말을 들었는지 앙상뼤의 안주인이 이쪽을 힐끗 본 것 같다. 맛도 없고 깨끗하지도 않지만, 사실 우리는 지금 이 공간에서 안심하고 있었다.

가게를 가지지 않아도 지금부터라도 혼자서 거리를 '감시'할 수 있을 것 같았다.

창밖으로 펼쳐진 캄캄한 바다가 이 순간만큼은 왠지 푸근하고 따스하게 느껴졌다. 눈에 보이는 모든 것에 아무런 의문도 갖지 않고 청춘을 즐기던 나를 코토미는 부러워하지만, 내 눈에는 이 아이가 훨씬 더 듬직해 보인다. 하지만 나는 가벼운 삶을 살아온 사람만이 가능한 뻔뻔함으로 치고 나가기로 했다. 빈 머그잔을 양손에 들고 카운터로 다가가서 밑져야 본전이라는 생각으로 미소를 지어 보였다.

"실례합니다, 여기 아르바이트는 안 뽑나요?"

여주인이 입을 열기도 전에, 카운터 구석에 바이올린을 켜고 있는 그 개구리 장식물이 있는 것을 발견하고 나는 비명을 삼켰다.

스타
탄생

＊

　스타에게 가장 중요한 것은 말이다. 마키 신스케는 아무 생각 없을 때 순간적으로 튀어나온 문구 하나에 성공이 결정된다고 생각했다. 한번 들으면 잊히지 않는 리듬감, 듣자마자 자기도 직접 말해 보고 싶어지는 풍부한 어감, 무엇보다도 거기에 그 사람이 걸어온 삶과 개성이 응축되어 있는지가 중요했다.

　마음속에서 우러나오는 말이 부족했기 때문에, 나는 90년대 초에 데뷔한 미소년 아이돌 그룹에서 가장 눈에 띄지 않는 포지션에 머물렀다. 그룹이 해체된 뒤로는 주로 텔레비전 드라마에서 여자한테 차이는 엘리트 역할을 도맡았지만 배우로서 크게 성공하진 못했다. 40대 중반에야 '와이드 쇼'의 진행자로 간신히 정착했는데 그마저도 결국 이렇게 종영 이야기가 나오게 된 것 같다.

　아카사카의 방송국에서 사사즈카의 자택으로 향하는 택시의 뒷좌석. 신스케는 업무용 태블릿을 꺼내 이미 수십 번이나 재생했던 'MC 독박'의 동영상을 바라보고 있었다. 최소한으로 눈가에 모자이크를 한, 신스케와 같은 세대인 40대 정도의 갸름한 얼굴형의 여자가 유명한 패밀리 레스토랑 가맹점에서 카메라를 향해 히스테릭한 콧소리를 내며 지껄이고 있다.

"그래서 말했잖아요. 이 앞에 기다리고 있다고. 집에 가서 이 아이랑 목욕하고, 장난감 경주 대회를 함께하면서 머리 말리고 양치질하는 쳇바퀴가. 같이 키타로를 보면서 직장에 근무표 송신 완료, 9시까지 재운 다음에 라테를 마시면 최종 결전. 집 안 청소, 욕실 청소, 설거지, 다림질 그리고 또 8시 45분에는 어린이집. 어때요, 이 효율성. 당신의 동영상을 확인하고 여기만 삭제해 달라고 부탁할 시간이 어디에 있나요? 패밀리 레스토랑에서 우연히 옆에 앉았을 뿐인데, 조회 수 올리는 걸 협조해야 하는 거예요? 하, 어떤 벌칙? 이쪽은 당신의 구세주가 아니거든요. 아, 녹차 하이볼 쏟지 마. 잠깐만, 얘! 누리카베 떨어뜨리지 마. 음식점에서 상황 중계하면서 카메라 돌리는 주제에 주변을 우왕좌왕해라? 뭐가 어째? 얼마나 쓰레기길래 그러세요? 잠깐, 거기 사장님, 왜 주의 안 줘요? 아, 이거 협찬이야? 가게 전체에서 협력하는 거였어? 아, 볼 테니까 카메라 확인시켜 줘요. 우리 아이가 나오는지, 동영상의 주인공이 누군지, 아 좀! 지금 그냥 지우면 되는 거잖아! 지금부터의 밤 루틴은 진짜 큰맘 먹고 가야 한다니까! 아, 찍지 말라고요! 얘,

신발 던지지 마!"

"이 사람, 리듬 타는 거 장난 아닌데?"

"정말이네, 패밀리 레스토랑하고 조회 수로 라임을 맞추고 있어. 빌어먹을 쓰레기네."

"가게 안에 흐르는 테크노 어레인지된 J-POP과도 리듬이 딱 맞아."

"촬영자와 싸우면서 아이에게서 한 번도 눈을 떼지 않는 게 너무 멋있어."

"그런데 점장은 왜 시게루라는 아저씨 편이야? 혹시 시게루가 지금까지 올린 패밀리 레스토랑 동영상은 정말 협찬이었나?"

지난달 말부터 계속 퍼지고 있는 이 동영상은 대부분 가공되거나 음원을 넣은 것뿐이다. 신스케가 지금 보고 있는 원본은 조회 수가 그렇게까지 많지는 않았다. 거침없이 이어지는 여자의 말은 샘플링은 물론 유명한 서양 음악과의 매시업 등 어떤 소리와도 신기할 정도로 위화감 없이 잘 어울렸다. 그래서 네티즌의 딱 좋은 놀잇감이 되었다. 지금은 공들여 만든 새 동영상이 줄지어 나오며 성대한 축제가 벌어지고 있었다. 지금 영상 속의 여자는 친근하게 'MC 독박'이라고 불린다.

사건의 발단은 흔히 있는 인터넷 논란이었다. 가맹점에서의 혼술 동영상으로 어느 정도 인기를 얻은 60대 남성 유튜버 '독거노인 시게루'가 패밀리 레스토랑에서 평소처럼 테이블 한쪽에 카메라를 설치한 채 동영상을 촬영하던 중에 생긴 일이다. 반대편 벽 쪽 자리에 앉아 있던 아이 엄마에게 큰 소리로 불평을 들었다는 말을 자기 채널에 슬프게 보고한 것이다.

동영상 처음에 반대편 자리에서 일어나 이쪽으로 다가오는 MC 독박은 겸손하고 태도가 부드러웠다. 구겨진 상의에 빛바랜 데님 차림에 머리는 굵은 머리띠로 뒤로 넘겼다. 하지만 이쪽을 들여다보는 상반신의 각도나 무릎에 올린 긴 손가락이 어딘지 모르게 승무원을 연상시키는, 젊어 보이지 않는 만큼 좋은 인상의 엄마였다. 이후에 얼굴을 일그러뜨리며 격노하는 모습과의 낙차가 너무나 큰 것이 그녀가 순식간에 유명해져 버린 이유이기도 하다.

"죄송합니다. 혹시 지금 유튜브용 영상 촬영하고 있나요? 카메라가 저희 쪽을 향하고 있던데요. 번거롭겠지만 우리 아이가 찍혔을지도 모르니까 동영상을 올릴 때는 모자이크를 좀 해 주시겠어요? 부탁드립니다."

여자의 맞은편에는 다섯 살쯤 된 아이가 앉아 있었다. 아이는 어른용 트레이닝복을 머리에 뒤집어쓰고 소매 부분을 리본처럼 꽁꽁 묶어서 얼굴도 보이지 않고 성별도 잘 알 수 없었다. 옷자락 밑으로 곧게 뻗은 다리를 이리저리 흔들고 있다. 카메라가 자신들을 향하고 있다는 사실을 알게 된 순간 어머니는 자신이 입고 있던 기린 무늬의 트레이닝복을 벗어 아이의 머리에 씌운 것 같다. 그것을 싫어하는 기색이 없는 것은 트레이닝복 안에서 아이가 동영상을 보고 있기 때문일 것이다. 테이블 위에는 마시다 만 녹차 하이볼와 아이의 것으로 보이는 '게게게의 키타로'의 '누리카베' 인형, 먹다 만 감자튀김이 담긴 바구니가 아무렇게나 놓여 있었다.

말을 마치고 발길을 돌리려는 여자의 배 쪽으로 시게루가 명함을 내밀었다.

"이게 내 채널인데. 이래 봬도 구독자 수가 만 명이나 되거든요. 걱정되면 오늘 밤이나 늦어도 모레까지는 동영상이 올라올 테니까, 직접 부지런히 확인해 봐요. 만약에 동영상을 보고 곤란할 것 같은 부분이 있다면 거기는 삭제할 테니까요."

그와 함께 멋쩍은 웃음소리가 끊기는 순간 여자의 표정이 일변했다.

"아니, 그게 무슨 소리죠?"

조금 전과는 딴판인 나지막한 목소리였다.

"어째서, 우연히 음식점에서 당신 근처에 앉았다는 이유만으로 내가 그런 일을 해야 하는 건데요."

"뭐요?"

시게루는 처음에 어안이 벙벙한 모습이었다. 여자는 아이를 흘끔흘끔 돌아보며 속사포처럼 쏘아붙였다.

"집에 가고 나서 할 일이 산더미 같은데 당신이 동영상 올리는 걸 계속 기다리다가 확인까지 해서 부탁해야 하나요? 그거, 당신한테는 직업 아닌가요? 그리고 제가 연락하려면 이쪽의 연락처를 당신에게 알릴 수밖에 없잖아요. 절대 싫어요. 지금 이 자리에서 어떻게든 해 주세요. 카메라 확인할게요."

여자의 어조가 험악해져 갈수록 시게루의 목소리 또한 분노로 떨리기 시작했다.

"굳이 그렇게까지 떠들 일은 아니잖아요. 당신한테 불편한 점을 삭제해 주겠다고 양보하는 건데. 고작 1분도 안 걸리는 일 갖고 그렇게 나온다고요?"

"무슨 소리예요. 돈 주는 것도 아니면서 왜 처음 보는 당신 사정을 봐 줘야 해요?"

"너무 빡빡하게 구는 거 아닌가요? 사람들은 다 서로 돕고 사는 거지. 애초에 내가 당신 연락처를 알아내서 뭘 어떻게 할까 봐 그러는 거면 말도 안 되는 착각이고요. 그런 식으로 너무 날이 선 태도는 너무…."

그 뒤로 한참 말다툼을 벌인 끝에 여자는 기어이 첫머리처럼 말을 쏟아내기 시작한다. 주변 손님들은 모두 재미있다는 듯 두 사람을 번갈아 보고 있다. 40대 정도에 체격이 좋은 안경 쓴 남자 사장이 "다른 고객에게 폐가 되니까, 소리를 지르는 건 그만해 주세요." 하며 말리기 위해 끼어들며 여자 쪽에 강하게 자중을 요청했다. 아무래도 아이가 울음을 터뜨렸는지 여자가 트레이닝복에서 삐져나온 작은 손을 재빨리 잡아당기며 모자가 화면 구석으로 쫓기듯 가 버리는 장면에서 동영상은 끝났다.

분명 이때만 해도 시게루는 이런 시국이면 비난의 화살이 틀림없이 아이 엄마에게 향할 거라고 판단했을 것이다. 바로 지난달에도 유명 가맹점이 아이를 동반한 손님에게 이유식을 무료로 제공하겠다고 발표했을 때 "아이 동반을 우대하는 거냐.", "조용히 지내고 싶은 1인 손님은 어쩌라는 거냐."라고 이용객이 아닌 사람들의 비판이 쇄도하면서 큰 논란에 휩싸였기 때문이다. 그런데 이 영상이 올라오자마자 시게루의 팬층인 5, 60대 남성 이외의 연령대에서 큰 화제가 됐다. 한 젊은 인기 여성 래퍼가 다음과 같이 인용 트윗을 했기 때문이다.

이거 무단으로 올린 동영상이라고 생각하니까 별로 거론하지 않는 편이 좋겠지만, 이 엄마, 우연치고는 예쁘게 운율을 띄우고 있어. 장난 아닌데? 이 사람과 언젠가 함께 곡을 만들고 싶다.

사실 이 래퍼 또한 논란 속에 있었다. 며칠 전 한 랩 배틀에서 50대의 유명 남성 래퍼 HATU에게 용모와 체형에 관한 비하를 당한 뒤 의연하게 답변한 모습이 쇼트 폼으로 확산되어 젊은이를 중심으로 극찬을 받았다.

신스케는 90년대에는 거리 출신으로 최고로 쿨한 아티스트라는 평가를 받던 HATU가 술 때문인지 새빨갛게 부은 얼굴에 배가 나온 모습을 보고 깜짝 놀랐다. 게다가 무대 위에서 젊은 여자에게 가사로 성희롱을 지적받아 곤란한 듯 히죽히죽 웃으며 말문이 막혀 하던 모습은, 자신이 뭔가 사고를 친 것처럼 충격적이었다. 그룹 시절에 멤버 전원의 강한 바람으로 HATU에게서 곡을 받은 적이 있었다. 아쉽게도 인기 어린이 프로그램의 엔딩에 사용되어 버린 탓에 신스케와 멤버들이 기대한 것만큼 가요계에서 주목받진 못했다. 하지만 그 곡 'SAMURAI TUNE'은 지금도 여름에 자주 커버되는 명곡이었다.

몇 시간 만에 MC 독박이 지껄이는 동영상은 음악 애호가, 동성애나 인권 화제 애호가, 코미디 애호가, 서양 영화 애호가, 단순한 유행물 애호가까지 모든 층으로 퍼져나가면서 대축제 상태에 돌입했다. 아마추어가 MC 독박의 표현을 흉내 내는 동영상도 차례차례 올라왔다. 하지만 정작 시게루는 MC 독박을 재미있어 하며 무허가로 동영상을 퍼뜨리는 사람들이 그 문제로 자신을 철저히 공격하자, 그 이후로 새로운 동영상을 올리지 않고 있었다.

다마가와 거리를 자동차가 달리는 동안에는 머리 위 수도 고속도로의 그림자 탓인지, 아니면 배기가스 때문인지 몰라도 어떤 시간대든 주변이 어두컴컴했다. 초여름 저녁이라 아직 해가 높이 떠 있는데도 한밤의 고속도로를 달리는 거 같던 그 시절의 경치가 되살아난다. 바빴던 2000년 전후에 혼자만의 시간을 보낼 수 있는 건 밴의 뒷좌석뿐이었다.

지금은 첫 아이가 태어난 직후라서 모두가 배려해 준 건지도 모르지만, 어쨌든 최근 몇 년 동안 신스케는 오후 6시 이후의 스케줄이 없었다. 요즘에는 이 어두컴컴한 길을 달리는 게 좋아서 운전사에게 일부러 이 길을 이용하라고 지시해 두었다. 창문을 살짝 열자 그 시절의 밤공기를 닮은 배기가스와 나무 냄새가 뒤섞인 시원한 바람이 불어 왔다.

처음에 신스케는 이 동영상이 조작이라고만 생각했다. 극히 일부에서 지적하고 있듯이, 이 정도로 리드미컬한 말이 마구 쏟아져 나오는 것은 아무리 생각해도 부자연스러웠기 때문이다. 혹시 데뷔를 앞둔 여자 개그맨에게 시게루가 협력하는 형태로 각본처럼 연기한 게 아닐까 하는 생각도 했다. 다만 이만큼 화제가 된 지 한 달이 지났는데도 MC 독박의 정보는 인터넷에 전혀 드러나지 않았다. 아무리 검색을 거듭해도 '비슷한 여자를 본 적이 있다' 정도의 정보뿐인 데다 제보하는 사람도 전혀 없었다.

그리고 이렇게 몇 번이고 동영상을 재생하는 사이에 신스케는 깨달았다. 여기서 쏟아져 나오는 건 이 여자의 생활이 담긴 진짜 말이다. 하나하나의 키워드에서 현실감과 땀 냄새가 묻어났다. 순간적으로 카메라를 향해 자신만의 말을 내뱉는 것만으로도 신기한데, 그 말투가 경쾌하거나 리듬감이 뛰어난 경우는 더욱 드물다. 시게루는 의도치 않게 기적을 포착했고 그것을 세상에 선보이고 말았다.

요새 찾아보기 힘든, 여러 우연이 겹치며 드러난 진흙 속에 묻혀 있던 스타인 것이다.

오디션이나 입소문으로는 절대 발견되지 않는 종류의 재능이 이쪽 세계에는 존재한다.

여행 프로그램을 오래 하고 있던 신스케는 그런 재능을 지닌 인물이 가까이 있으면 몇 미터 앞에서도 직감으로 알아챌 수 있었다. 이들은 대개 카메라 따윈 전혀 의식하지 않으면서 꿋꿋하게 자신의 삶을 살아간다. 신스케가 44세에 사소하게나마 제2의 전성기를 맞이해서 오후 시간대의 진행자가 된 것도, 아마추어의 능청스러운 발언을 잘 이끌어 내는 능력이 주목받았기 때문이다. 가장 처음 그러한 계기를 만들어 낸 사람은 이름도 모르는 도호쿠 지방의 노부인이었다.

정류장에서 버스에 올라탔을 때였다. 뿌리채소가 잔뜩 든 바구니를 짊어진 노부인에게 "마키 신스케입니다."라고 자신을 소개했더니, 마침 귀가 잘 안 들리는 그녀는 의아하다는 듯 이렇게 되물었다.

"응?? 마아키이? 마챠아키???"

"아니에요, 츄보 아니고요(마챠아키'라는 별명을 지닌 일본 연예인 사카이 마사아키가 진행을 맡은 대표적인 TV 예능 프로그램이 '츄보'다)!"

그때 버스의 계단을 오르던 중학생들이 '츄보'라는 말에 웃음을 터뜨렸고, 카메라를 향해 차례차례로 익살스러운 포즈를 취했다.

이 우연이 인터넷 쇼트 폼으로 폭넓게 퍼질 수 있는 좋은 그림을 만들어 주었다.

"치보?"

"그건 스기타 카오루! 마, 키, 라니까요."

"마시?"

"그 사람 이름이 여기서 나오면 이거 다 편집해야 돼요."

"가시?"

"으악!!"

노부인에게 휘둘려 진땀을 흘리면서도 끝까지 따뜻하게 대하는 신스케의 모습은 아이돌 시절부터의 팬은 물론이고, 그를 한물갔다고 여기던 시청자까지 끌어당겼다. 시골 풍경을 배경으로 노인이나 아이에게 둘러싸이자 큰 키에 이목구비가 뚜렷한 신스케의 용모가 더욱 두드러졌다. 배우로서는 감정 표현이 부족했고 아이돌로서는 주변의 개성을 돋보이게 하는 역할밖에 하지 못했는데, 그 순간만큼은 사려 깊고 소탈하면서 아주 잘생긴 중년 남성으로 후한 평가를 받았다.

하지만 스튜디오에서 혼자 소식을 전해야 한다면 이야기가 전혀 달라진다. 일본에서 자기주장을 내세웠다간 반드시 적이 많이 생긴다. 아이돌 시절에 정치적 발언은 절대 하지 말라는 소속사의 명령이 아직도 뇌리에 깊이 박혀 있었고, 신스케도 누군가에게 미움을 받으면서까지 주장하고 싶은 내용은 없었다. 가장 어려운 건 자신만의 주장을 전혀 가지고 있지 않으면, 지성파 연예인 이라는 칭호는 절대 얻을 수 없다는 점이었다. 되도록 인터넷 뉴스나 댓글은 보지 않으려고 하지만, 신스케에게 의견이라 할 만한 상식도 없고 축적된 지식도 부족해서 시청률이 떨어지고 있다는 지적도 있었다.

그래서 최근에는 뉴스나 책, 화제의 영화 등을 적극적으로 접하려 노력하고 있었다. 하지만 아무래도 전문가의 의견을 먼저 읽게 되다 보니 마치 유명 관광지를 순례하는 것처럼 자신도 그들과 똑같이 느끼는지 아닌지에 대한 단순 확인 작업이 되고 말았다. 주부들에게 가까이 다가가려는 마음으로 말한 "여러분, 너무 열심히 하는 것 아닙니까. 가끔은 힘을 빼는 것도 중요해요. 너무 열심히 해서 짜증이 나는 것보다 가게에서 사 온 반찬으로 싱글벙글하는 게 주변에도 좋죠."라는 무난한 발언조차 육아에 전혀 관여하지 않는 게 느껴진다거나 자연스러운 여성 멸시라면서 얻어맞기 일쑤였다.

게다가 그가 유일하게 기댈 수 있는 이제 젊지 않은 나이의 여성 아나운서 파트너는 카메라가 돌지 않는 곳에서 신스케를 완전히 바보 취급하고 있었다. 옆에서 전혀 도움의 손길을 내밀지 않는 못된 심보를 '무능한 신스케를 돋보이게 하기 위해 일부러 조연에만 머물면서 조신하게 행동할 것을 윗사람들에게 강요당하는 신세'처럼 보이는 데 성공했다. 담담하게 뉴스 원고를 읽을 뿐인데도 아나운서로서의 평가만 올라 그녀를 메인으로 올리라는 목소리가 방송국 내에서도 높아졌다.

택시가 사사즈카의 타워 맨션에 도착해 엘리베이터에 올라 탄 뒤에도 신스케는 아직 태블릿에서 눈을 떼지 못했다. 문을 열자 새콤달콤하게 입맛을 돋우는 냄새가 풍겨왔다.

"어서 오세요. 고생 많았어요. 카오루는 아직 낮잠 자고 있어요. 식사 준비는 다 됐어요. 오늘 밤 메인 요리는 지난 번에 호평받았던 다카노 두부 흑초 탕수육입니다."

아내인 마이는 산후에도 남자 아이돌을 쫓아다니는 젊은 여성 대부분이 선호할 만한, 몸매가 그대로 드러나는 타이트한 꽃무늬 원피스를 애용했다. 말투도 높임말을 흐트러뜨리지 않는다. 처음에는 신혼이 지나도 여자다움을 잃지 않는 스물여덟 살의 그녀가 사랑스러웠지만, 그러는 이유를 알게 된 뒤로는 볼 때마다 제발 맨투맨 티셔츠라도 입어달라는 생각을 하게 되었다.

"이건 뭐야?"

거실 테이블에 놓인 아마존 택배 상자에서 익숙한 로고가 엿보였다.

"엄마 친구는 스나이퍼'의 DVD 박스예요. 예약 주문했던 게 도착해서 나중에 체크하려고요."

18년 전 신스케가 조연으로 출연한 TV 드라마였다. 당시 30대였던 두 인기 여배우가 같은 어린이집에 아이를 맡기는 내용인데,

한쪽은 평범한 워킹맘이고 다른 한쪽은 매일 누군가를 저격하는 엄마 친구를 연기했다. 시청률은 부진했어도 마니아층이 있는 코믹 드라마였다. 신스케는 같은 어린이집에 아이를 보내는 젊은 아버지 역을 맡았다.

"DVD라면 우리 집에도 있을 텐데…."

식탁 위로 유리컵에 담긴 차가운 녹차와 시원한 물수건이 나왔다. 이어서 마이는 빛깔이 먹음직스러운 버섯 샐러드와 직접 만든 닭고기 햄, 오트밀 전을 가져왔다. 마이는 신스케의 요청으로 결혼과 동시에 영양사 자격증을 따서 고단백 저당질 식단을 철저히 고수하고 있었다.

"여기엔 특전 영상이 포함됐으니까요. 물론 제 수입으로 산 거예요."

마이는 DVD 박스에 관심이 쏠린 채 재빨리 접시를 늘어놓았다. 신스케는 최대한 비참하게 들리지 않도록 부드럽게 말했다.

"하지만 이건 주연인 두 사람의 대담이 들어 있을 뿐이고, 나에 대한 새로운 정보는 추가되지 않은 것 같은데?"

"그래요? 촬영 당시를 적나라하게 회상하는 대담 내용이니까 신 군의 미공개 영상도 혹시 들어 있지 않을까 생각했거든요."

본인은 눈치채지 못했겠지만 남편 이야기만 나오면 마이는 묘하게 말이 빨라졌다.

"아, 그거 MC 독박 씨네요"

마이는 테이블 구석에 내려놓은 태블릿 화면으로 눈을 돌리고는 반가운 듯이 말했다.

"뭐, 처음엔 조작인 줄 알았는데 인기가 많은 것 같더라고."

"조작 같은 건 아니에요. 이게 어떤 느낌인지 알거든요. 저도 카오루와 함께 있을 때는 머릿속에서 항상 다음 순서를 생각하고 있으니까요. 그다음에 어떻게 할 거냐고 물으면 이 정도로 말이 술술 나올걸요?"

신스케는 조금 놀랐다. 마이는 육아에 대한 푸념이나 힘든 티라고는 전혀 내지 않았고 산후에도 체형이 그대로였다. 아직 젊으니까 체력으로 어떻게든 버틸 수 있으리라고만 생각했다. 하지만 마이 나름대로 필사적으로 노력하고 있는 것일까…?

저녁을 먹고 난 뒤 카오루의 자는 얼굴을 보러 침실로 갔다. 의사가 깜짝 놀랐을 만큼 머리가 큰 아기였다. 토실토실한 살로 삼엄하게 보호받는 듯한 몸매로 언제 봐도 굳게 눈을 감고 잠들어 있다. 무슨 일이 있어도 동요하지 않는 씩씩함이 신스케는 부러웠다. 이 아이를 위해서라도 지금은 힘을 내야 했고, 신스케 본인을 위해서도 자신의 위치를 공고히 다질 시기라고 생각했다.

미나토구의 술자리에서 알게 된, 17세 연하인 마이와의 결혼을 발표하자 적잖이 존재했던 오랜 팬 중 대부분은 잔뜩 분노하며 떨어져 나갔다. 하지만 당시에는 그게 별로 신경이 쓰이지 않았다. 이쪽을 눈부시다는 듯 바라보다가 눈이 마주치면 수줍게 시선을 피하는 마이가 너무 귀여워서 견딜 수 없었다. 연애 경험도 적고 또래 친구도 거의 없는 신스케에게는 구원이나 다름없었다. 스케줄이 줄어드는 것에 대해 초조해하지도 않았다.

처음 만난 날, 얼굴을 붉히며 "어릴 때부터 신 군의 열렬한 팬이었고 초등학생 때 팬클럽에 들어왔습니다. 이런 날이 오다니 꿈만 같아요."라고 빠르게 중얼거리고 수줍어한 그녀는 독자 모델 같은 외모인데도 연애 경험은 별로 없어 보였다. 요즘 시대에 이런 순박한 여자가 있다는 것에 충격을 받았다.

솔직히 언젠가는 본모습을 드러낼지도 모른다는 우려에 사립 탐정을 고용해서 마이의 뒷조사를 한 적도 있다. 하지만 도쿄에서 나고 자라면서 대학까지 진학해 의료 사무직을 거쳤고, 친구가 "네가 그렇게 좋아한다는 마키 신스케가 온다던데."라고 권유한 술자리에서 우연히 만날 때까지 본인이 말해 준 그대로의 인생을 살아왔다.

마이는 육아를 혼자서 해 낼 뿐만 아니라 팬들을 필요 이상으로 자극하지 않도록 SNS도 일절 하지 않았다. 교우 관계도 학창 시절부터 친하게 지내다가 현재는 아이 엄마가 된 몇 명만 남기고 정리했다.

친구와 시작한 온라인상의 천연 보디 워시 판매 사이트는 신스케의 이름을 전혀 내세우지 않고도 나름대로 성공을 거둔 것 같다. 마이가 딸에게 '카오루'라는 이름을 짓고 싶어 할 때도 특별한 대안이 없었기에 그대로 따랐다.

그런 조심스러운 태도에 매일 감탄하며 살았다. 그런데 어느 날 밤 캄캄한 거실에서 텔레비전 앞에 쭈그려 앉아 응원봉을 살짝살짝 흔드는 모습을 보고 비명을 지를 뻔했다. 화면에 나오는 것은 마쿠하리에서 열린 그룹 해체 기념 공연 영상이었다.

어느덧 서른일곱 살이 된 자신이 'SAMURAI TUNE'을 그 시절 멋지다고 믿었던 가늘게 뜬 눈으로 춤을 추며 열창하고 있었다. "다녀왔어." 하고 중얼거리는 데도 마이는 전혀 들리지 않는 듯이 반응도 하지 않았다. 시선을 화면에 고정한 채 이따금 혼자 킥킥거릴 뿐이었다.

그날 밤부터 신스케는 아내를 보는 눈이 완전히 달라졌다.

"저기, 옷을 좀 더 편하게 입어도 돼. 육아하려면 힘들 테고 집에 누가 오는 것도 아니니까."

"아, 저는 이 원피스 외에는 뭘 입어야 할지 모르겠거든요."

마이는 그렇게 가볍게 받아넘겼다. 존댓말을 그만하라고 해도 잠시 어색하게 말하다가 이내 다시 원래대로 돌아갔다. 몸가짐과 신중함이 단지 오랜 팬 활동으로 몸에 밴 갑옷 같은 것일 뿐, 이성을 의식한 것이 아니라는 것을 알게 되자 성적인 매력도 사그라져 버렸다. 마이의 친구와 부모님이 신스케를 처음 만났을 때 유니콘이라도 보는 듯한 얼굴을 하고 있었던 것, 세상으로부터 단절되어 살고 있는데도 특별한 스트레스를 느끼지 않는 것, 자신을 헌신적으로 보살피면서 섹스리스나 독박 육아에도 아무런 불만을 말하지 않는 것, 눈앞에 신스케가 있는데도 과거의 출연 작품이 재출시되면 아무리 비싸더라도 계속 사들이는 것, 딸아이의 이름인 '카오루'가 사실은 신스케조차 까마득히 잊고 있던 드라마 데뷔작에서의 배역이라는 것을 알았을 때는 며칠 동안 역류하는 위액에 시달렸다.

"아니, 엄청 행복한 부부잖아요. 팔불출이네."

아내 본인도 모르는 스타성을 가장 먼저 깨달은 사람은 소속사가 바뀐 후로 쭉 같이 일하고 있는, 신스케보다 한 세대 어린 매니저 신조였다. 신조는 일찍이 신스케가 소속된 그룹을 동경해 오랫동안 백댄서로 일한 경험이 있어서인지, 현재에 안주하는 신스케의 성향을 그다지 좋아하지 않는 저돌적인 남자였다.

"마키 씨, 결국 열쇠는 아내분이 쥐고 있어요. 최애 연예인하고 결혼한 진짜 덕후는 요즘 시대에 굉장히 큰 반향을 얻을 거예요. 어때요, 두 분이 함께 예능 프로그램에 나가지 않으실래요?"

그 말을 옆에서 듣던 마이는 신 군이 좋다고 하면 나가고, 싫다면 안 나가겠다고 침착하게 대답했다. 신스케가 출연하는 프로그램 숫자가 몇 안 되는 것도, 내년 이후의 스케줄이 텅 빈 것도 마이는 전혀 신경 쓰지 않았다. 여차하면 자신이 지금 하는 천연 보디워시 판매 사업을 확대할 거라 했다. "신 군은 아무것도 변하지 않아도 된다, 연예계에 소속되어 있는 것만으로 우리는 고맙다."라면서 묵직하게 버티고 있다.

"그것만으로도 된다고? 나랑 결혼한 게 뭐가 그렇게 너한테 메리트가 있어?"

그때 신스케는 처음으로 질문했다. 마이는 어리둥절한 얼굴로 대답했다.

"그야 신 군은 그룹 해체 후에 팬이 찾아갈 수 있는 현장이 없잖아요? 하지만 이렇게 함께 살고 있으면 하루하루가 현장인 거죠. 그러니까 그것으로 대만족이에요."

마이는 빠르게 말했다. 다음 달에 최애 연예인의 이벤트가 있다는 마음의 버팀목이 있다는 것만으로도 우리 생활은 빛난다. 그룹이 해체된 이후로는 아침에 일어나면 매일 신스케의 드라마나 예능 프로그램의 출연 정보를 검색하는 데 혈안이 되어 있었다. 솔직히 어떤 프로그램에 나오느냐는 큰 문제가 아니었다고 마이는 뜨겁게 말했다.

"생존 확인이에요. 공식 사이트에서 발표되는 신 군의 스케줄은 신 군이 살아 있다는 증거인 셈이죠. 우리는 신 군의 생존만 확인하면 이제 뭐든 상관없어요. 신 군이 오늘도 건강하게 밥을 먹고 있는지, 그것만 알 수 있으면 솔직히 다른 건 중요하지 않은 거죠. 저는 그걸 매일 아침 확인할 수 있는 자리에 있으니까, 이 특권을 좋은 일을 위해 사용하고 싶어요."

역설적으로 생각해 보면, 네 경력은 이미 끝났다는 말을 들은 거나 다름이 없었기에 눈물이 날 것 같았다.

최애 연예인의 배우자를 보는 게 고통스러운 팬들도 있을 테니까 최대한 모두의 심정을 헤아릴 것이다. 마이에게 그들은 자신의 분신이기도 하다. 그러기 위해서라도 "부부 동반 출연에는 몇 가지 고민할 점이 있기 때문에 기획서를 내겠습니다." 하고 신조는 척척 말했다. 신조와 마이는 죽이 잘 맞았다. 한때는 둘이서 바람이 났을까 봐 불안해한 적도 있다. 하지만 같은 세대에 행동력이 있는 아이돌 팬이라는 점에서 두 사람은 동지였다.

"특이하면서 에너지 넘치는 여자에게 휘둘리는 상냥한 미중년은 큰 사랑을 받을 수밖에 없다고 생각하거든요."

그건 누구보다도 신스케가 가장 잘 알고 있다. 아내와 함께 예능에 진출하면 확실히 성과를 낼 수 있을 것이다. 고지식하고 일편단심인 데다 시치미를 뚝 떼는 듯한 모습의 마이는 대중에게 폭발적인 사랑을 받을 만한 캐릭터다. 지금까지 발굴되지 않았다는 게 오히려 이상했다.

"신 군의 어디가 좋냐고요? 외모와 다르게 전혀 눈에 띄지 않는 부분이랄까요? 하지만 눈에 띄지 않는데도 자기가 할 수 있는 범위에서 최대한 노력하는 점이 좋아요."

그 말에 신조는 마이가 인기를 얻을 것이라 확신했다고 한다.

다만 마이가 유명해진다면 자신은 영원히 들러리가 될 게 뻔했다. 단순한 들러리가 아니라 아마도 웃음거리가 될 것이다. 마이의 젊음과 괴짜 같은 모습이 주목받을수록 자신의 노화와 무개성이 강조된다. 마이가 자신을 칭찬하면 칭찬할수록 오타쿠 특유의 과장된 말투 탓에 현실적으로는 한물간 자신과의 간극이 웃음을 자아낸다. 세트 판매만은 어떻게 해서든 피하고 싶었다. 그걸 선택한 순간 기껏해야 세제나 조미료 광고에 부부로 출연하는 게 다일 뿐이다. 그 이상의 성공은 전망하기 어렵다. 배우로서의 복귀는 물론이고 '지성파'라는 칭호도 영영 물 건너가 버린다. 볼거리로 전락한 부모 때문에 카오루는 언젠가 동급생에게 놀림을 받을 것이다.

그런 사실을 떠올리자 생각이 확실해졌다. 아까 마이가 한 말 때문이기도 했다.

지금의 신스케에게는 화제성 넘치는 MC 독박이 꼭 필요하다. MC 독박에게는 요구할 게 아무것도 없었다. 출연을 허락해 주기만 하면 이미 승기는 잡은 셈이다. 정치든 경제든 연예 뉴스든 저 말투로 술술 떠들어 주기만 하면 된다. 자신은 맞장구를 치고, 때로는 폭주를 부추기다가 고개를 절레절레 흔들면서 '자유분방한 아마추어에게 쩔쩔매면서도, 배려심을 잃지 않는 여자들의 아군'인 척하면 된다. MC 독박의 유일한 이해자를 연기하는 것만으로도 '깨어 있는 연예인'으로 보일 것이다.

카오루의 머리를 살짝 쓰다듬고 우엉차를 마신 뒤, 가랑비가 내리는데도 신스케는 한 시간 반 동안 조깅을 하러 나갔다.

"그건 곤란합니다. 저한테는 그녀가 필요하니까요. MC 독박을 찾는 일에는 협력하겠지만, 그녀와 처음으로 함께 출연하는 건 꼭 나여야만 해요. 아니, MC 독박을 이 세상에서 제일 먼저 발견한 사람이 저잖아요."

시게루는 곤란하다는 듯이 말했다. 신스케는 한동안 말을 잇지 못했다. 이미 일본에서 제일 유명해져 버린 신유리가오카의 그 패밀리 레스토랑 맞은편에 있는 사이젤리아를 시게루는 약속 장소로 정했다. 신스케가 녹화 종료 후 달려와서 둘이서 이렇게 마주 보고 있는 사이에도, 시게루는 테이블 옆 창문에서 눈을 떼지 않았다. 시선을 따라가면 시게루와 MC 독박이 말다툼을 벌인 가게가 보였다. 어쩌면 같은 장소에 또 MC 독박이 나타날지도 모른다는 생각으로 이렇게 매일 여기서 감시하고 있다. 논란이 커지자 저쪽 가게에서는 출입 금지를 당했다고 한다.

신스케가 큰맘 먹고 시게루의 채널 설명에 게재되어 있던 이메일 주소로 MC 독박의 소재를 알아내고 싶으니 협력해 줄 수 없겠냐는 메일을 보냈다. 그러자 오히려 상대가 더 적극적으로 나와 만날 시간과 장소가 바로 결정되었다. 이미 남들 눈치 같은 걸 볼 상황이 아니었다.

시게루가 주문한 디켄터 레드와인이 나오자마자 신스케는 마이를 조사할 때 이용했던 센다가야의 사립 탐정에게 이미 MC 독박에 대한 신원 조사를 의뢰했다며 취지를 설명했다. 확실한 정보를 알아내는 대로 스마트폰을 통해 즉시 연락해 줄 것이다. "얻은 정보를 그대로 공유해 줄 테니, 시게루 씨는 기억하는 그 사람의 특징이나 그 동영상에는 나타나지 않은 무언가를 알고 있다면 꼭 이야기해 주었으면 해요. 물론 금전적인 사례도 하겠습니다."라고 간청했다. 그러자 시게루가 왜 그렇게까지 만나고 싶어 하는 거냐며 의아한 표정을 지었다. 신스케는 자신의 프로그램에 출연시키고 싶다고 솔직히 털어놓았다. 모자를 깊이 눌러쓰고 선글라스에 파란 목도리까지 몇 겹으로 꽁꽁 싸맨 신스케를, 시게루는 새삼스레 물끄러미 바라보았다.

"하지만 그 사람은 당신처럼 새침한 연예인과는 잘 안 맞을 것 같은데요? 내 앞이었기에 그렇게 소탈하게 술술 말할 수 있었던 거예요. MC 독박의 능력을 끌어낸 건 바로 저니까요!"

신스케는 음료 바의 아이스티 외에는 아무것도 손댈 생각이 없었다. 생햄이나 샐러드처럼 저당질인 메뉴도 있지만 염분이 너무 높았다. 시게루는 에스카르고 기름을 튀기며 말을 쏟아냈다.

"MC 독박을 가장 필요로 하는 사람은 당신이 아니라 바로 접니다. MC 독박을 제 유튜브 파트너로 삼아서 새 출발할 생각입니다. 이제 제게 남은 길은 그것밖에 없으니까요. 물론 MC 독박 찾기에는 협력하겠지만, 이쪽의 공을 가로채는 짓은 그만하시죠. 무조건 대박 날 겁니다. 늘 싸움만 하는 다른 세대의 남녀가 각자의 가치관을 부딪치면서 점점 이해해 가는 모습을 실시간으로 보여 주는 거니까요."

그의 뻔뻔한 말투에 신스케는 어이가 없었다. 시게루는 디켄터 레드와인을 넘기며 기름 범벅인 달팽이를 입속으로 넣었다. 신스케는 아이돌 시절부터 술을 좋아하는 나이 많은 남자를 상대하는 게 너무 거북했다. 넓게 뚫린 무수한 모공을 통해 피지가 제각기 자율적으로 들어갔다 나왔다 했다. 시게루가 입을 열면 그동안 몸속에 쌓인 소주나 고기의 썩은 내가 진동했다. 유튜브 동영상은 얼굴이 거의 나오지 않고 세련된 일본 영화처럼 소프트 포커스로 찍히는 탓에 그의 외모 같은 건 크게 신경 쓰이지 않았다. 하지만 눈앞에 있는 사람은 까칠까칠한 피부와 작은 몸집을 가진 초로의 남자였다. 취기가 돌았는지 시게루가 트레이드 마크인 사냥 모자를 아무렇게나 벗어 버리자 가느다란 머리카락에 볼품없는 모양의 큰 머리가 드러났다.

아까부터 통로를 사이에 두고 맞은편 자리에 앉아 있던, 머리에 금발 브리지가 있는 통통한 중년 여자가 문득 고개를 들더니 신스케가 아닌 시게루를 향해 싱글거리며 손을 흔들었다.

"저 사람은 누구예요?"

"애인입니다. 아직 마흔한 살이거든요. 지금 동거 중이고…. 동영상 편집은 모두 그녀가 해 주고 있어요."

시게루는 득의양양하게 손을 마주 흔들어 주었다. 여자는 싱글벙글하며 시선을 떨구고 다시 작업에 집중했다.

"독거노인이랬잖아." 하는 말을 간신히 도로 삼켰다. 인터넷에 확 폭로해 버릴까 하는 생각도 강하게 들었다. 시게루가 나름 인기를 끌었던 건 은퇴 후 연금 생활을 하면서도, 짝이 없어도 방법을 잘 찾아보면 행복하게 살 수도 있다는 라이프 스타일의 제안이 시니어들에게 호응을 얻었기 때문이다. 작은 아파트에서 치쿠젠니筑前煮(닭고기와 야채를 양념해서 찐 음식)를 만들어 플라스틱 용기에 보관해 둔다거나, 시니어 할인으로 영화를 보러 가거나, 조용한 강가에서 즐겁게 색소폰을 분다거나, 쿠폰을 모아 가맹점에서 유유히 혼술을 즐기거나 하는 모습을 세련된 재즈 BGM과 함께 동영상으로 보여 주었다. 신스케도 몇 개 보았는데 솔직히 좋은 느낌을 받았다. 모든 것을 잃고 최악의 경우를 맞이하더라도 이렇게 살아가면 된다는 안전장치를 건네받은 기분이었다.

하지만 한 세대는커녕 두 세대나 어린 그녀를 자랑스럽게 소개하는 그를 보니, 신스케 자신 역시 비슷한 입장인데도 기분이 나빠졌다. 이 인간은 거짓말쟁이고 단지 보여 주는 것을 잘할 뿐이다. 자의식이 지나친 탓에 또래들은 상대해 줄 리 없으니 친구도 없을 것이다. 시게루는 자신이 박식하다고 믿고 있는 것 같았다. 하지만 만들거나 먹는 동영상은 몰라도 사회적인 이슈나 시바 료타로에 관한 이야기는 전부 어디서 주워들은 말을 앵무새처럼 따라 하는 느낌이라 하나도 재미가 없었다.

"죄송합니다만, MC 독박이 당신 채널에 나오고 싶겠어요? 이런 식으로 말하고 싶진 않지만, 당신이 마음대로 동영상을 올린 탓에 이런 논란이 일어났잖아요. 상식적으로 생각해 보면 당연히 원망하고 있을 텐데요. 하지만 제 방송에 나오면 적어도 출연료는 제대로 받을 수 있고 사회적으로도 인정받을 수 있으니 이쪽을 택할 것 같지 않나요?"

신스케가 그렇게 말하자 두피가 훤히 들여다보이는 그의 머리가 희미하게 붉어졌다.

"과연 그럴까요? 의외로 이번 일을 계기로 인기가 많아져서 기뻐하고 있을 것 같다는 생각도 듭니다. 이런 여자라면, 아니 동영상 속에서 말하는 내용이 진짜라면 하루하루가 얼마나 비참하겠습니까?"

"비참하다고요?"

신스케는 순간 마이의 말이 떠오르며 움찔했다. 독박 육아의 일상이 비참한 것이라면 마이의 일상 역시 비참하다고 할 수밖에 없었다.

"맞아요. 온종일 육아만 하는 하루하루가 어떻게 즐겁겠습니까? 기껏해야 패밀리 레스토랑에서 술을 마시는 게 유일한 낙인 거지. 미혼모일 수도 있고…. 그렇게 기가 세고 아이한테 동영상만 보여 주면서도 아무렇지도 않은 엄마인데 주변 사람들과의 사이가 어떻겠어요? 그런 외모와 나이라면 앞으로 자길 좋아해 줄 남자들도 없을 테고요."

신스케는 말문이 막혀 시계루를 바라보았다. 동영상을 통해 알게 된 그는 다소 시대착오적인 부분이 있긴 해도 문화와 음악을 사랑하는 사람 좋은 노인이었다. 이런 역겨움을 지금껏 잘 감춘 채 유튜버로 살아왔다는 게 감탄스러웠다. 하지만 MC 독박이 금전적인 여유가 거의 없는 외로운 싱글 맘이길 바라는 건 신스케 역시 마찬가지였다. '와이드 쇼' 시청자들이 자신을 투영하거나 조금 동정하면서 응원할 수 있는 캐릭터라면 좋을 것이다. 지금까지는 MC 독박이 부유하다거나 배우자가 있을 가능성을 한순간도 생각해 본 적이 없었기에 신스케는 당황했다. MC 독박은 정말 카메라 앞에서 전부 진실을 말했던 걸까? 식당에 데려온 아이도 친자식인지 아닌지 확실하지 않다.

"저는 말이죠. 이 MC 독박을 독거노인 채널에 불러 내려고 계획하고 있어요. 여기서 보이는 저 자리에서 화해 술자리를 방송할 생각이거든요. MC 독박을 데려가면 출입금지도 풀릴 겁니다. 그 여자의 푸념을 내가 매일 들어주면서 조언을 해 준다면 아주 좋은 방송이 되지 않겠어요?"

"그건 역효과일 것 같은데요. 늙은이가 피해자를 붙잡아 놓고 잔소리한다고 또 논란이 될걸요?"

이제 지긋지긋해져서 얼음이 다 녹아 버린 남은 아이스티를 단번에 들이켰다.

"그렇지 않아요. 나는 육아 선배니까 도움이 되는 이야기를 해 줄 수 있어요. MC 독박의 비위만 맞추면 저는 용서받을 수 있고, 채널에 젊은 유저들도 유입될 겁니다."

차가운 아이스티가 워터 슬라이더처럼 온몸을 돌아 손끝까지 훅 퍼졌다.

"육아 선배요?"

"뭐, 아주 옛날이긴 해. 마누라가 딸을 데리고 나간 뒤로는 두세 번밖에 만나지 못했지만. 글쎄… 이제 서른 살 정도는 되었으려나…."

"어쩐지."

신스케가 히죽 웃으며 중얼거리자 시게루는 얼굴을 찡그리며 "뭐야." 하고 되물었다.

"독거노인이라면 서 불쌍한 척하지만, 결국 전부 다 자업자득이잖아요. 어쨌거나 일이나 취미 같은 것에 몰두하느라 가정을 돌보지 않은 거겠죠. 따님은 아버지가 논란에 휩싸인 걸 어디선가 지켜보면서 틀림없이 쌤통이라고 생각할 겁니다. 당신이 자기 생각밖에 안 하니까 주위 사람들이 정나미가 떨어져서 다 떠나간 거 아닙니까!"

알코올을 마시고 싶었다. 목소리가 점점 커지는 걸 멈출 수가 없었다. 주변의 가족 단위 손님이 이쪽을 돌아보았지만, 그런 건 더 이상 신경 쓰고 싶지 않았다.

"너야말로 텅텅 빈 머리 그대로 아재가 된 한물간 연예인이잖

아. 젊은 여자한테 눈이 멀어서 남은 팬도 다 떠나보냈고. 지금 이렇게 필사적으로 새로운 인기인한테 접근하려고 하는 건, 자기한테는 아무것도 없다는 걸 스스로 잘 알기 때문이겠지. 야비한 근성이야."

되받아치는 시게루의 얼굴이 더 빨개지고 혈관도 튀어나온 탓에 마치 심장이 말을 하는 것 같았다. 흘려들으려고 했지만 술 냄새에 취해 문득 안구 표면이 확 뜨거워졌다.

"하지만 적어도 난 엄청 노력하고 있어. 내가 할 수 있는 일을 성실하게 하고 있잖아. 당신은 최소한의 노력으로 최대의 성과를 얻으려고 해서 보고 있으면 역겨워. 그러니까 카메라 앞에서 아무리 혼자 술을 마셔도 요시다 루이나 마츠시게 유타카처럼 될 수 없는 거야!"

"잠깐만, 일단 진정하죠."

시게루의 애인이 믿음직한 어조로 둘을 말리기 위해 끼어들었다. 시게루는 어깨를 부르르 떨다가 다시 앉았다. 그 모든 것이 신스케의 눈에는 일그러져 보여서 냅킨 여러 장을 겹쳐서 눈두덩이를 살짝 눌렀다. 주위의 시선과 소곤거리는 소리가 신경이 쓰여서 스마트폰을 끌어당겨 정신없이 스크롤 했다. 일단 마음을 진정시키고 싶었다. 누군가가 자신을 칭찬하는 내용이 없는지 필사적으로 검색했다.

아직도 논란이 가라앉지 않은 HATU가 몇 시간 전의 트위터의 발언으로 아주 심하게 욕을 먹고 있는 것이 눈에 들어왔다.

MC 독박 씨, 재미있어. 너무 좋아. 나도 콜라보 하고 싶어.

그렇게 별생각 없이 글을 올렸을 뿐인데 "인기도 없는 놈이 인기 많은 사람한테 묻어가려고 하지 마라.", "지금까지 무시해 왔던 계층에 쉽게 도움받으려는 걸 보면 진짜 추하게 늙은 듯."이라고 집중포화를 맞고 있었다. 생각하는 건 다 똑같았다.

MC 독박은 어느새 이 세계의 구세주, 미움받는 남자들이 모두 손을 뻗어 잡으려는 최강의 카드가 되어 있었다. 한 명이라도 HATU를 옹호하는 사람이 없는지 찾아보고 있는데 탐정에게서 메시지가 왔다.

보고드립니다. 동영상의 여성이 아이에게 씌운 기린 트레이닝복을 확대해 보면 한쪽에 태그가 찍혀 있는데, 프린트 가공 회사의 회사명으로 보입니다. 문의한 결과, 이 디자인을 주문한 도쿄 내의 어린이집 한 곳을 찾아냈습니다. 아마 어린이집 행사에서 보호자가 단체로 입기 위한 트레이닝복 같은데….

URL을 눌러보니 이곳에서 그리 멀지 않은 곳에 있는 어린이집이었다. 지금 출발한다면 아이들이 마구 몰려나오는 하원 시간에 맞출 수 있다. 신스케가 갑자기 일어서자 시게루가 메뉴에서 시선을 떼고는 "어디 가려고." 하며 나무라듯 물었다. 말을 더듬자 "MC 독박에 관한 거라면 뭐든지 공유해. 나와 너는 운명 공동체니까." 라고 새빨간 얼굴로 다그쳤다.

어린이집 대문 앞에서 아이를 동반한 젊은 여자가 갑자기 말을 걸었다.

"어, 저 사람 시게루 아냐?"

그것을 신호로 정원에 있던 부모들이 아이의 손을 잡은 채 두 사람 주위로 모여들었다.

"마키 신스케잖아? 지금 이거 뭐예요, 취재? 카메라는 어디 있어요? 마키가 시게루랑 친구였어요? 저 사람이 뭐 하러 온 건지 알아요?"

"당신, 시게루 맞죠? 어, 당신이 올린 그 동영상 때문에 메구무 엄마가 어린이집을 옮겼거든요?"

그중 비교적 나이가 많은 여자가 공격적인 말투로 시게루와 옆에 우두커니 서 있는 신스케에게 따지고 들었다.

"맞아요. 학부모회 임원이던 메구무 엄마가 빠지는 바람에 우리가 피해를 입고 있다고요."

젊은 남자가 눈살을 찌푸리며 말하자, 이번에는 할아버지라고 해도 될 만큼 나이 든 남자가 무슨 일인지 신스케를 노려보기 시작했다.

"맞아, 메구무 엄마가 하기로 했었어. 칠석회에서 상연할 만담을…."

"어, 그 사람 만담가였습니까?"

놀라서 그렇게 묻자 나이 든 남자가 핏대를 세우며 쏘아붙였다.

"뭐라고? 그럴 리가 없잖아. 메구무 엄마의 취미야, 취미. 그래서 발성이 좋고 말솜씨도 좋은 거지. 혹시 그 동영상이 조작 아니냐고 트집을 잡으러 온 거야? 멋대로 촬영하고 공개했으면서 그런 소리를 잘도 하는군!"

"그것보다도 칠석회 공연 어떻게 책임질 거예요? 당신들 때문에 처음부터 다시 시작해야 한다고요. 조릿대에 단자쿠短冊(칠석에 소원을 빌기 위한 종이)며 물풍선, 은하수풍 디스플레이까지 이것저것 할 일이 산더미 같은데…."

'어? 방금 이거 랩 같지 않았어?'

신스케는 자기도 모르게 시게루를 돌아보며 눈짓으로 말했다. 시게루도 놀라는 표정이었다. 그 말을 한 젊은 아버지는 그것만으로도 바보 취급을 당했다고 생각했는지 갑자기 화를 냈다.

"당신이 진행하는 와이드 쇼 하나도 재미없어요. 메구무 엄마는 당신 친구 때문에 신주쿠에서 후지사와 점포로 옮겨갔다고요. 우리 딸도 메구무가 가 버렸다고 얼마나 울었는데…."

"우리는 친구 사이가 아닙니다. 잠깐만요, 후지사와 점포라고 했어요? 그 사람 후지사와에서 일합니까? 무슨 회사예요?"

신스케가 기세등등하게 묻자 아차 싶었는지 그가 침묵했다. 그때 자기 아이가 "강해지기 위해 지금 당장 할 수 있는 루틴이 있다! 시작하자!"라고 외치자 황급히 그 입을 막았다. 유명 화장품 업체의 광고 문구였기 때문이다. 흥분한 신스케는 콧김을 강하게 내뿜었다.

그때 반쯤 마른 진흙 덩어리가 날아와 신스케의 팔을 스친 뒤 시게루의 얼굴에 정통으로 맞았다. 그러자 진흙 덩어리가 확 깨지면서 시게루 티셔츠 위로 가루가 되어 흩뿌려졌다. 그 모습에 자기도 모르게 웃을 뻔했지만, 이번에는 신스케의 재킷에 진흙 덩어리가 날아와 깨졌다.

"야, 이 응애 할아범! 엉엉 울어 봐!"

얼굴을 잔뜩 찡그린 거무스름한 피부의 남자아이가 양동이를 손에 들고 두 사람 앞을 가로막으며 소리쳤다. 부모들이 심하게 비난하는 모습을 보고 이 어른들은 공격해도 된다고 판단한 것 같았다. 이어서 여자아이 중 한 명이 동그랗게 만 마분지 같은 것으로 시게루의 엉덩이를 팍 쳤다. 보기보다 아팠는지 시게루는 날카로운 비명을 질렀다. 당황한 듯 눈을 마구 깜빡이는 그의 모습이 만화 영화 '게게게의 키타로'에 나오는 응애 할아범과 정말로 똑같아서 신스케는 웃음을 터뜨렸다.

"옆에 생쥐 인간도 같이 해치워 버려!"

신스케는 순간적으로 주위를 둘러보았지만 그렇게 불릴 만한 사람은 없었다. 생쥐 인간이 자신을 가리킨다는 걸 알게 되자 큰 충격을 받아 머릿속이 새하얘졌다.

젊은 시절에 잘 나갔던 외모를 절대로 망치지 않으려고 현재도 운동을 게을리하지 않았고, 피부 관리에도 돈을 아끼지 않았다. "아무리 그래도 너무 말라서 없어 보이지 않아?", "피부가 푸석푸석하고 눈이 움푹 들어갔는데." 하고 인터넷에서 지적을 받아도 저당질低糖質 원칙을 고수했다.

대중들은 건강을 전혀 신경 쓰지 않는 베테랑 배우들을 섹시하다느니 중후하다느니 하며 떠받들지만, 신스케는 절대 흔들리지 않고 해 오던 일을 계속할 수밖에 없었다.

"이봐 마키, 도망가자!"

그러자 어린이집 아이들이 쫓아왔다. 그중에는 킥보드를 타고 오는 아이도 있었다. 뒤에 있는 부모들은 웃고 있을 뿐 전혀 나무라는 기색이 없다. 지금까지 한 번도 걸어 다녀본 적 없는 주택가를 나란히 달리는 시게루의 옆모습은 따라오는 아이들과 똑같이 진지하기 그지없었다.

마이에게는 라인으로 오늘은 늦게 들어갈 거라고 말했다.

신유리가오카역에 있는 유니클로에서 각자 옷을 산 뒤 화장실에서 갈아입었다. 옷을 고르는 게 귀찮아서 검은색 티셔츠와 진회색 카고 바지를 똑같이 사는 바람에 마치 개그 콤비처럼 보였다. 방금 전의 사건이 서로에게 얼마나 충격적이었는지는 굳이 말하지 않아도 알 수 있었다. 그와 떨어지면 아무것도 할 수 없게 될 것 같아서 자연스럽게 나란히 걸었다. 그들의 목적지는 당연히 하나밖에 없었다. 전철을 탈까도 생각했지만, 신스케보다도 시게루가 너무 유명해졌기에 아까 같은 일이 또 벌어지지 않는다는 보장이 없었다.

신스케는 역 앞에서 렌터카를 빌릴 것을 제안했다.

"면허가 있었군. 당신 같은 스타는 직접 운전하지 않을 줄 알았는데."

렌터카 조수석에 앉자마자 시게루가 아첨하듯 말했다.

"그룹이 해체됐을 때 급하게 땄습니다. 앞으로 배우 일을 시작하려면 무조건 운전은 할 수 있어야 한다고 해서. 뭐, 결국 운전하는 역할은 못 맡았지만요."

이런 시간에 차를 몰았던 적은 없다. 카오루와 마이를 태우고 드라이브를 한 적도 없었다. 가족끼리 외출하는 걸 팬들이 보면 싫어하지 않을까 하는 막연한 생각으로 자제하고 있었다. 하지만 오늘 하루 이리저리 돌아다녀 봐도 자신을 알아보고 몰려드는 사람은 없었다. 주위는 선로와 아파트뿐인데 열린 차창으로 스며드는 바람에서 바다 냄새가 났다. 너무 답답해서 목도리와 모자, 선글라스를 한 손으로 벗어서 뒷좌석에 내동댕이쳤다.

"MC 독박뿐 아니라 요즘 부모들은 다들 말을 잘하는구먼. 하나
도 버벅대지 않고…. 다들 나 같은 것보다 훨씬 더 유튜버 재능이
있어."

주저리주저리 지껄이던 시게루의 말이 갑자기 끊어졌다. 신호
대기 타이밍에 옆을 보니 어깨를 가늘게 떨며 흐느끼고 있었다.

"어째서 사람들은 우릴 좋아하지 않는 거지?"

"당신이랑 똑같이 취급하지 마시죠."

"아니, 똑같아. 너나 나나 말이야. 남들이 뭐라든 간에… 우리가
할 수 있는 일은 전부 해 보려고 하잖아."

시게루의 카고 바지에 살짝 얼룩이 번졌다.

자기도 모르게 아이돌 시절의 습관이 나오며 그의 어깨를 끌어
안고 툭툭 다독였다.

"좋겠네, MC 독박은. 그렇게나 사람들한테 사랑받고…. 다들
절대 MC 독박의 이름과 신원을 안 밝히려고 하잖아."

"그건 분명 그녀가 스타이기 때문일 거예요."

신스케의 말에 시게루는 그대로 입을 다물어 버렸다.

후지사와역에서 걸어서 금방인 상가 건물은 1층에 개인 찻집,
빵집, 노년층을 위한 옷 가게, 전당포 등이 입주해 있었다. 하지
만 어느 곳이든 손님은 전혀 없었다. 그중에서도 유심히 보지 않
으면 그냥 지나치기 쉬운 작은 공간에 화장품 제조업체의 판매 카
운터가 있었다. 점원은 물론 없었다. 잠시 기다리고 나서야 20대

초반 정도의 유니폼을 입은 여자가 골판지 상자를 들고 나타났다.

"저, 여기에 신주쿠점에서 얼마 전에 옮겨 온 사원이 있다고 들었는데요."

시게루가 말을 걸자 여자는 우리를 올려다본 다음, 자신의 긴 손톱을 바라보며 딱딱하게 마른 매니큐어를 만지작거렸다. 그러더니 시선을 마주치지 않고 조심스럽게 중얼거렸다.

"죄송합니다, 이 건물 뒤쪽으로 와 주시겠어요?"

구운 빵 냄새로 가득한 그 뒷골목에는 칠석날 장식품인지 비닐조릿대가 붙은 가짜 대나무가 세워져 있었다. 신스케는 아까 어린이집에서의 대화를 떠올렸다. 등 뒤의 어둑어둑한 그늘 쪽에서 목소리가 들렸다.

"당신 그 유튜버 맞지? 선배는 우리 매장에 왔다가 손님들이 인터넷에서 화제가 된 사람 맞지 않냐고 자꾸만 아는 척을 해서, 결국 총무부에서 매장을 떠나라고 통보했어. 그래서 지난주부터 공장 근무를 하게 됐다고. 아이를 데리고 전근이라니, 너무 불쌍해서 정말⋯."

"저기, 실례지만 그 공장이라는 곳은 어디에⋯."

시게루가 고개를 굽실굽실하며 묻자 여자는 방금 불을 붙인 담배를 신경질적으로 이쪽 발치에 내던졌다. 시게루가 앗, 하고 뒤로 물러섰다.

"알려 줄 리가 없잖아. 너 같으면 말하겠니? 바보 아냐? 그렇게

뒈지고 싶어? 죽고 싶냐고, 이 자식아."

어둠 속에서 나타난 여자의 눈이 이글이글 불타고 있었다. 갑자기 손톱을 떼어 내는 걸 보고 신스케와 시게루는 뒷걸음질 쳤다. 붙이는 손톱이었던 것 같다.

"선배한테는 몇 년 전에 연수 때 신세를 많이 졌어. 누가 너희들 속셈을 모를 줄 알아? 선배를 앞세워서 구경거리로 만들고, 자기들은 편하게 돈을 벌려는 거 아냐. 당신들이 자기 생각이나 의견을 명확히 말하면 사람들이 비난하거나 비웃는 걸 아니까, 선배를 꼬드겨서 옆에다 병풍처럼 세워 놓고 자기들을 돋보이게 하려는 속셈인 거지. 야! 기다려, 이 쓰레기들아!"

여자는 그렇게 으르렁대며 시게루의 티셔츠 목덜미가 찢어질 만큼 세게 잡아당겼다.

"손님에게 폭력을 행사하다니, 잘리고 싶어?!"

시게루가 목소리를 쥐어 짜내며 소리쳤다. 그러자 여자는 시게루를 놓고 남은 인조 손톱을 모두 떼어 내더니 바로 옆의 비닐 대나무를 양손으로 움켜쥐었다. 아무래도 판촉을 위해 준비한 조릿대 장식인 것 같다.

"아아, 진짜! 아이 있는 여자를 이렇게 취급하는 거지 같은 회사, 자르든 말든 마음대로 하라고 해! 선배도 없고! 어차피 오래 할 수 있는 일도 아니었어! 당신들 패 버리고 내가 먼저 사표 낼 거야!"

여자는 다리를 넓게 벌리고 선 채 비닐 대나무를 머리 위에 올리고는 프로펠러처럼 천천히 돌리기 시작했다. 신스케는 반사적으로 시게루 앞을 막아섰다. 조릿대가 휙휙 흔들리고 있었다.

그때 아이 글씨로 적힌 단자쿠가 얼핏 눈에 들어왔다.

"엄마가 키타로를 만나게 해 줬으면 좋겠어."

'게게게의 키타로'의 그림이 곁들여져 있었다. 혹시 MC 독박의 아이인 걸까?

자신들이 MC 독박에게 의지하기는 힘들 것 같았다. 이미 이렇게 많은 사람이 의지하는 MC 독박에게 매달리려고 했던 것이 애초부터 실수였던 것이다.

MC 독박의 후배는 "이 자식들, 어딜 도망가!" 하고 외치고는 이번에는 신스케를 향해 대나무를 내리치려 했다.

그때 신스케 앞으로 뭔가 시커먼 것이 튀어나왔다.

7월에 들어서자마자 프로그램 중단이 결정되었다. 9월 개편 때 그 여성 아나운서를 메인으로 삼고 프로그램 제목을 바꿔서 다시 시작한다는 것이다. 보조로는 젊은 남성 연예인을 둔다고 한다. 신스케는 그리 상처받지 않았다. 지금 시대에는 그게 더 맞을지도 모른다고 생각했다.

대기실 거울로 오늘의 메이크업을 체크했다. 무대 화장용 분을 평소보다 꼼꼼하게 발라 움푹 파인 눈 주위를 더욱 어두운 아이섀

도로 부각시켰다. 인컴 마이크를 달고 얼굴 주위로 목도리를 다시 감은 다음 등을 돌려, 각자 거울을 들여다보던 시게루와 HATU에게 슬슬 나갈 시간이라고 재촉했다.

"어린이집과 메구무 어머니에게 폐를 끼친 것을 사과하고 싶다, 더 이상 메구무 어머니를 찾아내서 이용하려 하지 않겠다, 절대 폐를 끼치지 않겠다, 반성하고 있다, 그러니 사과의 표시로 칠석회에서 공연을 하게 해 줄 수는 없겠는가." 하고 원장에게 몇 번이나 부탁한 것은 신스케였다.

시게루가 좋은 건 아니지만, 그의 말처럼 신스케와 시게루는 서로 닮은 인간들이었다. 재능이나 인망, 젊음도 없다. 하지만 할 수 있는 것은 그게 옳지 않더라도 다 한다. 그런 동료는 전 세계에서 그뿐이었다.

색소폰을 안고 조금 앞에서 걸어가는 시게루의 머리가 더 볼록해 보였다. MC 독박의 후배가 휘두른 가짜 대나무로부터 신스케를 지켜 주려다 넘어져서 콘크리트 바닥에 상반신을 세게 부딪친 탓이다.

세 사람의 대기실로 주어진 원아 낮잠용 방을 나와 정원에 들어서자 순식간에 주변이 쥐 죽은 듯 조용해졌다. 그러나 핫피 차림의 아이들이 그들의 복장을 보고 내지른 열광적인 함성이 몸을 감쌌다. 신스케는 생쥐 인간, 시게루는 응애 할아범, 그리고 HATU는 키타로 분장을 하고 나막신을 신은 채 대나무를 엮어 만든 무대로 올라갔다.

"저를 이미 잊어버리셨을지도 모르지만, 옛날에 노래를 전해 드리는 그룹에 속해 있던 마키 신스케입니다. '게게게의 키타로'와 'SAMURAI TUNE'의 리믹스 연주를 보내드리겠습니다. 저는 물론 노래와 춤을, 유튜버 시게루 씨는 색소폰을 불 수 있습니다."

후지사와에서 집에 돌아온 날 용기를 내어 HATU에게 이런 DM을 보냈다.

HATU 씨, 비웃음당하기 싫다는 생각을 버리지 않는 한 우리는 더 이상 반등할 수 없다고 생각합니다. 한 번이라도 허세를 확 내려놔 보죠. 초심으로 돌아가서 우리만의 힘으로, 우선은 사람들이 재미있어 할 만한 것부터 시작해야 하지 않을까요?

갑자기 상반신을 상하좌우로 돌리며 춤을 추기 시작한 생쥐 인간을 보며, 아이들의 부모 몇 명은 비명에 가까운 함성을 질렀다. 누군가가 "신 군!!!" 하고 절규했다.

이제야 알겠다. MC 독박에게 특별한 재능이 있는 건 아닐 수도 있다. 필사적으로 살아가는 사람에게서 나온 말에는 전부 열정이 담겨 있다. 기존의 음악과 조화를 이뤘을 뿐이다.

이제 결정했어. 마이의 말을 따라 부부끼리 TV든 뭐든지 나가자. 그렇게 해서 돈을 벌고 카오루를 훌륭하게 키워 내면 된다. 놀림당하는 부모일지는 몰라도, 최소한 다른 사람에게 빌붙으며 안전한 곳에 숨는 부모가 아니라는 걸 보여 주자. 비웃음당하는 사람과 사람들을 웃게 만드는 사람, 그걸 구분하는 건 시게루나 신스케가 아니라 아마 어떤 작은 무대라도 어쩌면 이 정원에도 숨어 있을 스타를 점지하는 신일 테니까.

신스케는 흥겹게 '게게게의 키타로'를 부르기 시작했다. 하지만 노래를 받았을 때는 멋지다고 생각했던 가사였는데, 지금은 부끄러워서 들어줄 수 없었다. 그래도 부모들은 모두 추억에 잠긴 듯 몸을 흔들고 아이들도 춤을 추기 시작했다. 신스케는 HATU가 히죽 웃으며 음악에 몸을 맡기는 모습이 기뻐서 있는 힘껏 다리를 높이 들었다. 시게루가 연주하는 색소폰이 푸른 하늘에 메아리치고, 많은 소원이 적힌 단자쿠가 걸린 진짜 조릿대가 바람에 사르르 흔들리고 있었다.

미안한데, 널 위한 게 아니야

펴낸날 2025년 5월 21일 1판 1쇄

지은이 유즈키 아사코
옮긴이 김진환
펴낸이 金永先
책임교정 박혜나
디자인 바이텍스트

펴낸곳 알토북스
출판등록 1978년 5월 15일(제13-19호)
주소 경기도 고양시 덕양구 청초로 10 GL메트로시티한강 A동 A1-1924호
전화 (02)719-1424
팩스 (02)719-1404
이메일 geniesbook@naver.com

ISBN 979-11-94655-05-3 (03830)